Einaudi. Stile Libero Extra

Dello stesso autore nel catalogo Einaudi

Veleno. Una storia vera

Pablo Trincia

Romanzo di un naufragio

Costa Concordia: una storia vera

Einaudi

www.einaudi.it

ISBN 978-88-06-25251-9

Romanzo di un naufragio

Prologo

Una mattina come quella non poteva perdersela per niente al mondo. Il vento fresco di primavera, il cielo limpido, il mare poco piú in là leggermente increspato, i primi raggi di sole che inondavano di luce la sua casa al piano terra. Salvatore Loddo, quella mattina, dopo il consueto giro di perlustrazione dell'orto, sarebbe andato sugli scogli a pescare.

A ottantuno anni, «Tore» continuava a essere geloso del rituale che lo accompagnava da sempre, specie da quando aveva smesso di fare l'elettricista ed era andato in pensione. Era il suo momento. Lo rimetteva in pace con tutto. E cosí si era munito di fiocina e cestello, aveva attraversato la cittadina di Portoscuso, nell'estremo sud-ovest della Sardegna, e si era diretto verso Sa Cala 'e Su Zurfuru, una caletta di scogli neri e taglienti di fronte all'isola di Carloforte, superati i quali, per un lungo tratto, non ci sono piú case.

Da tempo i suoi due figli maschi, Andrea e Giampaolo, gli chiedevano di lasciar perdere, che alla sua età i pesci si vanno a prendere in pescheria, che rischiava di scivolare, che da quelle parti non passava mai nessuno, «e poi oh Pà, capitada ca si squartarara, ti struppiasa e chini ti ragattara?» Chi ti trova piú?

Tore non li stava a sentire. Voleva approfittare del momento. Con l'estate ormai alle porte, a breve la zona si sarebbe riempita di turisti chiassosi, e dalle acque basse degli scogli che tanto amava sarebbe presto fuggita la sua popolazione preferita: granchi, polipetti, orate. E poi la fortuna, quella mattina, era andata a pescare assieme a lui, regalandogli una bella murena, ottima per il sugo di sua moglie Anna.

Soddisfatto, Tore l'aveva riposta nel cestello da pesca e aveva cominciato a risalire le rocce per tornare a casa, quando si era accorto che in acqua, a pochi metri da lui, uno strano oggetto arancione stava sbattendo contro gli scogli. L'anziano era tornato sui suoi passi e l'aveva preso tra le mani. Era un giubbotto salvagente a forma di *u*, con due cinghie nere ancora attaccate e un'etichetta bianca semi-strappata e lunga quanto un palmo, che penzolava sul lato destro dell'involucro esterno. La scritta era un po' sbiadita, ma si leggeva ancora: AQUAVEL MK3 BABY. Doveva essere appartenuto a un bambino. Piú sotto c'era un elenco di sigle, codici, numeri seriali e simboli. Infine un'altra scritta: «Costa Concordia».

Tore non lesse piú nulla. Sentí un sussulto al cuore e gli occhi gli si riempirono di lacrime. Erano passati piú di quattro anni dal naufragio, dalla notte da incubo in cui era riuscito a salvare la sua famiglia dall'inferno di quella nave davanti alle coste dell'isola del Giglio. Era il 13 gennaio 2012. Per un attimo gli tornarono alla mente dei flash. Lo schianto. La confusione. Le urla. La sensazione di smarrimento. La perdita di equilibrio. Suo figlio con le stampelle. Il cameriere indiano spuntato dal nulla che li aveva aiutati a camminare lungo i corridoi inclinati. Le scialuppe di salvataggio. E poi Giovanni, l'amico di una vita, l'unico del loro gruppo che la mattina successiva mancava all'appello. L'identificazione del suo corpo, due giorni dopo. Il trauma.

E ora, dopo oltre quattro anni, quel giubbottino, che come l'ultimo frammento di un'esplosione cosmica aveva vagato per le acque del Mediterraneo, affidato alle onde e al caso, era venuto a cercarlo dopo aver fatto mezzo giro intorno alla Sardegna.

Tutto ciò che restava di uno dei piú grandi disastri nautici della storia era lí tra le sue mani.

«Mi manderesti una foto?» ho chiesto incredulo ad Andrea, il figlio di Tore. Non è che non credessi a suo padre, per carità. Però sembrava una coincidenza davvero troppo incredibile. Qualche minuto dopo, il mio telefono ha vibrato. WhatsApp. Tre foto del giubbottino adagiato per terra, sul pavimento di piastrelle salmone della loro casa. Ho allargato la foto con pollice e indice. Sull'etichetta erano ancora distinguibili il marchio, il nome dell'azienda produttrice della cintura di salvataggio e l'anno di produzione: Veleria San Giorgio. Gennaio 2006. Era stato fabbricato a Genova, pochi mesi prima del varo della nave.

Non sono mai stato uno che crede nel destino.

Ma se c'è una storia in cui sembra che il destino si sia divertito a giocare con le vite, chiudere cerchi e disegnare simmetrie e convergenze, è proprio questa.

Quella della nave *Costa Concordia*, naufragata nella notte tra il 13 e il 14 gennaio 2012 sulle coste dell'isola del Giglio.

L'immagine del relitto inclinato è stata pubblicata e trasmessa per mesi su tutti i mezzi d'informazione in Italia e nel mondo. Anche se molte delle storie che si sono intrecciate in quelle ore drammatiche non sono mai state raccontate. O sono state presto dimenticate.

1.

Macedonia Man

Il villaggio di Poolambadi si trova alle pendici delle colline di una riserva forestale di straordinaria bellezza, nel cuore dello Stato indiano del Tamil Nadu, una regione sospesa fra tradizioni millenarie e progresso tecnologico. Sviluppo di software e cerimonie indú ancestrali coesistono come le due anime di una stessa realtà. I templi – con quelle tipiche strutture a strati che li fanno sembrare delle coloratissime torte di compleanno – svettano all'improvviso dove meno ce lo si aspetta tra le case basse e gli alberi, e si fondono con le insegne variopinte di negozi di elettronica e botteghe fatiscenti in lamiera. Il dio indú locale, Karuppasāmi, è raffigurato un po' ovunque sotto le sembianze di uomo baffuto colorato di blu, a piedi o a cavallo, che brandisce una spada in difesa della comunità. Le strade sono rosse e sterrate, e quando piove diventano poltiglie di fango che imbrattano i lembi dei *sari* delle donne e dei *mundu* degli uomini.

Uno degli eventi piú popolari da queste parti è il cosiddetto *Jallikattu*, una sorta di versione indiana della festa di San Firmino di Pamplona: un toro con delle bandierine colorate legate sulle corna viene liberato tra centinaia di persone festanti che devono riuscire a sfilargliele evitando di morire infilzate, cosa che, purtroppo, accade abbastanza spesso.

A parte questo, Poolambadi (attenzione: da non confondersi con il villaggio di «Pullambadi», che si pronuncia quasi allo stesso modo ma con la *u* piú breve, ha la stessa estensione e numero di abitanti, ma si trova due ore piú a sud – tutto questo l'ho scoperto mio malgrado, dopo aver passato una giornata intera a effettuare ricerche sul posto sbagliato) non è un luogo che si distingue particolarmente dalle altre decine di villaggi che punteggiano una regione anonima, dove dopo il tramonto arriva il grande buio che avvolge le campagne indiane. Chi se ne vuole andare per cercare fortuna altrove deve saltare su un autobus diretto alla città di Tiruchirappalli, e scegliersi una destinazione e un destino.

Alexandar Udhayakumar aveva preso un treno diretto a nord: a ventidue anni la vita del suo villaggio gli stava troppo stretta. Non era piú il bambino figlio unico di una casalinga cristiana e di una guardia notturna indú, cresciuto in una casa modesta, anche se dignitosa.

Non era piú il ragazzino che con gli amici aveva imparato a nuotare facendo i tuffi nei pozzi di Poolambadi, legandosi una tanica vuota alla vita, a mo di salvagente.

Era un giovane con un diploma superiore alberghiero, che aveva deciso di tentare la carriera nel mondo della ristorazione. E come migliaia di altri giovani di tutta l'India, era stato attratto dalla «Grande Calamita», a trenta ore di binari, oltre l'Andhra Pradesh e il Telangāna: la città di Mumbai.

Appena sceso dal treno alla stazione di Mumbai Central, si era ritrovato catapultato in una megalopoli di 12 000 000 di abitanti, contro gli appena 10 000 di Poolambadi. Un cambiamento enorme. La confusione. Il viavai di volti, di lineamenti, di dialetti, di lingue: mārāṭhi, hindi, telugu, kannada. Il clacson assordante di migliaia di rickshaw. I corvi neri appollaiati su chilometri di fili elettrici sospesi e intrecciati sopra case, persone e bestie.

Alexandar, per sua fortuna, sapeva dove andare: Matunga, vicino alle spiagge del mare Arabico, è il quartiere degli indiani del Sud, un piccolo Tamil Nadu in miniatura, l'enclave-rifugio per chi come lui aveva bisogno di una comunità di appoggio da cui partire, a cui chiedere consiglio e grazie alla quale sentirsi meno solo. La sua nuova casa sarebbe stata lí. In una stanza con altri dieci ragazzi provenienti dal suo stesso Stato, tutti ammassati in pochi metri quadri. Alcuni erano amici d'infanzia arrivati prima di lui. Mumbai non era stata gentile con loro. Il lavoro non mancava, ma 100-200 dollari al mese per fare l'aiuto cuoco sette giorni su sette nella cucina di un ristorante o di un hotel erano una paga da fame. Presto Alexandar aveva capito che non lo avrebbero mai portato da nessuna parte.

Un conoscente gli aveva parlato delle navi da crociera. Pagavano sei o sette volte meglio, lo stipendio era garantito. 1000 dollari al mese, senza il pensiero dell'affitto e con un solo compagno di cabina, invece di nove. Bastava fare un corso di formazione, apprendere alcune nozioni sulle pratiche di sicurezza in mare, e ottenere dei certificati che lo avrebbero abilitato a lavorare a bordo dei colossi che vedeva sfilare nel Mumbai Harbour non lontano dalla sua stanza.

Completato il corso, bisognava pazientare e nel frattempo girare tutte le agenzie di reclutamento della città lasciando loro il curriculum, sperando che l'impiegato di turno avrebbe trovato il suo in cima alla pila al momento giusto. Ogni tanto qualcuno dei suoi coinquilini riceveva la telefonata magica e preparava i bagagli. Allora gli altri facevano una colletta e compravano una bottiglia di whisky per brindare alla sua salute e a quella di chi, tra i rimasti, sarebbe stato il prossimo. In quelle occasioni, la luce della loro stanzetta affollata e chiassosa nel palazzo di Matunga restava accesa fino a tardi.

Gli ho chiesto se avesse mai provato invidia, o se l'avesse mai notata negli occhi degli altri compagni di attesa. «Oh no, no! Nessuna invidia. Eravamo tutti sinceramente felici per chi se ne andava».

Poi, nel giugno del 2011, intorno alle 10.30 di una torrida mattina qualunque, quella telefonata era arrivata anche a lui: un'agenzia. «Presentati qui entro l'una». Alexandar ci era andato di corsa. Un impiegato lo aveva informato che la compagnia italiana Costa Crociere lo voleva subito a bordo di una delle sue navi; sarebbe salpata due sere dopo dal porto di Civitavecchia, nome che Alexandar non riusciva nemmeno a pronunciare. Aveva a malapena il tempo di tornare a casa, fare il bagaglio e raggiungere l'aeroporto di Mumbai. Sarebbe partito per l'Italia quella sera stessa. La festa di addio si sarebbe tenuta senza di lui. Alexandar aveva preso il passaporto e le sue poche cose ed era uscito dall'appartamento di Matunga senza guardarsi indietro. Insieme a lui, quella sera, sarebbero partiti altri due dei suoi coinquilini.

Tre ragazzi indiani del Sud pieni di adrenalina, con in tasca un biglietto fortunato per Roma Fiumicino e un sogno che finalmente si realizzava. Tre vite che cambiavano radicalmente nel giro di appena ventiquattro ore. Tre dollari al giorno che diventavano trentatre. Nessuno nella sua famiglia aveva mai guadagnato tanto.

Erano arrivati in Italia di sera, di che giorno non lo sapevano nemmeno piú. Era già oggi o ancora ieri? Avevano viaggiato indietro nel tempo? A casa loro era già domani? Alexandar avrebbe voluto fissare ogni particolare nella memoria, gustarlo, farlo durare per sempre. Invece tutto avveniva cosí rapidamente che nemmeno riusciva a fotografarlo. Non era trascorso neanche un giorno dalla sua vecchia vita, eppure gli sembrava già cosí lontana. Dopo la notte passata in albergo, la mattina seguente una navetta li aveva condotti al porto di Civitavecchia. E lí, con un misto di stupore e meraviglia, Alexandar Udhayakumar e i suoi due amici avevano alzato lo sguardo di fronte a un'enorme città galleggiante bianca, che svettava decine di metri sopra le loro teste. Una delle piú grandi opere mobili mai costruite dall'uomo: la nave *Costa Concordia*.

Balconate di vetro azzurro correvano per la lunghezza di quasi tre campi da calcio sul lato di dritta e su quello di sinistra, dove spiccavano ventisei grosse scialuppe di salvataggio color giallo canarino. In totale 114 000 tonnellate di stazza, una montagna di metallo bianco sovrastata da un fumaiolo giallo con una grossa *C* color blu al centro.

La nave era ancora molto giovane. Aveva solo sei anni di vita. Era stata varata nel 2005 al porto di Genova, dopo l'uscita dai cantieri di Sestri Ponente, anche se la cerimonia di battesimo non era andata come si sperava. Il rituale della rottura della bottiglia inaugurale di champagne, tradizionalmente scagliata contro la prua e infranta come buon auspicio – una pratica che sotto varie forme ci portiamo avanti dai tempi dei babilonesi –, era andato nel peggiore dei modi. La corda a cui era attaccata si era tesa, la bottiglia aveva oscillato verso il basso e preso velocità, per poi rimbalzare contro l'imponente fiancata metallica della nave con un secco *stang!* Infine si era stappata da sola, come per un brindisi di Capodanno fuori tempo massimo, nel disappunto generale di chi aveva assistito alla cerimonia. Un pessimo segno, per gente profondamente superstiziosa come quella di mare.

«Nuoooo!»
«Uuuuh!»
«Ahia, ahiiiiaaa!»
«Altro che fortuna!»

Avevano mormorato alcuni dei presenti mentre qualcuno riprendeva la scena, registrando il loro ridacchiare sarcastico in sottofondo. Ma la *Concordia* era comunque un successo, un'opera colossale. Pier Luigi Foschi, presidente e amministratore delegato di Costa Crociere, l'aveva definita «un'emozione davvero speciale per noi perché è una nave davvero unica ed innovativa, espressione della qualità e della bellezza del made in Italy».

Che valore poteva avere la scaramanzia davanti a quella clamorosa dimostrazione di progresso scientifico e ingegneria navale?

Nella sua «opera viva» – è cosí che sulle navi si chiama la zona al di sotto della linea di galleggiamento – risiedeva la sala macchine in grado di far correre sul mare quella città da oltre 4000 persone. Sei grandi generatori diesel Wärtsilä provenienti dalla Finlandia producevano 75 megawatt di energia. Un quantitativo mostruoso, sufficiente per soddisfare il fabbisogno quotidiano di mezzo milione di persone. O, in questo caso, per fornire energia a due turbine, le cui enormi eliche alle estremità davano a loro volta propulsione alla nave, spingendola all'occorrenza fino alla velocità di 23 nodi, o 43 km orari.

Dal giorno del varo monco, la *Concordia* aveva attraccato presso la maggior parte dei principali porti dell'Europa occidentale, meridionale e orientale, e del Nord Africa, disegnando ogni anno nell'acqua itinerari con tappe diverse – Tunisi, Pireo, Smirne, La Valletta, Cadice, Gibilterra – e con nomi evocativi come Tesori della storia e Magico Mediterraneo.

La clientela a bordo proveniva da tutto il mondo occidentale. Italia, Francia, Germania, Spagna, Regno Unito, Stati Uniti. Tante coppie over 60, tante famiglie. I profili di chi non ha voglia di affrontare le fatiche di lunghi spostamenti in treno, aereo o macchina, e preferisce guardare il mondo da un comodo salotto affacciato sul mare, con tutto quello di cui ha voglia o bisogno nel raggio di pochi metri. Cibo, intrattenimento, relax. Magari due passi in una città o su un'isoletta mai visitate prima. Ma sopra ogni cosa la comodità. Su quel genere di navi c'era un servizio continuo, senza buchi o momenti morti, senza un appetito che non si potesse placare, senza una noia a cui non si potesse porre rimedio, a tutte le ore del giorno e della notte: l'estrema, quasi algoritmica ingegnerizzazione del servizio turistico di bordo.

Difficile pensare che fosse l'ultima frontiera di un'industria nata poco piú di cento anni prima, a cavallo tra XIX e XX secolo, nel periodo in cui le navi cosiddette *Ocean Liners* trasportavano le prime ondate di immigrati che avrebbero riempito e fatto grandi gli Stati Uniti, o tentato la fortuna nei Paesi dell'America Latina. Le *liners* non erano pensate per il comfort. Erano semplici mezzi di trasporto con l'unico scopo di portarti sano e salvo da una costa all'altra.

Poi, come sempre accade, qualcuno aveva avuto un'intuizione. Il magnate ebreo tedesco Albert Ballin, nel giugno dell'anno 1900, aveva fatto varare la *Prinzessin Victoria Luise*: la prima nave che oltre a essere progettata per evitare i disagi della burrascosa navigazione atlantica, era dedicata esclusivamente al turismo di élite, con spazi piú ampi, cabine di lusso, palestra, libreria, sala da ballo, sala fumatori, persino una camera oscura per chi si volesse dilettare nella nuova, emergente e costosa arte della fotografia.

La fortuna tuttavia non aveva assistito la madre di tutte le future navi da crociera. Una sera di dicembre del 1906, a soli sei anni di età – la stessa della *Costa Concordia* quando Alexandar vi aveva fatto il suo ingresso – la *Victoria Luise* era andata di prua contro alcune rocce nei pressi di un faro in Giamaica, durante un tour dei Caraibi. I passeggeri erano usciti illesi, ma il suo acclamato comandante, Hermann Brunswig, non aveva retto al senso di colpa. Era rientrato in cabina e si era sparato un colpo in testa. Tuttavia quell'incidente non avrebbe fermato un nuovo business destinato a crescere in maniera esponenziale, nonostante i rallentamenti e le interruzioni causate dalle due Grandi guerre.

In Italia, alla fine degli anni Cinquanta, la società Costa – creata a metà Ottocento dai due fratelli Giacomo e Giobatta Costa, che inizialmente commerciavano tessuti e olio d'oliva tra Genova e la Sardegna – aveva rilevato, e in seguito modificato e riadattato una vecchia nave da carico chiamata *Medina*, ribattezzandola *Franca C.*, e lanciandola come prima nave da crociera al mondo con una sola classe, sperimentando i cosiddetti pacchetti «all inclusive». L'idea aveva funzionato. Era l'epoca del benessere, della crescita. Le famiglie avevano soldi da spendere. Le compagnie di crociera osavano sempre di piú, avventurandosi in mari e lidi sempre piú lontani, con navi sempre piú belle, piú grandi, piú lussuose. Su alcune di queste, come la *Federico C.*, si esibivano anche futuri protagonisti della scena politica, economica e artistica italiana. E poteva capitare di imbattersi nell'animatore Paolo Villaggio, nel cantastorie Fabrizio De André, nel chitarrista Silvio Berlusconi e nel pianista Fedele Confalonieri, che si esibivano a volte sulla stessa tratta.

Gli anni Novanta avevano segnato una svolta per l'industria delle navi da crociera, con i grandi colossi del settore in perenne competizione tra loro. Gli attentati alle Torri

Gemelle dell'11 settembre 2001 ne avevano rallentato solo momentaneamente l'espansione. Gli investimenti sarebbero continuati. I giganti del mare assomigliavano ormai a bizzarre e insaziabili creature di acciaio che ogni settimana ingoiavano tir carichi di roba e risputavano decine di tonnellate di rifiuti, inquinando e consumando, miglio dopo miglio, tappa dopo tappa, come migliaia di veicoli, attirandosi le polemiche feroci dei comitati di quartiere delle città portuali e dei gruppi ambientalisti. Ma i numeri crescevano, e crisi economiche globali a parte, i rapporti annuali sprizzavano sempre grande ottimismo.

Dentro la nuova casa di Alexandar, la *Costa Concordia*, c'era un centro benessere da record, il piú grande del mondo su una nave da crociera: circa 2000 metri quadrati di Spa. E ancora 1500 cabine, 4 piscine, 5 ristoranti, 13 bar. Teatro, cinema, sala giochi, casinò, cucine che producevano ogni giorno quintali di cibo di ogni tipo, provenienza e colore.

Presto Alexandar avrebbe scoperto chi operava tra gli automatismi nascosti dietro queste macchine semoventi che vendevano comfort e generavano appagamento.

Le persone che popolavano lo strato piú basso delle grandi torte galleggianti. Decine di ragazzi indiani, indonesiani, filippini, peruviani e honduregni che come lui si erano messi in fila davanti alle agenzie di reclutamento ingaggiate dalle compagnie di crociera da Manila a Lima, da Giacarta a Puerto Cortés, da Odessa a Colombo, da Bogotá a San Pietroburgo. In alcuni luoghi Costa Crociere aveva aperto scuole di formazione dove era possibile seguire un training e arrivare a bordo delle navi preparati a quell'esperienza che non assomigliava a nient'altro che avessero mai provato in vita loro. Un viaggio senza fine, il domicilio continuamente riscritto da due coordinate in mezzo al mare dall'altra parte del mondo. In un certo senso era come se anche su quella nave – su quelle navi piú in generale – si riproponessero le dinamiche sociali delle metropoli occidentali, con gli immigrati a svolgere la maggior parte delle mansioni piú modeste. Erano loro, il mondo di sotto. Sia sulla terraferma, che tra le onde.

Appena a bordo, ad Alexandar era stata assegnata una cabina da dividere con un altro ragazzo indiano, una tabella con i turni e un ruolo: quello di *Macedonia Man*. Il tagliafrutta. Ne doveva tagliare dai 200 ai 300 chili al giorno. Mentre i passeggeri dormivano tra una tappa e l'altra, lui faceva su e giú dalla cambusa alle cucine spingendo grossi carrelli pieni di cocomeri, meloni, ananas. E questo sette giorni su sette, con turni da dodici ore. Il tempo sulle navi trascorreva diversamente. Non c'era sera, non c'era mattina, soltanto ore on e ore off in uno strano continuum temporale, e tonnellate di cibo da preparare.

Gli ordini che l'inventory officer preparava ogni settimana per i fornitori racchiudevano quantitativi da far impallidire. Organizzare la logistica di una nave che portava a bordo 4000 persone e doveva essere totalmente autosufficiente significava maneggiare provviste per un piccolo esercito.

Uova: 30 000.
Farina: 5 tonnellate.
Latte: 7000 litri.
Acqua minerale: 25 000 litri.
Petti di pollo: 1 tonnellata.
Frutta e verdura: 150 tipi diversi.
Patate: 5 tonnellate.
French fries: 1 tonnellata.
Birra: 3000 litri.

Caffè: 300 kg
3000 rotoli di carta igienica nuovi al giorno

Le quantità e le tipologie ovviamente cambiavano in base alla stagione, al genere di crociera e alla nazionalità delle persone a bordo. Due giorni prima di arrivare al porto di rifornimento gli inventory officer ricevevano dagli uffici della compagnia la lista delle prenotazioni e delle provenienze dei passeggeri prossimi a salire. E gli ordini spesso rispondevano ai cliché piú diffusi: se c'erano molti americani o inglesi, bisognava ordinare piú uova e pancetta. Se fossero saliti piú francesi, non dovevano mancare i formaggi – loro ci tenevano piú degli altri. In caso di arrivo di tedeschi, sarebbe aumentata la richiesta di wurstel e salsicce – e di birra.

Una delle voci piú curiose dell'inventario era il numero di piatti rotti o scheggiati ogni giorno, che si aggirava tra 50 e 150. Può sembrare alto, ma ha senso se si calcolano piú di 4000 persone che per ogni pasto cambiano circa tre piatti, per tre volte al giorno. Su 36000 piatti che giravano quotidianamente, era facile a fine giornata doverne cambiare 150, specie con il mare grosso che faceva perdere l'equilibrio a camerieri e carrelli.

Ad Alexandar non importava e non cambiava granché di quanto variasse la lista dell'inventario. A qualsiasi latitudine, in qualsiasi stagione, lui era il *Macedonia Man*. Dalle sue mani sarebbero usciti solo vassoi e vassoi di frutta tagliata. Detestava i kiwi, cosí piccoli e scomodi da affettare. Sperava un giorno di passare alla cucina, magari come aiuto cuoco. Per il resto pensava solo a superare i turni e allo stipendio che arrivava a fine mese. Ormai aveva imparato la strada per raggiungere i due uffici della Western Union a Savona e a Palma di Maiorca, e quando toccava una delle due destinazioni inviava alla famiglia a Poolambadi ben 900 dei 1000 dollari che la Costa gli pagava.

La scelta di un ragazzo responsabile e virtuoso, che si immola per aiutare la famiglia. Dopotutto, in mezzo al mare, ad Alexandar non serviva molto piú di qualche decina di dollari per una ricarica telefonica, o per le necessità dell'ultimo minuto.

La sua vita, come quella degli altri lavoratori a bordo, era un giro d'orologio all'incontrario, tra città toccate infinite volte, senza conoscerle mai. Ogni settimana, un altro giro di orologio che si ripeteva sempre uguale a sé stesso: Savona, Marsiglia, Barcellona, Palma di Maiorca, Cagliari, Palermo, Civitavecchia, Savona, Marsiglia, Barcellona...

C'era stato un periodo, parecchi anni prima, in cui a popolare i ponti sotto la linea di galleggiamento, a sudare nelle cucine e nelle cambuse e a servire tra i tavoli dei ristoranti, al posto degli asiatici e dei latinoamericani c'erano praticamente solo europei: francesi, tedeschi, inglesi, persino svizzeri. E c'eravamo anche noi. Gli italiani.

Novantanove anni e dieci mesi prima dell'arrivo di Alexandar e dei ragazzi del Tamil Nadu a bordo della *Concordia*, il 10 aprile del 1912, la nave piú grande del mondo si apprestava a compiere il suo viaggio inaugurale attraverso l'Atlantico, alla volta di New York. Si trattava di un evento storico. A bordo c'erano anche quaranta italiani, tra cui uno sguattero, un macellaio e ventinove camerieri provenienti da ogni parte della penisola, da Cassano d'Adda (Milano) a Vestignè (Torino), da Atessa (Chieti) ad Ariano Irpino (Avellino), da Capannori (Lucca) a Schignano (Como). Solo tre di quei quaranta nostri connazionali sarebbero sopravvissuti al viaggio. Gli unici italiani in grado di raccontare con la propria voce lo scontro con un iceberg in pieno oceano Atlantico, la morte per annegamento di 1517 persone e il naufragio del *Titanic*.

2.

Gli abiti migliori

Il pomeriggio di sabato 7 gennaio era insolitamente caldo. Il terminal di Savona brulicava di passeggeri pronti a imbarcarsi sulla *Costa Concordia*, arrivata da Civitavecchia alle prime luci dell'alba.

Faceva sempre un po' effetto quando un colosso bianco di quelle dimensioni, con 4000 persone a bordo, si infilava lentamente in uno dei due stretti bracci dello scalo a forma di *y*, sovrastando e velando con la sua ombra i grappoli di palazzi color arancione, rosa e giallo pastello stretti intorno al porto della città ligure. Piú che un attracco, sembrava un'invasione.

Persino l'imponente Torre Orsero – elegante complesso di diciannove piani in acciaio e vetro verde acqua costruito a pochi metri dal molo – sfigurava accanto a quella struttura ciclopica, che pareva in grado di sbriciolare la zona portuale di Savona come un biscotto.

Mentre lo staff della *Concordia* era indaffarato a ultimare le pulizie delle cabine, riempire la cambusa di provviste e far salire a bordo i gruppi di nuovi turisti, all'ingresso del porto cinque passeggeri scendevano da un taxi-van. La famiglia Brolli, appena arrivata dalla Romagna. Papà Arnaldo, mamma Monica e i tre figli Federica, Omar e Vanessa.

La vista di una nave cosí grande li aveva subito lasciati a bocca aperta. Era la prima volta per tutti.

La storia della famiglia Brolli era cominciata tra le villette basse e le strade alberate, i motorini, le gelaterie e le spiagge attrezzatissime tra Igea e Rimini. Precisamente a Viserba, dove alla fine degli anni Cinquanta la nonna Lilli – una bella ragazza tedesca in vacanza in Riviera – come in una delle piú classiche commedie all'italiana si era innamorata di un ragazzo del posto, Ugo, la cui famiglia gestiva alcuni cinema.

Dopo due anni, il 12 gennaio 1962, la coppia si era sposata; in seguito avrebbe avuto un figlio maschio, Arnaldo, e altre due figlie. Per alcuni anni la famiglia aveva vissuto tra la Romagna e la città tedesca di Dresda, poi si era divisa. Ugo e Lilli erano rimasti con le figlie in Germania, mentre il figlio Arnaldo aveva percorso la corrente in senso contrario rispetto al padre. Negli anni Novanta da Dresda era tornato in Italia, a Misano Adriatico, e aveva messo su famiglia assieme alla moglie Monica. Nel '91 era nata Federica, la piú esuberante. Nel '93 era stata la volta di Omar, il piú riflessivo. Nel '98 era arrivata Vanessa, la piú sensibile.

In vista del 12 gennaio 2012, data del loro cinquantesimo anniversario di matrimonio, il nonno Ugo e la nonna Lilli avevano voluto organizzare un giro in crociera per riunire almeno una volta l'intera famiglia. E ora erano lí, in una piazzola a pochi passi dalla nave, ad aspettare il resto del parentado. La nonna li salutava dalla carrozzina. Quale scusa migliore per concedersi una vacanza? Arnaldo, Monica e i figli probabilmente ne avevano bisogno piú di tutti. Erano sfiniti, i volti emaciati, l'umore a terra.

Qualche anno prima, l'azienda che Arnaldo aveva aperto assieme a un socio era fallita e lui lo aveva scoperto quando ormai era troppo tardi. I figli lo avevano visto rientrare una sera a casa, pallido e angosciato, consapevole che la loro vita stava per cambiare radicalmente. Una famiglia benestante destinata presto a diventare povera giorno dopo giorno. *Povera*, nel vero senso della parola. Arnaldo aveva dovuto fare debiti e dare fondo a tutti i suoi risparmi, mentre il frigorifero e la credenza avevano progressivamente cominciato a svuotarsi. All'inizio lui non aveva avuto la forza di chiedere un aiuto economico ai genitori. A quaranta e passa anni, lo considerava umiliante. E cosí una volta a cena, quando al loro appartamento era stata tagliata la corrente, la famiglia si era ritrovata attorno a una candela, a mangiare pasta senza olio né parmigiano.

Vanessa si vergognava perché le sue amiche avevano ricevuto il loro primo cellulare nuovo di pacca, con i genitori che le chiamavano a tutte le ore. Lei no. Il cellulare se lo sarebbe sognato. Federica invece cercava in tutti i modi di evadere e spesso passava le giornate a casa della sua migliore amica, dove almeno poteva fare la doccia calda.

I loro genitori avevano ben altro a cui pensare. Mamma Monica e papà Arnaldo erano scivolati entrambi in un profondo sconforto, che presto si sarebbe infilato tra le pieghe dei rapporti con i figli. Arnaldo trascorreva notti insonni e si addormentava per sfinimento prima dell'alba, svegliandosi spesso stanco e nervoso, incapace di trovare un appiglio su quel piano che si inclinava sempre di piú sotto il peso dei debiti, delle bollette, delle rate da pagare, delle telefonate della banca. I nonni lo aiutavano come potevano e i prestiti di amici e conoscenti gli permettevano di andare avanti. Ma quell'omone grande e grosso, con i capelli e il pizzetto rossi che gli conferivano quasi l'aspetto di un vichingo, era l'ombra di sé stesso. A volte si chiudeva in bagno, e dopo un po' Vanessa si accorgeva dei suoi singhiozzi. L'atmosfera in quella casa era irrespirabile.

Per Monica e i ragazzi l'offerta di nonno Ugo e di nonna Lilli di una vacanza pagata da loro per festeggiare tutti insieme le Nozze d'Oro sapeva dunque di una piccola boccata d'aria dopo una lunga apnea. Non per Arnaldo, che all'inizio aveva opposto resistenza per orgoglio. Dentro le valigie che avevano portato dalla Romagna c'era tutto ciò che era rimasto a quella famiglia: i vestiti migliori e qualche paio di scarpe.

I tre ragazzi erano particolarmente emozionati: stavano per imbarcarsi insieme ai genitori, ma soprattutto avrebbero incontrato per la prima volta dopo tanto tempo anche una parte della famiglia che non vedevano da anni. Quella vacanza insieme sarebbe stata un'occasione piú unica che rara, un allineamento dei pianeti, un'eclisse solare. Quattordici parenti in tutto, finalmente riuniti nello stesso posto.

Appena a bordo della *Concordia*, i fratelli Brolli erano rimasti senza parole. Non avevano mai visto niente del genere. Il grande atrio al centro della nave si sviluppava verso l'alto, tagliando i ponti in verticale con la sua torre degli ascensori ottagonali di cristallo color verde smeraldo che salivano e scendevano silenziosi. Tutta la sala, a dire la verità, richiamava il verde smeraldo. I pannelli sui muri e sulle balconate. Le colonne cilindriche. I lampadari a motivi floreali sul soffitto. A contrasto, sparse un po' ovunque, c'erano diverse sfumature di arancione e pesca. I divanetti, la moquette a pois, il rivestimento della scalinata. Vanessa era rimasta incantata a sentire l'esibizione di un pianista, tanto da rischiare per un attimo di perdere il gruppo. L'intera nave sembrava un immenso casinò. Un tripudio di luci, suoni, colori, ristoranti di lusso, mobili lucidi come pietre preziose, lampadari immensi, dettagli in oro abbagliante. I ponti della nave erano numerati dallo zero al 14 (mancava il 13, per ragioni di scaramanzia comuni a molti alberghi) e ognuno aveva il nome di un Paese europeo. Sopra la grande piscina, al ponte Spagna, il numero 11, era stato costruito un tetto automatico che si apriva o si chiudeva a seconda della stagione. Il centro benessere Samsara, poco distante, aveva al suo interno una Spa con i bagni turchi e la palestra. Al ponte 14, il Polonia, c'era la pista da jogging con vista mare.

Ogni cosa sembrava immacolata, un regalo appena scartato, una nuova scoperta. La *Concordia* non era una nave qualunque e quella non era una vacanza qualunque. Nonno Ugo, che nonostante i tanti anni in Germania aveva mantenuto il piglio risoluto e la vocazione pragmatica dell'uomo romagnolo, lo aveva messo in chiaro fin da subito: tutti dovevano passare quei giorni nel miglior modo possibile. Il viaggio e la ricorrenza dovevano diventare un ricordo indelebile. Cosí appena saliti, nella hall principale, si era procurato delle tessere magnetiche ricaricabili – le «Carte Costa» – e le aveva distribuite ai nipoti che avrebbero potuto usarle come piccoli bancomat per togliersi gli sfizi sulla nave. Avrebbe pensato lui a ogni cosa. Gli altri dovevano solo divertirsi.

A Federica, Omar e Vanessa, che venivano da anni di ristrettezze economiche, non sembrava vero. L'unica delusione per Vanessa era arrivata al momento di scoprire la distribuzione dei posti in cabina. Sperava di poter condividere la sua con la sorella piú grande Federica, che adorava e imitava in tutto. Lei però aveva scelto di stare assieme alle cugine della sua età. Vanessa si era ritrovata a dormire con i genitori. Aveva quattordici anni, ma tutti la trattavano ancora come una bambina. E lei faceva fatica a sopportarlo.

Omar invece aveva una stanza tutta per sé, dove appena arrivato si era affrettato a svuotare la valigia e a sistemare i vestiti nell'armadio. Sul letto il personale dell'hotel di bordo gli aveva lasciato il programma giornaliero con le indicazioni per raggiungere il ristorante *Milano*, il tavolo assegnato e le fasce orarie in cui la famiglia avrebbe potuto pranzare e cenare.

Presto i Brolli avrebbero scoperto le meraviglie culinarie della *Concordia*. Sulla nave si mangiava sempre, e sui lunghi tavoli coperti da tovaglie candide facevano bella mostra bassorilievi di parmigiano finemente intagliati, sculture di verdura di ogni forma e colore, file di vassoi con giardini di ananas e kiwi e strutture architettoniche di dolci usciti dalle mani di grandi pasticceri. Non sarebbe stata una semplice vacanza. Quella nave avrebbe rappresentato un mondo nuovo, un universo parallelo, una zona franca dove ognuno si sarebbe potuto permettere di essere qualcosa di diverso dalla solita versione di sé.

Anche se tutti erano perfettamente consapevoli che sarebbe stata solo una piccola parentesi.

Una sera, mentre le sue figlie si godevano la *teen zone* e la discoteca, Arnaldo era andato con Omar a fare un giro nella sala slot, e si erano ritrovati a fare capannello attorno a un ragazzo che continuava a infilare monete nella macchinetta e perdere miseramente, mentre le persone intorno a lui facevano il tifo. Quando si era stufato e se ne era andato, Arnaldo aveva praticamente costretto Omar a prendere il suo posto. Dopo qualche tentativo, Omar aveva fatto jackpot e la macchinetta gli aveva restituito una raffica di monetine. Avevano vinto 800 euro.

Li avrebbero potuti incassare alla fine della crociera. Non male, come ripartenza post-vacanza. Federica e Vanessa, intanto, socializzavano con i ragazzi. La sorella maggiore si scambiava occhiate con uno dei capi animatori, la piccola si imbarazzava per i sorrisi di un ragazzo sardo.

Né a lei, né a Federica importava granché di scendere dalla nave durante le soste intermedie. Era quello l'unico luogo in cui volevano davvero stare, l'unico che volevano godersi fino in fondo. Tutto ciò che desideravano era distribuito tra quei ponti. Non importava che fosse gennaio, che l'estate fosse finita da un pezzo. Sulla *Concordia* c'era l'energia straripante di una vacanza al mare. Si ballava, ci si innamorava, ci si prometteva amicizia eterna con completi sconosciuti. Per i tre ragazzi cresciuti in Romagna c'era aria di casa.

Barcellona era l'unica città che tutti avessero davvero voglia di visitare. Lunedí 9 gennaio, quattro giorni prima del naufragio, mentre il resto del mondo ripartiva dopo le lunghe ferie natalizie, nonno Ugo guidava la famiglia fuori dalla nave e in tour su un autobus turistico, di quelli a due piani che fanno il giro tra le maggiori attrazioni della città. Anche in questo caso voleva offrire lui, non c'era discussione. Sosteneva di saper parlare benissimo lo spagnolo e aveva avviato una contorta trattativa con l'organizzatore del tour per farsi fare un prezzo speciale per tutta la numerosa famiglia. Si informava, gesticolava, annuiva. Solo che al momento di pagare era rimasto interdetto. Il prezzo finale dei 14 biglietti era molto piú alto di quanto credeva di aver capito e i soldi non gli bastavano, tanto che aveva dovuto chiederli al figlio Arnaldo, mentre l'autobus tardava a partire e il resto del gruppo si faceva beffe di lui e del suo spagnolo. Ugo detestava questo genere di situazioni. Lo mettevano a disagio. Ci teneva molto che la sua famiglia fosse sempre decorosa e presentabile, e che non si facesse parlare dietro. Ma l'imbarazzo dell'incidente nell'autobus non era nulla in confronto a quello che sarebbe successo di lí a poco, al rientro sulla nave quel pomeriggio stesso.

Prima della fine della gita, i parenti si erano divisi, sparpagliandosi per la città e dandosi appuntamento a bordo.

All'orario previsto per la partenza da Barcellona, la nave stranamente era rimasta ferma in porto. I passeggeri avevano cominciato lentamente ad affacciarsi dai ponti, mentre la *Concordia* emetteva i suoni di richiamo di un grosso cetaceo. Gli annunci dagli altoparlanti spiegavano che all'appello mancava un passeggero. Uno solo, che ne bloccava 4000. Omar aveva chiesto spiegazioni al nonno, che da navigato crocierista conosceva i regolamenti. Ugo gli aveva risposto che c'è un orario limite oltre il quale la nave parte senza piú aspettare, lasciandoti solo e senza valigie nella città in cui ti trovi. Dopo una snervante attesa, con gli altri passeggeri impegnati a fare il countdown in coro, avevano visto arrivare trafelata in lontananza la silhouette del ritardatario. Che anzi era una ritardataria. Che aspetta, forse conoscevano pure: una cugina del loro gruppo, piena di buste e sacchetti, arrancava verso il molo dopo aver perso la cognizione del tempo e riuscendo a risalire a bordo per il rotto della cuffia, tra gli applausi generali e l'umiliante imbarazzo di Ugo Brolli.

Da Barcellona la *Concordia* aveva fatto rotta verso Palma, e poi da lí aveva percorso il tratto piú lungo della crociera fino a Cagliari, dove era sbarcato il ragazzino che piaceva a Vanessa, ed erano saliti due gruppi di Portoscuso e Villasimius.

La sera del 12 gennaio, giorno del cinquantesimo anniversario di matrimonio, la *Costa Concordia* lasciava il porto di Palermo alla volta di Civitavecchia. Federica, Omar, Vanessa e i loro cugini avevano volutamente snobbato i nonni per gran parte della giornata, per far loro una sorpresa quella sera. Ugo ci era rimasto male. Tanti sforzi per riunire la famiglia, tanti soldi spesi per fare tutti contenti, e loro ripagavano lui e Lilli comportandosi in quel modo? Figli e nipoti, però, avevano in mente un piccolo piano.

Qualche sera prima avevano notato che tra i tavoli girava spesso un omone calvo, con la carnagione olivastra e i baffetti neri. Suonava il violino. Era ungherese. Si chiamava Sándor Fehér e in Omar, Federica e Vanessa aveva subito generato un affetto istintivo, forse perché un po' gli ricordava il loro papà, se non altro nella corporatura e nei modi gentili, tipici di chi vive suonando per strappare un sorriso o una lacrima. Nessuno a bordo della nave lo sapeva, ma Sándor non era un semplice violinista. Aveva trentotto anni e suonava da quando ne aveva sei. Era cresciuto in una famiglia tzigana, nipote e figlio di due musicisti, e si era diplomato al conservatorio Franz Liszt di Budapest. Ogni tanto suonava sulle navi, ma sognava di fare l'insegnante. I Brolli lo avevano avvicinato e ingaggiato per suonare al tavolo dei nonni. Cosí Sándor li aveva raggiunti a cena e aveva suonato per loro un'aria romantica. Lilli e Ugo non si aspettavano la sorpresa e avevano ascoltato commossi, gli occhi illuminati come i ragazzi non li avevano mai visti prima. Verso la fine della cena, mentre i cugini erano seduti assieme a chiacchierare, Omar aveva notato alcuni schizzi d'acqua sui vetri della sala che si affacciavano sull'esterno. Il mare era un pochino piú mosso degli altri giorni. «E se facciamo la fine del *Titanic*?», aveva commentato ridendo, mentre gli altri gli rispondevano di non fare troppo lo spiritoso.

Quella sera, come ogni sera, i ragazzi l'avevano trascorsa alla discoteca *Lisbona*, ballando sotto i suoi lampadari color fucsia. Era la loro penultima notte a bordo, anche se già un po' incombeva quell'ombra di tristezza delle cose che volgono al termine. Un paio di giorni e sarebbero tornati a Savona, poi a Misano e ai mille problemi lasciati in sospeso.

Il cibo, il comfort, le luci, l'animatore di Federica, la ragazza di cui si era innamorato Omar, la magia dei luoghi. Presto tutto sarebbe stato un ricordo. Bisognava divertirsi fino all'ultimo.

Anche Vanessa era determinata a godersi ogni momento. Ormai la piú piccola della famiglia aveva trovato il modo di stare dietro ai fratelli e ai cugini piú grandi, di camuffarsi tra loro, di diventare come loro. Aveva quattordici anni. E cosí si era accesa anche lei una sigaretta cercando di fare la disinvolta, nonostante nemmeno sapesse tenerla tra le dita. Omar però l'aveva vista e lo aveva subito riferito al padre, che si trovava poco distante.

Attimi dopo, Vanessa si era girata e aveva incrociato il suo sguardo. Arnaldo era lí, in piedi a guardarla con un'espressione imperscrutabile, tutto fuorché rassicurante.

Vanessa era scappata senza dire niente a nessuno, correndo verso la sua cabina, infilandosi in lacrime sotto le coperte e spegnendo la luce. Mai come in quel momento avrebbe desiderato una stanza separata da quella dei suoi genitori.

La mattina dopo, venerdí 13 gennaio, la *Concordia* aveva fatto tappa al porto di Civitavecchia, dove gli autobus per visitare Roma attendevano i passeggeri. Federica e Omar erano rimasti a bordo. A Roma ci erano già stati e non avevano voglia di sprecare cosí le ultime ore sulla nave. Nemmeno Vanessa aveva partecipato alla gita: era rimasta imbalsamata nel suo letto, fingendo di dormire fino a tardi per non dover affrontare il padre. Lui non l'aveva svegliata e non le aveva piú detto niente, il che era ancora peggio che vederlo arrabbiato.

Dopo l'ultima cena a bordo, la famiglia Brolli aveva deciso di trascorrere la serata assieme. Alle 21.30 sarebbe cominciato il secondo turno dello spettacolo del Mago Martin, *Un artista della tv italiana. Il testimone dell'impossibile.* I nonni ci sarebbero andati volentieri.

Poco prima dell'inizio dello spettacolo, si erano tutti sistemati ai primi posti del teatro Atene. Nonna Lilli sarebbe rimasta sulla sua carrozzina. Alle 21.45, un tremendo scossone aveva fatto tremare l'intera struttura, come se la *Concordia* fosse stata una barchetta giocattolo in mano a un bambino irruento, e la carrozzina di nonna Lilli era improvvisamente finita contro il palco. Qualcuno tra il pubblico aveva creduto fosse un trucco del mago, di solito i sedili di quel teatro vibravano quando sullo schermo venivano proiettati film in 4D. Ma il mago non ammiccava. Aveva un'espressione spaventata.

3.

Una madre, una figlia

Venerdí 13 gennaio Maria Grazia Trecarichi lo aveva trascorso sulla *Costa Concordia* ferma nel porto di Civitavecchia. Non era scesa dalla nave. Se l'era presa con calma assieme alla sua migliore amica, Luisa Virzí, con la quale aveva esplorato piscina, Spa e zona dei negozietti. Si conoscevano da quando erano molto piccole e si capivano al volo. Si assomigliavano anche, fisicamente. Entrambe erano brune, entrambe con gli occhi scuri e allungati. A prima vista potevano essere scambiate per sorelle. Il giorno successivo, il 14 gennaio 2012, sarebbe stata una data importante. Maria Grazia avrebbe compiuto cinquant'anni. Luisa non aveva resistito. Aveva voluto darle il regalo prima. Una collanina d'oro che sorreggeva una pallina di pavé argentata che la sua amica aveva indossato subito. Ogni tanto, tra un caffè e l'altro, Maria Grazia la trascinava fino alla loro cabina per controllare la figlia diciassettenne, Stefania. Voleva assicurarsi che non avesse approfittato della loro distrazione per appartarsi con il suo fidanzatino, Andrea. Condividevano la cabina tutti e quattro insieme. Stavolta Maria Grazia aveva voluto invitare anche lui in crociera per festeggiare. Il primo amore di sua figlia le piaceva. Era un ragazzo a modo e sembrava serio, ma da qui a fidarsi completamente lasciandoli soli, proprio no. L'amica Luisa la prendeva in giro. «Tu sei pazza, sei esagerata! Sono ragazzi, mica puoi controllarli sempre». Maria Grazia non la stava a sentire. Ai suoi occhi, Stefania era ancora una bambina. Ed era stupenda. Aveva i capelli lisci e lunghi, la fronte alta, gli occhi leggermente a mandorla come lei, una voce molto dolce. Guai a chi gliela toccava.

Tra loro due c'era un legame fortissimo. Era la terza crociera che facevano assieme. Il loro momento. Stefania aveva ancora impressa nella mente l'immagine di qualche anno prima della madre che andava a chiamarla in cabina all'alba per mostrarle i fiordi norvegesi. «Ania, guarda che bello», le aveva detto, insistendo perché sua figlia la seguisse sul ponte esterno nell'aria pungente del mattino, mentre la nave sfilava tra quelle imponenti cattedrali di roccia, o superando la guida a passo di marcia ogni volta che scendevano per un'escursione. Per Ania quel viaggio non era stato altrettanto divertente, ma solo perché aveva sofferto molto il mare. Per il resto non poteva chiedere di meglio che attraversare il mondo in lungo e in largo insieme alla mamma. Avrebbe combattuto qualsiasi malessere pur di seguirla nelle sue avventure. Maria Grazia aveva una vera ossessione per i viaggi in generale e l'avrebbe portata ovunque.

La Scozia l'aveva conquistata come nessun altro luogo al mondo. I luoghi freddi erano la sua dimensione ideale. Da quando si era ammalata di tumore alcuni anni prima e si era sottoposta a varie terapie, il caldo lo sopportava a fatica. Non era un caso che avesse scelto proprio gennaio come periodo dell'anno per fare il giro del Mediterraneo. C'era piú di un motivo per festeggiare. Poche settimane prima di imbarcarsi sulla *Concordia*, Maria Grazia aveva avuto i risultati delle ultime analisi: confermavano che il tumore recidivo riaffiorato vicino al seno era in fase di remissione. Un grande sollievo per tutta la famiglia.

La malattia aveva segnato l'intera esistenza di quella donna. Era ancora una bambina a Leonforte, in provincia di Enna, quando era rimasta orfana della mamma e il padre l'aveva mandata a stare in un collegio, dove di fatto aveva trascorso tutta l'adolescenza.

Appena terminati gli studi a diciotto anni, nell'estate del 1980, una zia aveva portato Maria Grazia in macchina al Camping Baia del Silenzio, appena sopra Augusta, e le aveva regalato un costume di due taglie piú grande che la faceva sembrare goffa e impacciata. In quel campeggio c'era anche un uomo piú grande di lei. Era un insegnante delle scuole medie di trentadue anni. Elio Vincenzi. La prima volta che l'aveva vista, con quell'imbarazzante costume a fiori, era scoppiato a ridere. Piú tardi però si era offerto di insegnarle a nuotare di fronte a Capo Campolato, da dove all'ora del tramonto guardavano la palla arancione del sole inabissarsi dietro l'Etna. Tra quelle onde, dopo che lui le aveva mostrato come si stava a galla e ci si coordinava con le braccia e le gambe, Elio e Maria Grazia si erano dati il primo bacio – sott'acqua, perché lei provava vergogna all'idea che qualcuno li vedesse.

A differenza di molte coppie, non erano andati subito a convivere. Lei era tornata a casa a occuparsi dei fratelli piú piccoli. Lui, dopo un periodo in una scuola vicino Pordenone, era riuscito a ottenere il trasferimento in Sicilia. Si telefonavano molto e si vedevano nei fine settimana. La loro relazione a distanza aveva retto cosí per diversi anni, finché nel 1994 si erano sposati. L'anno successivo era nata Stefania, ma i due erano comunque rimasti a vivere nei rispettivi paesini. Maria Grazia a Leonforte, dove lavorava come ragioniera, ed Elio a Priolo Gargallo, in provincia di Siracusa, dove insegnava. Continuavano a vedersi nei fine settimana.

Un giorno d'estate però – la bambina aveva sette anni – Maria Grazia era uscita dalla doccia toccandosi preoccupata sotto il seno. Le analisi avevano restituito l'esito peggiore: cancro. Aveva quarant'anni, ma non si era persa d'animo. Avrebbe raccontato tutto a sua figlia, per prepararla fin da subito a ogni possibile scenario. L'avrebbe trattata come un'adulta, le avrebbe insegnato a fare tutto, compresi quei lavori domestici manuali che in genere vengono considerati piú maschili. Nei lunghi periodi trascorsi da sole in collina nella casa natale di Maria Grazia sopra Enna, dove lei era cresciuta e dove durante certe nevicate rimanevano isolate dal mondo, avevano smontato mobili, fatto lavori di ristrutturazione, cambiato le prese alle pareti. La bambina si occupava di dare da mangiare alle galline e di raccogliere le loro uova.

L'avrebbe capito solo anni dopo, che la madre la stava «addestrando» quasi militarmente, per prepararla ad affrontare il futuro e a essere forte. Forse sua figlia si sarebbe ritrovata a vivere la stessa infanzia che aveva avuto lei da piccola. Quella di una bambina senza madre. «Non devi mai dipendere da nessuno, sii sempre tu a decidere per te stessa», le ripeteva in continuazione. Anche per questo a volte era cosí severa con lei. Non c'era niente di peggio per Stefania che sapere di avere deluso la mamma in qualche modo. Non erano tanto le punizioni – che comunque a volte arrivavano, sotto forma di silenzi pesanti e proibizioni nuove – quanto la consapevolezza di avere in qualche modo scalfito quel rapporto perfetto, quell'equilibrio raro tra madre e figlia. A volte era strano vederla cosí autoritaria, perché Stefania sapeva quanto in realtà fosse diversa sua mamma.

Elio appariva nei fine settimana, quando saliva da Priolo Gargallo, o quando loro due lo raggiungevano. Dopo un periodo di cure, Maria Grazia aveva sconfitto la malattia e poco prima che Stefania cominciasse le scuole medie la famiglia si era finalmente riunita a vivere sotto lo stesso tetto nel paese di papà.

I suoi genitori sembravano cosí diversi, a volte. Maria Grazia sognava di viaggiare e vedere il mondo. Avrebbe investito nei viaggi ogni suo risparmio. Elio era l'esatto opposto: un tipo da camping, da sdraio con lo schienale di tela, da pineta e rumore di cicale. Una canotta comoda, una birra fredda. Non gli serviva nient'altro. Non voleva nient'altro. Anzi, il resto sembrava disturbarlo. Quando Maria Grazia, ormai guarita dal tumore, aveva cominciato a parlare di andare in crociera, lui aveva fatto un'espressione disgustata. Il pensiero delle serate di gala, dei vestiti eleganti, delle occasioni speciali lo metteva a disagio. Quelle cose non gli appartenevano.

L'idea della *Costa Concordia* era arrivata in vista dei cinquant'anni di Maria Grazia. Pur conscia della ritrosia del marito verso quel genere di esperienza, lei gli aveva chiesto se volesse comunque andare con loro. Elio le aveva risposto che preferiva restare a scuola. Partire in quei giorni avrebbe significato abbandonare i suoi studenti per la prima settimana dopo il rientro dalle ferie natalizie e lui, anche se prossimo alla pensione, si sarebbe sentito in colpa. «Quando vado in pensione una parte della buonuscita la usiamo per andarcene sei mesi in Australia e ce la giriamo tutta come si deve, – aveva detto a Maria Grazia. – L'anno dopo ce ne andiamo sei mesi negli Stati Uniti». Quello che non le voleva dire, e che avrebbe invece raccontato a me quasi dieci anni dopo, era che aveva silenziosamente preferito non gravare sui costi del viaggio, avendo loro dovuto affrontare molte spese per le cure.

Stefania aveva proposto alla madre di andare insieme a Dubai, sempre in crociera. Maria Grazia invece non voleva un posto troppo caldo. Sabbia, sole e grattacieli nel deserto non facevano per lei, mentre il mare d'inverno delle coste mediterranee era esattamente ciò di cui aveva bisogno. La sua amica Luisa sarebbe andata assieme a loro. Infine Maria Grazia aveva proposto a Stefania di invitare anche Andrea, che sua figlia vedeva poco perché abitava a Palermo. Lo aveva accolto come un figlio e aveva cominciato a permettere a Stefania di andarlo a trovare di tanto in tanto con la corriera che in oltre tre ore attraversava la Sicilia, ma non prima di aver preteso di conoscere la madre di lui almeno per telefono.

La *Concordia* sarebbe passata da Palermo il 12 gennaio. Prima di lasciare Priolo Gargallo, Maria Grazia si era raccomandata con Elio di non toccare il grande albero di Natale nel salotto di casa fino al suo ritorno. Era alto piú di 2 metri e mezzo e i suoi rami cedevano sotto il peso di grosse palle argento e oro, nastrini bianchi e cristalli di neve, che pendevano sopra il pavimento in piastrelle azzurre, bianche e rosse. Non si fidava delle mani indelicate del marito. Ci avrebbe pensato lei a smontarlo e a riporre con cura le decorazioni nelle loro scatole. Lo avrebbe fatto al ritorno dalla crociera, una settimana dopo.

Prima dell'alba di giovedí 12 gennaio, madre e figlia erano salite sulla macchina di Pippo, Giuseppe Lombardi, un amico di famiglia diretto a Palermo. Erano passati da Enna a prendere Luisa e al porto avevano trovato ad attenderle Andrea con sua madre, venuta a salutare Maria Grazia e a farle gli auguri di compleanno anticipati. L'insolita comitiva, una coppia di adolescenti accompagnati da due signore di mezz'età, era poi salita a bordo e aveva occupato una grande cabina a quattro posti. La sera, a cena, avevano condiviso il grande tavolo circolare al ristorante *Milano* con una coppia di anziani che sarebbe scesa l'indomani a Civitavecchia. «Caspita, beati voi che avete ancora tutta la crociera davanti, – avevano commentato. – Siamo tristi all'idea di dover scendere».

La mattina successiva avrebbero preso confidenza con quell'immensa nave, l'avrebbero esplorata e avrebbero imparato a conoscerla. A Roma c'erano già stati, le escursioni le avrebbero riservate per Marsiglia, Barcellona, Palma di Maiorca. Da veterane di quel tipo di viaggi, Stefania e Maria Grazia sapevano che ci sarebbe voluto un po' per orientarsi in quel labirinto di corridoi e ascensori. Le navi sono tutte diverse, non era facile fissare dei punti di riferimento. Stefania e Andrea si erano fatti un giro per vedere la piscina coperta e la Spa, Maria Grazia e Luisa avevano deciso di passeggiare sui ponti. Poi avevano partecipato a un briefing di emergenza che a Stefania aveva ricordato molto quello che si fa in aereo prima di decollare. In realtà, come segnalato sul programma di bordo, la vera esercitazione ci sarebbe stata il giorno successivo, alle 17, prima di lasciare il porto di Savona. Un *drill* di emergenza, preceduto da «sette squilli brevi della sirena, seguiti da uno lungo. Indossate indumenti caldi e il giubbotto salvavita e recatevi al vostro punto di riunione. Siete pregati di ascoltare gli annunci fatti con l'altoparlante e di seguire le istruzioni date. Vi informiamo che è necessario che ogni partecipante (adulto e bambino) porti con sè la propria carta rossa di emergenza». L'appuntamento era sul ponte 4, quello dove si trovavano le cosiddette *muster stations*, i punti di raccolta che i passeggeri avrebbero dovuto raggiungere in caso di emergenza, dove erano agganciate anche le scialuppe di salvataggio, assieme a tender e zattere autogonfiabili.

Tutti i mezzi di emergenza erano numerati e ogni passeggero aveva solo il compito di ricordarsi quello che nel caso gli sarebbe stato assegnato. In totale le imbarcazioni potevano portare ben 6150 persone, molte piú di quante la nave potesse effettivamente ospitarne a bordo. Una cautela che aveva origini lontane nel tempo e nello spazio. E che era legata alla tragedia del *Titanic*, il cui affondamento aveva costretto armatori e costruttori a prendere dei provvedimenti piú seri in fatto di sicurezza.

Nel 1914, due anni dopo il disastro, era infatti stata creata la cosiddetta Solas, acronimo di *Safety of Life at Sea*, un protocollo internazionale che prevedeva regole a cui tutte le navi si sarebbero dovute attenere. L'evento del 14 aprile 1912 nelle acque dell'Atlantico tra il quarantunesimo meridiano e il quarantanovesimo parallelo aveva segnato una linea di demarcazione nella coscienza collettiva dei viaggiatori di tutto il mondo. Finalmente si era capito quanto fosse pericolosa l'anarchia legislativa che dominava nei cantieri navali e tra le onde in fatto di costruzione, equipaggiamento e procedure di sicurezza.

Mentre attraversava l'oceano che separava Southampton da New York per il suo storico viaggio inaugurale, il *Titanic* viaggiava a 22 nodi e mezzo, 41 km orari, una velocità impressionante per le navi dell'epoca. Era lungo meno della *Costa Concordia*, 269 metri contro 290, e aveva un numero inferiore di ponti e meno di metà della sua stazza. Era comunque un gigante per quel tempo: la piú grande nave del mondo.

Il giorno del naufragio era gelido e di calma piatta, senza luna. Solo le stelle si riflettevano come lucciole nel mare che sembrava una tavola di olio. Quel pomeriggio, mentre il *Titanic* procedeva a circa 600 km dall'isola di Terranova, la temperatura era calata vertiginosamente, costringendo alcune delle signore di prima classe, avvolte nei loro abiti eleganti, a ritirarsi in cabina prima del solito e a cercare un po' di calore vicino alle stufe elettriche all'avanguardia di cui la nave era dotata. Il freddo si era fatto talmente compatto che lo si poteva fiutare nell'aria. Ma nonostante la calma e le condizioni meteo perfette, lo specchio d'acqua in cui si trovava la nave in quel momento era pieno di insidie, perché incrociava il lento cammino degli iceberg, le imprevedibili montagne di ghiaccio fluttuanti che dopo gli uragani rappresentavano il secondo grande pericolo per i navigatori di quelle acque già dall'èra in cui i vichinghi facevano la spola tra gli insediamenti groenlandesi e quelli islandesi.

Il comandante del *Titanic*, Edward Smith, un uomo di mare con anni di esperienza, pur sapendo della possibile presenza di iceberg in mare, non fece ridurre la velocità e si ritirò nella sua cabina. Solo i due uomini di vedetta, Frederick Fleet e Reginald Lee ricevettero l'ordine di tenere gli occhi ben aperti: dalla coffa, la piccola piattaforma circolare in cima all'albero della nave, con i volti graffiati dal freddo glaciale, le braccia conserte a trattenere il calore corporeo, si misero a scrutare l'orizzonte nero oltre la prua.

Alle 23.40 Fleet si accorse che di fronte a loro, in un punto della volta del cielo all'altezza dell'orizzonte in cui si sarebbero dovute vedere le stelle, c'era come una strana *massa nera*, una sagoma scura priva di puntini luminosi. Che cosa fosse lo avrebbe capito all'ultimo. Si trattava di un grosso blocco di ghiaccio alla deriva, forse proveniente dalla Groenlandia, che nessuno aveva notato a causa del buio pesto, e che probabilmente si era capovolto da poco, provocando l'immersione della parte piú candida e luccicante e l'affioramento in superficie di quella bluastra, che ora si mimetizzava nella notte scura. Non era stato il vento a portarlo lí, bensí le correnti, come mani invisibili sotto il livello del mare. Se ci fosse stato, il vento avrebbe infatti generato piccole onde che si sarebbero infrante alla base dell'iceberg, creando la schiuma bianca che Fleet e Lee avrebbero potuto vedere già da lontano.

Fleet lanciò l'allarme suonando la campana tre volte e urlando al telefono di plancia «Iceberg right ahead!» mentre la macchia scura e imponente diventava sempre piú grande.

Il primo ufficiale William McMaster Murdoch urlò «Hard to starboard!», il termine con cui in mare si dà l'ordine «timone tutto a destra» – una manovra che per l'ingegneria dell'epoca avrebbe spostato dunque la prua della nave a sinistra – nella speranza di evitare l'impatto. Alla sala macchine arrivò l'ordine di azionare i motori indietro-tutta, una retromarcia che secondo Murdoch – in quei pochi secondi fatali che gli permisero di prendere solo decisioni istintive – sarebbe servita a evitare il colpo di coda a quella montagna di ghiaccio. Ma il *Titanic* procedeva troppo veloce – 11 metri al secondo – e la manovra decisa da Murdoch richiedeva un tempo che la nave, a quell'andatura, semplicemente non aveva. In piú, stando a rivelazioni postume che un secondo ufficiale di bordo avrebbe fatto anni dopo alla famiglia, il timoniere Robert Hitchens, nel panico, aveva inizialmente sbagliato la manovra, portando il timone tutto a sinistra invece che tutto a destra, di fatto rallentando la manovra in emergenza.

La prua cambiò direzione all'ultimo, scivolando accanto all'iceberg. Pochi secondi dopo un rumore profondo, simile a un tuono, allarmò gli 898 membri dell'equipaggio e i 1308 passeggeri a bordo. L'iceberg aveva aperto uno squarcio sul lato destro del *Titanic*. Murdoch azionò il meccanismo automatico di emergenza per la chiusura delle porte dei sedici compartimenti a tenuta stagna, ma non c'era comunque piú nulla da fare. Vari squarci si erano aperti sotto la linea di galleggiamento e la nave imbarcava acqua a una velocità terrificante. Il peso dell'acqua avrebbe trascinato la prua a fondo in meno di due ore. I messaggi radio di *mayday* avevano attraversato invano quella desolata regione dell'Atlantico, perché i marconisti della nave piú vicina, il mercantile *Californian*, avevano spento le apparecchiature, e la risposta dal *Carpathia*, un piccolo transatlantico a 58 miglia da lí, prometteva un arrivo quattro ore dopo, quando ormai il *Titanic* si sarebbe trovato sul fondo dell'oceano.

Fu in quel momento che il comandante Smith e il resto dell'equipaggio si resero conto che molti di loro e dei passeggeri avevano i minuti contati. Sapevano fin dall'inizio che le imbarcazioni di emergenza erano venti in tutto. C'era spazio solo per la metà delle 2200 persone a bordo. Tutti gli altri sarebbero annegati, risucchiati dalla nave che affondava, o morti per ipotermia nel giro di pochi minuti nell'acqua gelida che stava velocemente riempiendo corridoi, cabine e vani della nave.

I passeggeri confusi continuavano a chiedere se la situazione fosse davvero grave, ricevendo sempre risposte negative. Mantenere la calma. Questo era l'ordine generale diffuso dall'equipaggio. Non c'era motivo di avere paura. Cosí quando le prime scialuppe vennero calate in mare, non ci fu nessuna fretta per accaparrarsi i posti e queste partirono mezze vuote, anche perché gli stessi membri dell'equipaggio, non avendole mai testate, inizialmente temevano che non avrebbero retto la capienza per cui erano state costruite.

Il panico vero iniziò a diffondersi piú o meno un'ora e quaranta dopo l'impatto. I passeggeri di seconda e terza classe, a cui era stato inizialmente impedito di raggiungere le scialuppe, affollavano i ponti del *Titanic* sempre piú inclinato. Era chiaro ormai che di lí a poco sarebbero morti.

Fu il canotto D l'ultima imbarcazione a lasciare il *Titanic* e i suoi passeggeri videro il transatlantico inabissarsi: erano a meno di 100 metri dalla nave quando la prua cominciò a trascinarlo verso il basso. Solo 710 persone, meno di un terzo di quelle a bordo, si erano salvate. La notizia, una delle prime nella storia contemporanea a diventare virali, aveva creato molto clamore.

La realtà era che la compagnia costruttrice del *Titanic*, la White Star Line, non solo risultava assolutamente in regola per quanto riguardava le misure di salvataggio, ma a bordo aveva addirittura piú scialuppe di quante non dovesse effettivamente metterne a disposizione. Secondo una legge del 1894 mai rivista fino ad allora, le navi da oltre 10 000 tonnellate – il *Titanic* era sulle 46 000 – erano tenute ad averne a bordo almeno 16. Dopo quella notte sarebbe cambiato tutto. Le regole sulla sicurezza sarebbero state molto piú rigide in senso opposto, costringendo le navi ad armarsi di scialuppe per una capienza complessiva del centoventicinque per cento dei passeggeri. Che anche uno solo rimanesse intrappolato a bordo di una nave in procinto di affondare, senza poter usufruire di un mezzo di evacuazione, non sarebbe piú stato concepibile, né ipotizzabile. Eppure sarebbe accaduto di nuovo. Stavolta nel Mediterraneo, esattamente cento anni dopo.

Il briefing a cui Stefania aveva assistito il 13 gennaio del 2012 era stato a suo avviso molto veloce e sbrigativo. Ai passeggeri era stato semplicemente detto che in caso di allarme avrebbero dovuto raggiungere i punti di raccolta. «Ma se siamo appena arrivate e non ci sappiamo ancora orientare qui dentro, come faremmo a trovarli?», si era chiesta, prima di riprendere il suo giro col fidanzato e non pensarci piú. Quel venerdí sera avevano deciso che avrebbero saltato la cena. Avevano mangiato una fetta di pizza per merenda: avrebbero lasciato andare a cena Maria Grazia e Luisa e si sarebbero concessi una passeggiata romantica su uno dei ponti esterni della *Concordia*. Quel gennaio era insolitamente meno freddo degli altri, e il mare era una tavola. Poi, intorno alle 21.30, il cellulare di Stefania era squillato. Sua madre voleva convincerla a scendere giú al ristorante. «Dài, che se non mangiate niente poi ti viene fame». Un invito che probabilmente malcelava la necessità di averli sott'occhio e di evitare che si appartassero. Ania e Andrea le avevano raggiunte poco dopo.

Il menu quella sera proponeva le seppe con i piselli, ma appena il piatto di Stefania era arrivato all'improvviso un rumore stridente, forte, aveva sovrastato qualsiasi altro suono, mentre tutto attorno aveva cominciato a tremare. Sembrava un terremoto. Come se la terra si stesse squarciando sotto i loro piedi. Le luci avevano vibrato appena e si erano spente. Poi, le urla. Lo smarrimento. Quando tutto si era riacceso dopo pochi secondi, le espressioni dei volti erano cambiate. Cosa era stato? La nave era leggermente inclinata, in maniera lí per lí quasi impercettibile, se non fosse stato per il frastuono di piatti, bicchieri e bottiglie che si schiantavano sul pavimento in tante piccole esplosioni, provocando lo spavento dei bambini in sala.

Stefania, d'istinto, si era aggrappata al tavolo inchiodato a terra. Aveva subito sentito un allarme scattarle dentro. Era successo qualcosa di molto grave. Lo sapeva. Con lo sguardo aveva cercato le grandi vetrate che costituivano parte del perimetro del ristorante: dietro quei vetri era tutto nero. Erano in mezzo al mare. Quanto lontano dalla costa? Cosa sarebbe accaduto ora? Aveva guardato la mamma. Maria Grazia era tranquilla, sorrideva aggrottando la fronte, come a chiedersi per quale motivo la figlia si preoccupasse cosí tanto. «Ania, che c'è? Non è niente». Ma Stefania era a disagio. Sua madre la faceva troppo facile. Sempre a sdrammatizzare. Nel frattempo attorno a loro c'erano persone in piedi, persone che si allontanavano per chiedere informazioni, camerieri visibilmente spaventati. Maria Grazia le aveva preso la mano. Temeva che la figlia non mangiasse, e che la sera tardi avrebbe avuto fame. «Ania, stai tranquilla. Assaggia le seppie, guarda che sono buone».

4.

Predestinazione

Giovanni Iaccarino aveva l'acqua del mare nelle vene. Non era solo perché suo padre aveva sempre lavorato sulle petroliere, a volte senza tornare a casa anche per dieci mesi di fila. Non era solo per il suo paese natale, Meta di Sorrento, patria di marinai. Non era solo per il sogno d'infanzia di diventare un giorno comandante, sogno che aveva sempre avuto, da che ne aveva memoria. Per lui il mare era una ragione di vita e la sua felicità cresceva in modo inversamente proporzionale alla distanza che lo separava dall'acqua.

«Delfini... Sono usciti... sono saltati due delfini. Eccoli là! Delfini, delfini! Un gruppo di delfini!» mi ha detto entusiasta, indicandomi un punto del mare dove si intravedevano i dorsi grigi e lisci dei mammiferi a poche bracciate da noi. Eravamo ai Bagni Regina Giovanna, un punto incantevole della penisola a est di Sorrento. Le rocce alle nostre spalle formavano una piscina naturale color acquamarina, appena sotto i resti di un'antica villa romana affacciata sull'orizzonte.

Giovanni mi ci ha portato in motorino in un tardo pomeriggio primaverile, dopo aver chiuso la saracinesca del negozio di prodotti tipici che aveva aperto dopo aver abbandonato la carriera da marittimo. Era il suo posto preferito. Lontano dal rumore della città, degli Apecar sul lastricato liscio, delle voci che rimbombavano nei palazzi antichi. Qui c'era solo la costante, eterna cantilena delle onde, interrotta solo a tratti dal ronzio dei motori di barche e pescherecci. Qui poteva, letteralmente, perdere ore incantato a guardare il suo mare. La vista dei delfini sembrava averlo improvvisamente fatto tornare bambino. La sua vita aveva sempre avuto la forma delle onde. Era cosí per molti ragazzi della sua generazione, nati e cresciuti come lui nella zona di Sorrento, davanti allo stesso mare che Ulisse aveva attraversato dopo essersi fatto legare saldamente a un albero della sua nave, per non cedere al richiamo delle sirene. Quella forza magica e magnetica e quel richiamo erano sopravvissuti nei secoli.

Se i bambini di altre città sognavano di diventare calciatori, quelli di Meta di Sorrento e dei dintorni sognavano di imbarcarsi. I comandanti erano conosciuti per nome e venerati come leggende. Appena cresciuto, Giovanni aveva capito che la strada era lunga e che pochi riuscivano a ricoprire gli incarichi piú prestigiosi a bordo delle grandi navi. Non era tanto una questione economica. Certo, era noto che i comandanti guadagnassero piuttosto bene, ma lui sapeva anche che il denaro non era quasi mai commisurato al livello di responsabilità e alla quantità di sacrifici che avrebbe dovuto affrontare chi sceglieva di navigare per mestiere. In lui c'era anche una voglia di riscatto per suo padre, che non era mai riuscito a salire oltre il grado di sottufficiale.

La madre era la meno entusiasta all'idea della carriera nautica. Per lei era tutto un lungo déja-vu di cui avrebbe volentieri fatto a meno. Le era bastato un marito che aveva passato gran parte del suo tempo lontano da casa, da lei e dai loro cinque figli. Lo guardava arrivare dopo mesi di assenza con gli occhi scintillanti di gioia e faticava ad assaporare quei momenti, perché sapeva che presto sarebbe già stato il momento di salutarsi di nuovo, per chissà quanto tempo. Era uno strazio per tutti. Per lui che partiva, per lei che rimaneva, per i figli che parevano ormai assuefatti all'assenza del padre, ma che ogni volta ci mettevano cosí poco ad abituarsi alla sua presenza, e soffrivano da morire all'idea di salutarlo una mattina di gennaio con la prospettiva di rivederlo una sera di ottobre. Papà non c'era mai. I maschi, in generale, non c'erano mai. A Meta e nei paesi limitrofi della penisola c'erano generazioni dopo generazioni cresciute da madri e nonne. Il destino, ma anche la condanna di quel pezzetto di terra che chiudeva a sud il golfo di Napoli, orograficamente cosí scosceso e accidentato da sembrare voler quasi invitare forzatamente i suoi abitanti a intraprendere la via del mare.

Era cosí da sempre, almeno fin dal IX secolo dopo Cristo, quando già i sorrentini avevano una marina mercantile di tutto rispetto e attraversavano il Mediterraneo per commerciare con la Palestina. Era un lavoro durissimo e molto rischioso, e capitava spesso che chi si imbarcava non tornasse indietro, a volte per via di un naufragio, a volte perché incrociava flotte di pirati arabi che rapivano e schiavizzavano marinai metesi e sorrentini. Una pratica che sarebbe andata avanti per secoli. Nel 1719 i marittimi di Meta avevano dato vita con atto notarile al Monte dei Marinai Schiavi, un istituto bancario a cui ogni bastimento rientrato da un viaggio doveva versare una percentuale dei proventi. I fondi accumulati servivano per provvedere al pagamento dei riscatti di malcapitati finiti nelle mani dei saraceni, o in alternativa ad aiutare ex marittimi in gravi condizioni fisiche ed economiche, o le loro vedove, o i loro orfani. In epoche piú vicine a noi, questa devozione secolare per il mare sarebbe in qualche modo stata ripagata. Nel XIX secolo la penisola sorrentina ha dato i natali ad alcuni tra i piú grandi armatori del mondo. Don Achille Lauro, la cui sorella Amelia era diventata la madre di cinque Grimaldi, che avrebbero poi fondato quella che oggi è la Grimaldi Lines. E poi Gianluigi Aponte, fondatore della Msc, una delle piú grandi compagnie navali del mondo. Le flotte avevano portato lavoro, e in molte famiglie stabilità economica.

Non era un caso che tanti facessero la fila per iscriversi al celebre Istituto tecnico nautico statale Nino Bixio, a Piano di Sorrento. Anche Giovanni Iaccarino, finite le scuole medie, ci era voluto andare.

L'idea di vedere i suoi figli scegliere quella vita dava molto da pensare alla madre, ma allo stesso tempo la riempiva di un orgoglio che comunicava sempre a modo suo, senza dire una parola, con un linguaggio fatto di sguardi. In ogni caso, sarebbe stato inusuale contrastare quel tipo di vocazione. Era diffusa una sorta di predestinazione, da quelle parti. Al mare non si scappava.

Il primo imbarco di Iaccarino era stato nel 2003 sulle navi da carico della Msc. Si era ritrovato in breve tempo nel Nord Europa, in pieno inverno, con un mare forza 8, il rumore dell'acciaio schiaffeggiato dalle onde, gli ululati paurosi del vento. Giovanni non aveva mai avuto paura del mare e non avrebbe certo iniziato in quel momento, ma si rendeva conto che quella sarebbe stata piú di ogni altra cosa una prova psicologica: ci si svegliava alle 4 del mattino, si lavorava anche piú di dodici ore al giorno, il freddo ti ghiacciava i pensieri. I primi giorni restava operativo anche per diciotto, diciannove ore di fila. «Vatti a riposare», gli dicevano gli altri. Ma no. Non tollerava l'idea di dormire mentre la nave passava dal canale della Manica. Voleva vederlo con i suoi occhi. C'era qualcosa di mistico nell'idea di poter in qualche modo dominare quell'immensa distesa d'acqua. Anche se Giovanni lo sapeva benissimo: nessuno la domina. È lei che domina te.

Non era una vita per tutti, ma era quella giusta per lui, che sentiva di aver già raggiunto un traguardo importante e sapeva di poter andare anche oltre. Si vedeva come una giovane promessa del calcio, pronto a distinguersi, ad affrontare la scalata. Ora si trovava in serie C, ma la carriera era appena cominciata. Il suo obiettivo era lavorare sulle navi passeggeri e ci sarebbe arrivato presto, dopo un concorso per allievi ufficiali della Costa Crociere, a venticinque anni non ancora compiuti: la soddisfazione di portare in mare 4000 persone sarebbe stata indescrivibile. Per coronare fino in fondo il suo sogno d'infanzia Giovanni avrebbe voluto guidare una nave del genere da solo. Sarebbe stato il comandante De Gregorio a lasciarglielo fare, permettendogli per la prima volta di provare quella sensazione di cui aveva tante volte sentito parlare, la famosa illusione di comandare i venti e le correnti.

Amava quel senso di responsabilità. Gli piaceva pensare che migliaia di passeggeri a bordo potessero divertirsi, liberi da qualsiasi pensiero lasciato a terra, grazie a lui che li conduceva per mare con sicurezza e mente lucida. L'esordio al comando sarebbe stato sempre uno dei momenti piú felici della sua vita. Con Costa il primo imbarco era stato nel 2004, mentre nel 2006 era salito sulla *Concordia*, quando questa aveva giusto un mese di vita e si sentiva ancora l'odore buono della vernice fresca. Non aveva mai visto una nave del genere, che si distingueva non solo per la bellezza degli ambienti e per i lampadari sfavillanti che pendevano ovunque, ma anche per la tecnologia avanzata di un sistema sofisticato e super efficiente. I suoi sogni si erano realizzati. Giovanni era arrivato in serie A, e non senza affrontare nuovi sacrifici. Anche nelle crociere lavorava sette giorni su sette, undici ore al giorno, e a casa si tornava – quando andava bene – a ogni cambio di stagione.

Tra la fine del 2011 e l'inizio di quel 2012, però, mentre era imbarcato sulla *Concordia* per la crociera Profumo d'agrumi con indosso la divisa di primo ufficiale di coperta, proprio nel pieno della sua giovane carriera, un seme insinuatosi da qualche tempo nella mente ora germogliava come un pensiero costante, diventando un'idea sempre piú concreta. Mollare tutto. La divisa, le navi, i mari. Voltare le spalle al mondo magico e fluttuante che aveva fatto da sfondo alle sue speranze di bambino, per dedicarsi alla piccola culla che da qualche tempo occupava un angolo della loro casa a Meta di Sorrento.

Fin dal suo arrivo, Giovanni il figlio l'aveva visto pochissimo. Gli imbarchi non duravano piú come un tempo, quando si stava via anche un anno intero, ma anche quattro, cinque mesi di fila pesavano molto. E lui, che a sua volta era stato figlio di un marittimo, presto avrebbe conosciuto anche il dolore e la nostalgia di un giovane padre. Sapeva bene a cosa rinunciava chi si lasciava sedurre dal canto delle sirene. Niente compleanni. Niente primo dentino. Niente primo giorno di scuola. Un rapporto a intermittenza con un esserino che a ogni abbraccio gli avrebbe ricordato quanto piú in fretta sembri trascorrere il tempo per chi abita sulla terraferma. Giovanni non se l'aspettava, eppure aveva cominciato a chiedersi se ne valeva la pena, se lo voleva davvero. Forse no.

Certo, non sarebbe stato facile per chi come lui aveva il cuore che pompava acqua di mare nelle vene. Ma dopo quel tour nel Mediterraneo ci avrebbe pensato seriamente e avrebbe deciso.

Poi era arrivato il 13 gennaio. Un venerdí sera come tanti in cui ci si lasciava sulla destra la torre a strisce bianche e rosse della centrale termoelettrica vicino al porto di Civitavecchia e si percorreva la solita rotta verso Savona. Quel venerdí sera, il primo ufficiale di coperta Giovanni Iaccarino non era di turno, e non lo era nemmeno il suo amico Simone Canessa, il cartografo di bordo romano che aveva smontato quel pomeriggio, dopo aver disegnato la rotta assieme al comandante. Si erano incrociati nel corso della giornata, dandosi appuntamento al ponte 5, nella cabina di Simone. Serata PlayStation. Canessa era tifoso della Roma, Iaccarino del Napoli. Lo scontro diretto era inevitabile. La partita era cominciata intorno alle 21.40, forse poco prima. Dopo l'1-0 iniziale, condito dai soliti sfottò, il punteggio era di nuovo in parità: 1-1. Alle 21.44 Iaccarino e il suo Napoli erano andati in vantaggio. Era stato a quel punto, però, che aveva sentito un rumore fortissimo. Come quello di una *grattugia*. Come se la nave fosse stata trattenuta da qualcosa. Il primo pensiero: una collisione con una nave della Grimaldi. La incrociavano sempre su quella tratta, a volte passandole vicino. Vuoi vedere che stavolta avevano cozzato?

Iaccarino era corso fuori, sul ponte esterno, attraverso una porta non lontana dalla cabina di Canessa, per capire dove si trovassero. Ed era stato lí che l'aveva vista. Davanti a lui c'era una montagna nera che ingombrava l'orizzonte del Tirreno. Iaccarino aveva capito subito che si trattava dell'isola del Giglio. Erano le 21.45. L'orario in cui tutti i venerdí, precisa come un metronomo, la *Concordia* le passava davanti. Solo che stavolta erano vicini. Molto vicini. Troppo. Sotto di loro dovevano esserci le Scole, un gruppo di formazioni rocciose appena a sud del porto, sul lato orientale dell'isola, che si allungavano sotto la superficie dell'acqua come un'insidiosa e invisibile secca di granito scuro. «Ma che ci stiamo a fare qua?» si era chiesto confuso il giovane ufficiale di Meta. Stava sognando? Poi era corso su per tre rampe di scale fino al ponte Portogallo, ed era entrato nella sala della plancia. Da uomo di mare, aveva subito cercato il radar. La nave aveva appena superato le Scole, passandoci praticamente sopra. E la cosa preoccupante era il fatto che la velocità fosse diminuita di colpo rispetto a quella a cui stavano andando poco prima. Non erano i due nodi che al limite ti graffiano la carena, o comunque creano dei danni superficiali come quando si sbaglia la manovra di ingresso in porto e che al massimo costano una figuraccia con i passeggeri. No. Qui si andava a velocità di crociera. E se la *Concordia* aveva rallentato cosí repentinamente il danno doveva essere importante.

Nel caos del viavai, lo sguardo del primo ufficiale si era infine posato su un uomo con le mani tra i capelli e gli occhi rivolti al soffitto.

Aveva il suo stesso accento: «Marò, c'agg' cumminat'...» Era il comandante. Un suo compaesano. Francesco Schettino.

5.

Top master

La poppa era completamente allagata, la prua attraversata da torrenti in piena. Le poche notizie e i pochi testimoni parlano di un mare che ribolliva rabbioso, come un tappeto che qualcuno scuoteva con forza da una delle estremità, creando onde alte come palazzine a tre piani. Un mare forza 9 che avrebbe ribaltato qualsiasi cosa. I disperati appelli di *mayday* non servivano a nulla. Un aereo militare passato nelle vicinanze aveva raccolto il messaggio, ma non c'erano elicotteri disponibili in quel punto, cosí lontano dalla costa, con quel vento spaventoso proveniente da sudovest. Il comandante aveva deciso di tenere l'equipaggio a bordo fino all'ultimo. Farlo scendere in mare con le scialuppe equivaleva a chiedergli di tuffarsi in una gigantesca centrifuga. I mezzi di salvataggio, per quanto regolamentari, erano del tutto inadatti a quelle condizioni di vento e di mare. Poi la prua era finita sott'acqua, causando il probabile collasso strutturale di una paratia. In meno di un minuto, la *Marina d'Aequa* era stata ingoiata dall'oceano Atlantico appena fuori dal golfo di Guascogna, tra la Francia occidentale e la Spagna settentrionale. Uno dei luoghi piú pericolosi al mondo per la navigazione, a causa degli uragani invernali che senza preavviso oscuravano il cielo e sembravano prendere a martellate il mare, mentre i venti provenienti dalle Americhe gonfiavano le onde, che correvano impazzite guadagnando massa e velocità. Tutti, dai capitani di pescherecci ai comandanti di grandi navi cargo o da crociera sapevano che sotto quella capricciosa superficie liquida si nascondeva un vero e proprio cimitero di navi. Era il 29 dicembre del 1981. La *Marina d'Aequa* si era inabissata senza poter opporre alcuna resistenza, trascinando con sé l'intero equipaggio. Nessuno era sopravvissuto. Tutti e trenta i suoi uomini erano morti. Tredici di loro provenivano da Meta di Sorrento. Quattro erano amici d'infanzia di Francesco Schettino.

Quel naufragio lo aveva segnato in maniera indelebile, come poi – anni dopo – l'ormai ex comandante avrebbe raccontato in un libro, *Le verità sommerse*, scritto assieme alla giornalista Vittoriana Abate in attesa della sentenza della Corte di Cassazione per il naufragio della *Costa Concordia*. Per un paesino come Meta, dove tutti si conoscevano da generazioni, dove il mare entrava nelle case, incidenti come quelli equivalevano a un cataclisma. Schettino non era a bordo della *Marina d'Aequa*, ma in qualche modo quella vicenda si era insinuata nella sua vita, marchiandola a fuoco. Aveva poco piú di vent'anni e la carriera iniziava sotto il segno della tragedia. Che facesse parte del gioco già lo sapeva. Ma un episodio del genere era l'ammonimento con cui il mare ogni tanto ricordava a chi lo amava che lui, invece, non amava nessuno.

In quel periodo Schettino era un giovane marinaio imbarcato su navi da carico e petroliere, e aspettava di trovare un posto piú stabile e con un grado piú alto, magari in una grossa compagnia di Stato come la Tirrenia, a cui tanti marittimi ambivano.

Ci era entrato nel 1990, da ufficiale. E lí aveva cominciato a interessarsi di naufragi. Un argomento per cui avrebbe sviluppato quasi un'ossessione. Lo incuriosivano i dettagli degli errori umani e dei malfunzionamenti delle macchine che portavano all'inabissamento di petroliere e traghetti. Ne studiava la dinamica, ne cercava le cause. E cosí si era imbattuto in un caso avvenuto qualche anno prima del suo arrivo in Tirrenia. Quello del traghetto britannico *Herald of Free Enterprise*, rovesciatosi appena fuori dal porto belga di Zeebrugge a causa del portellone di prua rimasto aperto, che aveva fatto allagare il ponte zero. Tre minuti dopo, l'*Herald* si sdraiava sul fianco sinistro, mentre 193 passeggeri morivano annegati o per ipotermia, a poche centinaia di metri dal molo esterno. Il giovane ufficiale di Meta si era documentato a fondo anche su un altro caso, quello del traghetto *Ms Estonia*, affondato la notte del 28 settembre 1994 sulla tratta fra Tallinn e Stoccolma. Anche qui, una combinazione di errori umani, l'acqua entrata dalla prua e gli allarmi dati con molto ritardo avevano causato la morte di 852 persone, una delle piú grandi stragi in mare del Novecento dopo gli oltre 9000 morti della *Wilhelm Gustloff* nello stesso mar Baltico, gli oltre 4000 del *Doña Paz* nelle Filippine, i 3920 del *Kiangya* in Cina e gli oltre 2500 complessivi di *Titanic* e *Empress of Ireland* rispettivamente nell'Atlantico e nel golfo di San Lorenzo. Non sembrava mai esserci un limite allo studio delle cause e delle strategie per prevenire quei disastri, sia in fase di costruzione, sia di gestione effettiva del momento.

Mentre si documentava, l'ufficiale Schettino sognava di diventare un giorno comandante, anche se la cosa di cui andava piú fiero era il fatto di essere un bravo marinaio. Di conoscere i fondamenti della navigazione. Di saper leggere e intuire le onde e governare i venti. Non è la divisa a salvarti se non conosci bene il mare, se non lo sai affrontare quando è bizzoso, o addirittura inferocito. E di mare, da buon metese cresciuto imparando a prevedere i piccoli moti ondosi sul sandolino a remi della madre Rosa, lui se ne intendeva. Prima marinaio. Poi comandante.

La flotta della Tirrenia su cui l'ufficiale Schettino si imbarcava alla fine del millennio era composta da traghetti che portavano il nome di alcuni dei piú illustri letterati italiani. Carducci, Manzoni, Pascoli, Petrarca e Boccaccio. Proprio uno dei traghetti su cui lui aveva piú volte navigato, il *Boccaccio*, era poi stato venduto ad alcuni arabi che lo avevano ribattezzato *al Salam Boccaccio*. Nel 2006 sarebbe naufragato a seguito di un incendio sulla rotta tra il porto di Duba, in Arabia Saudita, e quello di Safaga, in Egitto, rovesciandosi e uccidendo piú di mille persone.

A quarant'anni, dopo dieci trascorsi a lavorare per la Tirrenia, Francesco Schettino aveva capito che con quella compagnia di navigazione non sarebbe andato lontano. Una manovra sindacale lo aveva condannato a fare l'ufficiale di navi da carico. Un lavoro che non lo stimolava per niente, inchiodandolo a un ruolo qualsiasi su mezzi che trasportavano solo beni e cose inanimate. Non era quello che voleva. Lui voleva condurre tra le onde degli esseri umani in carne e ossa, sentirli sospirare meravigliati a ogni arrivo, vederli festeggiare sui ponti, spettinarli col vento.

Al cambio del millennio aveva trovato una società con delle belle navi da crociera – la Renaissance Cruises – dove tentare di dare una svolta alla sua carriera, e dove era arrivato al ruolo di comandante in seconda. Ma era durata poco. L'attacco alle Torri Gemelle dell'11 settembre 2001 aveva portato a un periodo di crisi nera del turismo globale e la società era fallita. Con l'improvviso esodo dei dipendenti verso altri lidi, Schettino si era ritrovato cosí nel ruolo di comandante di una nave in disarmo nel porto di Gibilterra. E qui aveva conosciuto alcuni dirigenti di una società con sede a Montecarlo che aveva interessi anche in Costa Crociere. L'anno successivo entrava in quel gruppo come comandante in seconda.

Quattro anni dopo, mentre la nuovissima *Concordia* usciva dal cantiere navale di Sestri, la società lo nominava comandante. Era arrivato. Adesso era un uomo di quarantasei anni con un ottimo stipendio ed era entrato nell'esclusivo club dei comandanti di una delle piú importanti compagnie di crociera d'Europa. I mari del globo terrestre erano ai suoi piedi.

I naufragi avevano comunque continuato a esercitare su di lui una strana attrazione magnetica. Nel 2010, durante un tour della East Coast americana, si era recato al cimitero di Halifax, in Canada, davanti al memoriale delle vittime del *Titanic*, che quasi un secolo prima era affondato nel nord dell'Atlantico a qualche miglio da lí. Schettino aveva pregato sulle lapidi disposte a forma di prua sul prato e si era fatto scattare una foto ricordo vicino a un cartello commemorativo.

Nel suo libro racconta che mentre era raccolto in quel luogo sacro, cosí simbolico per un uomo di mare, provava a immaginare cosa fosse passato nella mente del comandante Smith del *Titanic* quella notte. Una circostanza in cui nessun comandante osava immedesimarsi. Il realizzare, con due ore di anticipo, che quel luogo sarebbe diventato la propria tomba e quella di centinaia di altre persone.

Non ci volle molto prima che Schettino si facesse un nome. Tanti tra quelli che lo vedevano in plancia di comando rimanevano colpiti dalla sua professionalità e dalla sua preparazione, e da come fosse attento all'ospitalità dei passeggeri a bordo. Uno dei direttori dei servizi della *Concordia*, Lorenzo Barabba, mi ha raccontato di una volta in cui, ai Caraibi, una festa programmata su uno dei ponti all'aperto stava per saltare. «Comandà, c'è il vento, che facciamo, si calma, non si calma? Si potrebbe fare qualcosa?»

«Ah, me la vedo io», aveva annunciato il comandante, girando la nave e mettendola con il vento di poppa, di fatto facendolo sparire, come se l'avesse spento con l'interruttore.

Anni dopo, quando il suo nome sarebbe stato unicamente associato al disastro della *Costa Concordia*, qualche suo ex collega lo avrebbe definito un *top master*. Uno con l'intuito del lupo di mare, con quel sesto senso che faceva parte del suo codice genetico e superava qualsiasi studio teorico. Un uomo per giunta sicuro di sé ma gentile, sempre sorridente. Nessuno l'aveva mai visto di cattivo umore. Se ne parlava come di una persona positiva, con cui era facile andare d'accordo sul lavoro. Benvoluto non solo per la sua competenza, ma anche per l'innegabile capacità di stare in mezzo alla gente. Era il tipo di comandante che si presentava volentieri alle cene per salutare i passeggeri e non si negava mai a nessuno, sempre pronto per un brindisi, una foto o una stretta di mano.

Lo spettro della *Marina d'Aequa* era tornato a fargli visita esattamente trent'anni dopo, il 29 dicembre del 2011, quando lasciando il porto di Marsiglia nel corso della crociera Profumo d'agrumi, la *Costa Concordia* si era trovata in balia del maestrale, che soffiava senza tregua a 90 km orari. Schettino aveva portato la nave in mare aperto con una manovra impeccabile, che uno dei piloti portuali marsigliesi avrebbe poi raccontato con la massima ammirazione al «Nouvel Observateur». Due giorni dopo, nel tratto di mare tra Palma di Maiorca e Cagliari, aveva brindato al nuovo anno. L'ultimo della sua breve carriera da comandante.

Il seme del naufragio era stato piantato nel corso della prima settimana del 2012. Una sera, Schettino era stato avvicinato da uno dei maître della *Costa Concordia*, Antonello Tievoli, che aveva una richiesta un po' particolare. Tutti i venerdí la nave passava attraverso la lingua di mare larga circa 15 km che corre tra il promontorio dell'Argentario e il Giglio, l'isola da cui proveniva. Il maître sperava che Schettino per una volta cambiasse leggermente la rotta, avvicinandosi piú del solito all'isola, per rendere omaggio alla madre anziana, che abitava in una casetta appena a sud del porto, in cima a una piccola scogliera. Tievoli era sicuro che le avrebbe fatto piacere. Per le navi poi non era una pratica del tutto inusuale: nel gergo nautico si chiamava «inchino». Schettino, con i suoi soliti modi accomodanti, si era mostrato possibilista. Venerdí 6 gennaio, tuttavia, aveva preferito tenersi lontano dall'isola a causa delle condizioni meteo. Tievoli aveva aspettato pazientemente e la settimana successiva ci aveva provato di nuovo. La sera di giovedí 12 gennaio 2012, mentre la *Concordia* scivolava sull'acqua tra Palermo e Civitavecchia, Schettino si preparava per una cena come molte altre. La replica esatta di quella che si era tenuta la settimana prima, lo stesso giorno, nello stesso tratto di mare.

Erano cambiati gli ospiti, ma gli avvenimenti a bordo erano sempre gli stessi. Grandi famiglie e comitive riunite, coppie di coniugi che festeggiavano mezzo secolo di matrimonio. Quella settimana era il turno della famiglia Brolli di Misano Adriatico, del gruppo dei sardi di Portoscuso, di Stefania e Maria Grazia, dei turisti tedeschi, inglesi, francesi e di una famiglia di texani. Quella dopo, chissà. I volti e le voci dei passeggeri e dell'equipaggio cambiavano in continuazione. La routine restava sempre la stessa. E quel giovedí, come tutti i giovedí, c'era la cena di gala che Schettino faceva precedere dall'aperitivo con lo stato maggiore della nave: il comandante in seconda, il medico di bordo, l'hotel director, il suo braccio destro e un paio di altri ufficiali. Una volta finito, si erano recati all'ingresso del ristorante, dove li aspettava il maître, Antonello Tievoli. Era dritto e composto, riceveva gli ospiti con il suo solito sorriso cordiale, ma con la coda dell'occhio monitorava il corridoio. Doveva intercettare il comandante il prima possibile, era la sua ultima possibilità. Tievoli sarebbe infatti sbarcato dalla nave due giorni dopo, a Savona. Quando Schettino era arrivato con un gruppo di ufficiali, il maître lo aveva bloccato subito. Si ricordava di quella promessa? Il Giglio. Sí, il comandante si ricordava. La sua risposta a quel punto non era stata diversa da quella della settimana prima. Si era tenuto sul vago, ma lasciando intendere che non aveva motivi per non accontentarlo. Un testimone della scena mi ha poi raccontato che uno degli ufficiali si era avvicinato al maître e lo aveva rassicurato: stai tranquillo, te lo faccio io «l'inchino». La sala intorno era piena di gente felice e ignara. A pochi metri da loro era appena stata apparecchiata la notte peggiore che avrebbero mai vissuto. La bomba era stata innescata e il conto alla rovescia era partito.

6.

Venerdí 13

Nonostante la lunga esperienza sulle navi, l'hotel director Manrico Giampedroni in tanti anni di carriera un «inchino» in pieno inverno non l'aveva mai visto. La sera prima aveva assistito alla conversazione tra il maître e il comandante con una certa apprensione. Qualcosa non tornava. Quella di Tievoli era oggettivamente una richiesta un po' insensata e la risposta possibilista di Schettino era ancora piú priva di logica. Per quale motivo un comandante si mostrava disponibile ad assecondare quel desiderio? Senza contare che sulle isole durante l'inverno non c'era mai nessuno e molti degli abitanti si trasferivano sul continente. Che senso aveva quello scambio? In quanti avrebbero davvero goduto di quel passaggio eccezionale davanti all'isola, in una fredda sera di metà gennaio? Un centinaio di persone, a essere generosi, pensava tra sé e sé Giampedroni.

Se c'era un uomo la cui vita coincideva con quella di Costa Crociere, quello era lui, che con la Costa aveva navigato quasi quarant'anni. Giampedroni, ligure di Sarzana, era una sorta di memoria storica della compagnia, ne conosceva ogni piega. Aveva fatto letteralmente il giro del mondo ben cinque volte, negli anni Novanta. Sulla *Concordia*, in quanto commissario di bordo, era una specie di direttore d'orchestra. Il suo compito consisteva nel controllare a livello millimetrico lo stato dei servizi e assicurare il livello di benessere piú alto possibile sia per i passeggeri sia per l'equipaggio. Nel suo ruolo non era possibile lasciare niente al caso: doveva coordinare lo stoccaggio, i pasti, l'intrattenimento, la pulizia delle cabine.

Inoltre doveva appianare i conflitti tra i lavoratori, comprendere le esigenze culturali di ciascuno di loro, e allo stesso tempo adattarsi alle numerose richieste o proteste dei passeggeri. Era allenato ad anticiparne i bisogni, a individuare i furbi e i maliziosi tra quelli che avanzavano lamentele sulla cabina troppo piccola, troppo buia, troppo in basso, troppo in alto. Era preciso nel coordinare gli approvvigionamenti in modo che le abitudini alimentari di tutti fossero sempre soddisfatte – colazione, pranzo, cena, buffet di mezzanotte.

Con alcuni aveva stretto amicizie che sarebbero durate anni: c'erano certi habitué che facevano almeno una crociera all'anno e salivano solo su quella in cui avrebbero trovato lui. A volte lasciava per qualche momento il suo ruolo manageriale per scambiare due chiacchiere tra amici. Per certi clienti a cui era particolarmente legato organizzava delle cene private in cambusa: il maître preparava un menu speciale e insieme gustavano un pasto diverso, seduti a ridere tra i sacchi di farina.

Quel giorno era venerdí 13. Il numero piú detestato dai marittimi e dalla società Costa, che aveva fatto di tutto per evitarlo o aggirarlo a bordo della nave. Il ponte numero 13 non esisteva. Si passava direttamente dal 12 al 14. Non c'era nemmeno la scialuppa n. 13. Ma la data, quella non si poteva evitare. Il sole era sorto alle 07.41 e sarebbe tramontato presto, alle 17.02. La giornata sarebbe stata fredda, ma non come ci si aspettava che lo fosse a gennaio: temperatura tra i 7 e i 12 gradi. Le previsioni davano mare mosso.

La *Costa Concordia* sarebbe rimasta nel porto di Civitavecchia fino alle 19, per poi salpare alla volta di Savona e chiudere il giro del Mediterraneo. La mattinata sarebbe stata dedicata alle operazioni di imbarco dei nuovi passeggeri. Quel giorno dal molo era salito un gruppo un po' particolare. Si trattava di decine di professionisti della bellezza provenienti da tutta Italia, che da settimane attendevano quel momento per giocarsi la grande occasione: partecipare a *Professione Lookmaker*, un reality a bordo della *Concordia*. Avevano speso 2500 euro per iscriversi ed erano carichi. Il vincitore si sarebbe aggiudicato un premio di 100 000 euro, da investire in una propria attività o in prodotti per il proprio salone.

In fila per salire a bordo, davanti agli ufficiali di imbarco, c'erano due donne, molto diverse tra loro. La prima era una giovane ragazza di Perugia, di origini marocchine. Safaa Sikri. Era ambiziosa e dopo parecchia gavetta a Milano e in giro per l'Italia, era tornata nella sua città, dove aveva aperto una boutique. L'andamento della carriera, fino ad allora, era stato inversamente proporzionale a quello della vita sentimentale: tanto era in grado di prendere decisioni assennate quando si trattava di lavoro, quanto con gli uomini sembrava determinata a fare scelte sbagliate, cercandosi solo i piú furbi o quelli che la facevano soffrire. Di nuovo single, si era ripromessa ancora una volta di restare sola. E invece poco dopo aveva cambiato idea.

Da qualche tempo Safaa aveva iniziato a uscire con Donato, con cui all'inizio la situazione non era stata delle piú semplici. Lui era separato e lei temeva di essersi infilata nell'ennesima relazione inutilmente complicata. Il giorno prima della partenza per *Professione Lookmaker*, però, Donato l'aveva sorpresa: le aveva regalato un ciondolo con una coccinella portafortuna e le aveva chiesto di rendere la loro relazione ufficiale. Può darsi che Donato avesse paura di perderla – «È napoletano, – pensava Safaa, – sarà geloso» – anche se ora aveva ben altro a cui pensare: partire, gareggiare, vincere.

La mattina del 13, Safaa aveva raggiunto Donato, che l'avrebbe accompagnata al porto di Civitavecchia. Forse era colpa della notte insonne, ma continuava a sentirsi schiacciata da una strana angoscia, come se a ogni passo una mano invisibile la trascinasse indietro e una voce sconosciuta le suggerisse di non partire. Era la paura? Oppure un segno? Era stata addirittura sul punto di uscire con indosso una scarpa diversa dall'altra.

All'imbarco davanti alla *Concordia* Safaa era arrivata come una diva: valigie Vuitton, capelli in piega, portamento fiero. Era difficile non notarla. Aveva salutato Donato, il suo fidanzato da meno di ventiquattro ore, ed era partita per l'ennesima nuova avventura senza guardarsi indietro. Era da ottobre che aspettava. Da quando le avevano comunicato di averla selezionata per il concorso dopo un provino a Montevarchi. Adesso era pronta a godersi quell'esperienza.

Anche Mara Parmegiani stava salendo sulla *Concordia* per il concorso, ma lei non avrebbe gareggiato. Avrebbe messo i suoi preziosi vestiti a disposizione delle riprese. Da decenni ormai era considerata un'esperta di moda e a Roma, nei salotti, era famosa per la sua incredibile collezione di abiti, che copriva piú di duecento anni di moda. Gli abiti della seconda metà del Novecento le venivano richiesti ad alcuni grandi eventi. Era finita lí cosí: una casa di produzione italiana le aveva chiesto di portare una parte della sua collezione a bordo della *Costa Concordia*. Mara non era sicura di volerci andare. Detestava le navi e il mare, la mettevano a disagio, aveva detto alla sorella minore Vilma. E poi non era una cosa breve, sette giorni di crociera erano un'infinità per lei. Però pagavano bene e quello, dopotutto, era anche il suo lavoro.

Aveva avuto una carriera mirabolante, dagli esordi insospettabili. Quel mondo di sfarzo, di sete, di velluti e gioielli preziosi, in cui Mara si muoveva con disinvoltura, era lontano dalle sue origini, non esattamente fortunate: un'infanzia segnata dalla guerra. Il suo quartiere, San Lorenzo, distrutto dai bombardamenti nel 1943. La perdita della madre, morta di polmonite quando Mara e le due sorelle erano solo bambine. Il pessimo rapporto con la seconda moglie del padre, con cui aveva passato la giovinezza a litigare. Il suo carattere però si vedeva già lí. Era una ragazza forte, indipendente, destinata a trovare la propria strada. Sembrava avere una vera passione per i capi d'abbigliamento. Negli anni del Dopoguerra a Latina, ogni martedí, aveva cominciato a frequentare il cosiddetto «mercato americano», dove venditori all'ingrosso e stracciaroli aprivano grandi balle piene di abiti usati provenienti dagli Stati Uniti. Mara adorava andare lí trascinandosi Vilma, alla ricerca di capi d'abbigliamento e occasioni da conservare o rivendere nel suo negozietto a Capranica. Aveva molto occhio e la capacità piú unica che rara di scovare vere e proprie perle in mezzo a montagne di roba. E cosí si era creata una rete trasversale sempre piú fitta di clienti e conoscenti che le vendevano o regalavano preziosi abiti antichi chiusi da decenni in armadi o cassapanche. Lei li prendeva, li studiava con cura, li fotografava, li catalogava. Quando la sua collezione aveva cominciato a prendere forma e ad acquisire valore, aveva dovuto affittare e assicurare un caveau dove teneva i suoi reperti.

Negli anni, nei salotti della Roma aristocratica, della Roma che contava, della Roma degli eccessi, della Roma *viveur*, il suo nome aveva cominciato ad avere un certo peso, e gli endorsement dall'alto non erano mancati. Micol, una delle sorelle Fontana, l'aveva invitata a una sfilata nientemeno che sull'Orient Express, il prestigioso treno a lunga percorrenza che collegava Parigi e Istanbul. Col passare del tempo la sua firma sarebbe poi comparsa su diversi quotidiani e riviste e il suo volto in svariate emittenti televisive, da Telemontecarlo alla Rai, mentre organizzava mostre capitoline da Palazzo Ruspoli a Palazzo Venezia. La fila di persone ricche o nobili che la cercavano per cederle pezzi di valore si allungava mese dopo mese e cosí la sua collezione era cresciuta a dismisura: una sezione intera comprendeva quasi due secoli di abiti da battesimo, alcuni dei quali risalivano addirittura alla metà del Settecento. C'era una lunga serie di vestiti dell'Ottocento che sembravano usciti direttamente da un romanzo vittoriano. Anche gli abiti di inizio Novecento non erano da meno. Mara in giro per l'Italia aveva trovato pezzi unici degli anni Dieci e Venti, Charleston in paillette d'argento e vestiti da sera in raso nero.

Per il reality sulla *Concordia* aveva imbarcato cinque bauli con una trentina di abiti dal valore complessivo stimato di 1 200 000 euro. La sua selezione comprendeva, tra gli altri, un abito da giorno delle Sorelle Fontana degli anni Cinquanta e tre magnifici vestiti da sera di epoche e fogge diverse: un Raffaella Curiel degli anni Sessanta, un Gattinoni degli anni Ottanta, un Valentino anni Novanta. Poi c'era uno dei suoi preferiti, un vestito da sposa, una nuvola di tulle rosa del 1960, e diversi gioielli firmati Helietta Caracciolo. Il risultato di oltre quarant'anni di lavoro, di studio, di pubbliche relazioni e di dedizione quasi maniacale.

Il 13 gennaio, mentre i partecipanti al reality si imbarcavano dal molo di Civitavecchia, un'altra donna attendeva di salire a bordo. Una ragazza con i capelli a caschetto biondi e i lineamenti slavi. Non era una passeggera qualunque. Quella mattina il comandante aveva chiamato l'hotel manager Manrico Giampedroni, chiedendogli di occuparsi di lei personalmente. Si chiamava Domnica Cemortan. Schettino aveva in programma di cenare con lei. Era di origini moldave e il mese prima aveva lavorato a bordo della *Concordia* come hostess assegnata ai servizi in lingua russa. In quell'occasione aveva conosciuto Schettino. Ora tornava in veste di ospite speciale grazie alla formula «Family and Friends», con cui i membri dell'equipaggio potevano portare a bordo un amico o un familiare pagando una tariffa stabilita dalla compagnia. Giampedroni l'aveva fatta accompagnare alla sua cabina e si era occupato anche di far sistemare la signora Mara Parmegiani e i suoi delicatissimi bauli nella suite 1003, da dove si godeva di un'ampia vetrata che affacciava sul mare. Poi era tornato ai suoi affari, che come ogni venerdí non erano pochi. Oltre all'imbarco dei passeggeri e alla logistica della produzione del reality a bordo, che richiedeva una gestione separata di spazi e orari, doveva organizzare la giornata successiva a Savona, dove la *Concordia* avrebbe rifatto il pieno di provviste.

Quel venerdí il cielo a Civitavecchia era coperto. Non pioveva, ma diversi passeggeri – soprattutto gli italiani – erano rimasti a bordo della nave e avevano rinunciato alle escursioni per vedere Roma. Non si sarebbero comunque annoiati. Il programma era ricco di eventi e di appuntamenti. Dalle 13 alle 15 nell'Atrio Europa, al ponte 3, era previsto il «Benvenuto musicale» per i nuovi arrivati. Mezz'ora dopo alla Balconata Lido sul ponte 10 c'era il laboratorio di manualità, in cui si potevano apprendere i rudimenti dell'arte del découpage.

Alle 16, al Beauty Bar, chi voleva poteva «provare la nostra serie di prodotti, consultazioni gratis di corpo per uomini e donne Spa», al ponte 11, oppure frequentare il seminario gratuito su come «aumentare il metabolismo e perdere peso». Al Riviera Magica, sul ponte 9, c'erano il torneo di pallavolo e quello di calcio balilla, il Quiz della scienza e di Formula 1 al *Grand Bar Berlino*, il corso di balli brasiliani. Alle 18 si poteva scegliere tra lo stretching al tramonto e il trattamento sbiancante denti Go Smile.

Le quattro pagine del programma quotidiano sembravano un misto di appuntamenti e di messaggi promozionali da catalogo di supermercato. «Acquistando il dvd *La Mia Crociera* e il dvd delle escursioni avrete in omaggio quello della "Nave" e una foto della *Costa Concordia*». Digitando lo 0150 dalla propria cabina invece si poteva prenotare il «PACCHETTO RELAX! Le migliori cose vengono in 3, quindi venite OGGI alla SPA scegliendo 3 trattamenti otterrete il 10% di sconto sul primo, 20% sul secondo e 30% sul terzo!»

Chi aveva bisogno di usare Internet poteva comprare un voucher di 10 euro per un'ora di navigazione, 24 euro per tre ore.

All'ora dell'aperitivo la promozione «Attenti a quei due», disponibile «SOLO PER OGGI!» proponeva «un nuovo cocktail da scoprire in compagnia? Due Cuba Libre cocktail al prezzo speciale di 10 euro anziché 13.50. *Cheers!* (+15%

per il servizio)», mentre solo per un periodo limitato «offriamo l'Amarone Stella "Aneri" special edition 2003 a euro 99.00 anzichè euro 150.00!! (+15% per il servizio)».

Il gioco del giorno era «POKER A TRE CARTE: lezioni gratuite per imparare questo nuovissimo gioco SOLO PER QUESTA SERA LA PUNTATA MINIMA È DI 3 EURO».

Le ultime due pagine del programma annunciavano gli eventi serali. I due principali erano BINGO, BINGO, BINGO al *Grand Bar Berlino*, e lo spettacolo al teatro Atene del Mago Martin, *Un artista della tv italiana. Il testimone dell'impossibile*, che si sarebbe tenuto alle 18.30 per chi mangiava al secondo turno, con replica alle 21.30 per chi invece aveva cenato al primo.

Fa impressione leggere gli eventi elencati dopo le 21.30. «IL SERPENTONE! con l'equipe d'animazione e la Dee Dee Smith Band», seguito dall'«ELEZIONE DELLA COPPIA IDEALE!» e dalla serata «TUTTO LATINO» alle 23.45 nel Salone Londra. Per chi voleva piú tranquillità tra le 22.15 e le 23.30 c'era la «Musica Classica con il Trio Armonia Strauss Salone Vienna». Tutto sarebbe rimasto solo su quei fogli di carta. Nessuno di quegli eventi avrebbe mai avuto luogo.

7.

La telefonata

Mentre la nave lasciava il porto di Civitavecchia, sul ponte 5 una coppia di anziani ballava il liscio prima dell'ora di cena. Giovanni Masia, detto Nino, e sua moglie Giuseppina Puddu, detta Peppuccia, erano abbracciati e sorridevano. Erano saliti a bordo due giorni prima, a Cagliari, assieme a un gruppo di una trentina di persone del paese di Portoscuso, nella provincia di Carbonia-Iglesias. Molti dei partecipanti erano croceristi navigati. Gli stessi Nino e Peppuccia avevano già fatto diversi tour. Avevano ottantasei anni, e quei viaggi in nave erano la ciliegina sulla torta di oltre mezzo secolo trascorso insieme, durante il quale avevano affrontato non pochi sacrifici. Nino aveva lavorato nelle miniere del Sulcis per quattro decenni, dividendosi tra quel lavoro spossante e il vigneto che gli dava il moscato di cui tanto andava fiero. Ma quelli adesso non erano piú gli anni della fatica. Erano gli anni del tramonto, in cui riposarsi e godersi anche un po' la vita.

Tanti in paese volevano bene a quell'uomo dolce e mite. Peppuccia da qualche tempo aveva cominciato a soffrire di Alzheimer, e per quanto non fosse ancora nella fase acuta, la mente a volte le giocava qualche scherzo, rimuovendo qua e là un ricordo o un nome. Nino sapeva che a breve la situazione sarebbe peggiorata. Chissà per quanto ancora i viaggi nel Mediterraneo le sarebbero rimasti impressi nella memoria. Con loro, stavolta, era venuto il figlio Claudio con moglie e figli piccoli al seguito. E all'ultimo momento aveva deciso di aggiungersi alla comitiva anche una nipote, Alessia Sirigu, una bella ragazza di trentaquattro anni.

Claudio Masia conosceva bene la *Costa Concordia*. Ci era stato nel maggio dell'anno precedente e aveva preso una cabina con l'oblò che si affacciava direttamente sulle scialuppe di salvataggio. Per una settimana, tutte le volte che guardava fuori, l'occhio gli cadeva su quelle imbarcazioni color ocra, e regolarmente Claudio pensava a cosa sarebbe successo in caso di naufragio: come avrebbero funzionato? Quante persone potevano entrarci? Erano sicure? A inizio gennaio 2012, quando era in procinto di tornare a bordo con i genitori e con sua nipote Alessia, papà Nino stava per rinunciare al viaggio. Un problema ai reni lo aveva inchiodato a letto, riusciva a malapena ad alzarsi. Poi, due giorni prima della partenza, quando già Claudio pensava che avrebbe annullato o posticipato il viaggio, suo padre si era incredibilmente ripreso e la mattina del 9 gennaio era di nuovo in piena forma. Camminava da solo ed era totalmente autosufficiente. Sarebbe partito. Ma aveva già deciso che dopo quella crociera non ce ne sarebbero state altre. Aveva una certa età, e con la malattia di Peppuccia sarebbe diventato tutto piú difficile. Perciò prima di imbarcarsi aveva preso da parte il figlio. «È su ultimo viaggiu che eusu a fài», gli aveva detto. È l'ultimo viaggio che farò.

Dopo il tramonto, la *Costa Concordia* era pronta a salpare per il suo ultimo viaggio. Era una serata bellissima, senza vento. Manrico Giampedroni aveva sempre avuto un debole per le tratte notturne. Aveva una specie di rituale, o piú che altro l'abitudine di prendersi un momento per affacciarsi da un ponte e guardare le luci del porto allontanarsi e sparire all'orizzonte, mentre il rumore del mare riempiva l'aria.

Poco dopo l'aveva chiamato il comandante Schettino. Voleva invitarlo al ristorante *Club Concordia*, dove avrebbe cenato assieme a Domnica. Manrico aveva declinato. Non gli sembrava il caso. Preferiva lasciarli soli. A dirla tutta non si spiegava neanche perché Schettino l'avesse invitato. Gli aveva detto che sarebbe passato piú tardi magari, per un saluto o un caffè. Schettino allora gli aveva chiesto di raggiungerli per le 21.30, qualche minuto prima del passaggio dall'isola del Giglio. Poteva per cortesia accompagnarli in plancia? Anche questa richiesta a Giampedroni era sembrata strana. Poi, però, aveva scrollato le spalle e annuito.

Intorno alle 18.30, mezz'ora prima che la nave lasciasse il porto di Civitavecchia diretta a Savona, il comandante in plancia aveva chiesto all'ufficiale cartografo Simone Canessa di modificare la rotta originaria per poter effettuare un passaggio piú ravvicinato all'isola del Giglio. L'audio della loro conversazione era stato registrato dai due microfoni collegati al Vdr, la scatola nera della nave. «Allora... vedi un attimo che velocità dobbiamo fare per andare sotto al Giglio... amma fà l'inchino au Gigl'... Dobbiamo passa' sotto 'sto cazz' e Gigl'... l'avevo promesso al comandante Palombo».

Il comandante Palombo. Mario Terenzio Palombo. Era la prima volta che Schettino lo nominava in quella circostanza. Palombo era uno storico comandante di lungo corso della Costa, in pensione dal 2007, sotto la cui guida Schettino aveva iniziato a muovere i primi passi da comandante in seconda. Avevano lavorato assieme ai Caraibi una decina di anni prima, a bordo della *Costa Victoria*.

Palombo era una leggenda. Uno dei comandanti con la carriera piú lunga della compagnia, con decine di anni di navigazione a tutte le latitudini. Anche lui, come il maître Tievoli, era originario del Giglio. Il suo nome aleggiava nelle stanze della *Concordia*, in quell'esatto momento, a sua completa insaputa.

Canessa aveva tracciato con Schettino la carta per quella sera. Insieme alla secca della Croce un poco piú a nord, quella delle Scole, a pochi metri dal Giglio, era il punto in cui la nave si sarebbe avvicinata di piú alla terra. Il cartografo lo aveva indicato picchiettando sulla mappa, proponendo di passare a circa mezzo miglio dagli scogli, ma Schettino gli aveva detto che non ce n'era bisogno. Una volta nei pressi dell'isola ci avrebbe pensato lui. Bastava che il primo ufficiale di turno in plancia lo avvisasse quando la nave fosse arrivata a 5 miglia dall'isola. Secondo i piani, la *Concordia* sarebbe passata davanti alla costa del Giglio alle 21.30. Il comandante aveva chiesto però che si rallentasse un po' la velocità, in modo da effettuare il passaggio un po' piú tardi, intorno alle 21.45. Voleva finire la cena con calma e dare il tempo alla sua ospite di mangiare il dessert.

I passeggeri erano ancora all'oscuro di tutto. Questo era un altro particolare insolito, considerata la natura del rituale: l'inchino era spesso usato come una trovata di marketing. Si informavano i passeggeri perché questi si preparassero ad ammirare l'isola mentre la nave sfilava davanti alla costa. I turisti presenti sull'isola avrebbero invece visto passare il fumaiolo giallo con la *C* blu come un enorme cartellone pubblicitario. Ma in pieno inverno di turisti sul Giglio non ce n'erano. Quel gigante da 114000 tonnellate e con oltre 4000 persone a bordo sarebbe passato di fronte a un'isola spenta, e nessuno lo avrebbe saputo.

La nave aveva lasciato Civitavecchia dirigendosi 302 gradi a nordovest. Avrebbe puntato verso l'isolotto di Giannutri, lasciandoselo sulla sinistra, e si sarebbe avvicinata a 0,5 miglia (poco meno di un chilometro) dalla costa orientale del Giglio, quella che guarda il promontorio dell'Argentario e il continente. Dopodiché avrebbe proseguito verso le altre isole dell'arcipelago toscano, superando Livorno e costeggiando la Liguria per arrivare a Savona.

Fino alle 21.04 la *Concordia* aveva mantenuto la stessa rotta, quando poi, come richiesto da Schettino, appena a sud dell'Argentario aveva virato a 278 gradi, quindi a ovest, puntando dritto verso il Giglio. Pochi minuti prima delle 21.30, Giampedroni era salito al *Club Concordia* e aveva raggiunto il comandante Schettino e Domnica al tavolo. Alle 21.34 erano entrati in plancia di comando. Tievoli era già lí. Lui e gli ufficiali erano tutti raccolti davanti alla vetrata panoramica, in attesa del grande momento. L'inchino si sarebbe fatto, era tutto pronto. Tre minuti dopo, alle 21.37 – otto minuti prima dello schianto – Schettino aveva chiesto a Tievoli di telefonare al comandante Palombo e di passarglielo, ma quando aveva risposto al telefono, Palombo aveva detto di non trovarsi sull'isola. Era a Grosseto, e nel momento in cui aveva ricevuto la telefonata era davanti alla tv che guardava – ironia della sorte – il varietà *Attenti a quei due*, in onda su Rai1. La chiamata l'aveva sorpreso. Non si sentivano da anni. La loro conversazione sarebbe durata meno di un minuto, e i microfoni del Vdr sulla plancia avrebbero registrato solo la voce di Schettino:

Salve, buonasera, come sta?
Tutto bene, tutto bene. Mo passiamo sotto al Giglio.
Ah, non è al Giglio? Ahhh... ho capito.
Anche se passiamo a 0,3, 0,4 ci sta acqua là sotto...?
Ho capito, siamo tranquilli.

Schettino aveva chiesto a Palombo se secondo lui fosse possibile avvicinarsi a meno di mezzo miglio dall'isola, mentre la nave procedeva verso il Giglio alla velocità abbastanza sostenuta di circa 16 nodi. La sua domanda era molto specifica, ma il tono della voce di Schettino, che ho ascoltato e riascoltato molte volte in audio, sembrava distratto e sbrigativo. Come se in realtà Schettino non stesse chiedendo un'informazione. «Anche se passiamo a 0,3, 0,4 ci sta acqua là sotto...?» E infatti, pochissimi attimi dopo la sua domanda aveva risposto: «Ho capito, siamo tranquilli», come se non avesse nemmeno atteso di sentire la risposta di Palombo, il quale ai giudici a processo avrebbe poi raccontato di aver risposto semplicemente: «Fai un saluto e gira a largo».

Era stata una telefonata strana, che non rispondeva ad alcun parametro logico. Schettino e Palombo non erano piú in contatto da diversi anni e non erano amici. Oltretutto, come sarebbe emerso nel corso del processo, i precedenti tra loro non erano rosei. Quando anni prima Mario Palombo era stato suo superiore, aveva stilato una nota di valutazione non proprio positiva nei confronti dell'ambizioso marinaio di Meta di Sorrento:

> In tutti questi mesi ho avuto modo di valutare attentamente le capacità professionali del sig. Francesco Schettino. Posso dire che, mentre professionalmente è valido, tuttavia ha manifestato alcune lacune relative alla gestione del personale e disciplina di bordo. Ho notato, sin dall'inizio, un suo notevole impegno nel conoscere

la nave e nel dedicarsi ai vari problemi tecnici e di manutenzione. Non c'è stato inizialmente un buon rapporto in quanto, per orgoglio professionale o per suoi motivi caratteriali, il sig. Schettino in molti casi preferiva mentirmi piuttosto che ammettere di aver sbagliato. Questo fatto naturalmente gli ha causato la perdita della mia fiducia sino a quando, dopo il nostro terzo serio colloquio cominciava a capire come doveva comportarsi.

Palombo nella nota si era comunque mostrato indulgente con il futuro comandante.

Ha un buon carattere, come uomo è umile e buono d'animo, per questo ho voluto aiutarlo a superare le difficoltà incontrate a bordo e a cambiare il suo comportamento, facendogli cosí acquisire piú personalità, capacità di gestione del personale ed esperienza sulla conduzione nave per quanto concerne le sue mansioni.

A processo gli era stato chiesto cosa intendesse quando scriveva che Schettino mentiva, e aveva chiarito ulteriormente la sua posizione.

Lui quando aveva un compito da fare, se io lo riprendevo perché questo compito non era ancora compiuto oppure se c'era qualcosa di sbagliato nei documenti o altre cose anche disciplinari, lui tendeva sempre a scaricare le sue colpe a qualcun altro, cosa che a me faceva imbestialire. Naturalmente voglio anche aggiungere che dopo il terzo colloquio che feci con lui, che gli feci capire: «Guarda che tu sei qui in prova, sei comandante in seconda, devi avere un buon comportamento, perché o fai cosí o vai a casa». [...] Questa cosa a me dava tremendamente fastidio, io cercavo di correggerlo e di dirgli: «Guarda, qui non ci siamo, tu devi dire la verità e basta!»

Era quindi improbabile che l'omaggio a Palombo, un uomo che Schettino non sentiva e non vedeva dal 2006 e con cui non aveva piú alcun rapporto, fosse il reale scopo di quella deviazione, o che addirittura glielo avesse promesso, come aveva sostenuto quel pomeriggio con Canessa. Non aveva molto senso.

Sí, sí, mo faccio tanti fischi e salutiamo a tutti. Va bene. E poi ci sentiamo.

Cinquanta secondi di telefonata che si chiudevano cosí. Perché? Che Schettino avesse bisogno di una scusa piú valida per giustificare l'inchino, il cui unico destinatario in realtà era la mamma di Tievoli? Forse conveniva raccontare che si trattava di un omaggio a uno stimato comandante in pensione, e non di un inspiegabile favore a un maître? Che fosse un modo per ringraziare lo stesso maître delle particolari attenzioni che gli riservava quando cenava? Che fosse un modo di sdebitarsi?

L'isola del Giglio era lí di fronte a loro, un po' spostata sulla sinistra. Una cattedrale di granito formatasi nel Mediterraneo cinque milioni di anni prima, che ora cancellava le stelle nel cielo. La zona sud dell'isola tra Punta Torricella e Punta di Capo Marino era una scogliera brulla con pochissime case, scura e senza luci. Le abitazioni cominciavano qualche minuto piú a nord, a Giglio Porto e all'Arenella, sempre sulla costa orientale.

Alle 21.39, a sei minuti dall'impatto, al termine della telefonata con Palombo, Schettino aveva assunto il comando, diventando ufficialmente responsabile della manovra con la frase «I take the conn», e l'ufficiale Ciro Ambrosio aveva ripetuto ad alta voce «Master takes the conn», cedendo il comando.

Subito Schettino aveva dato una serie di ordini in rapida successione al timoniere indonesiano Rusli Bin. Il primo dopo l'assunzione formale del comando era stato quello di impostare la rotta su 300 gradi, virando verso destra in modo da preparare l'accostata all'isola. Dopo circa trenta secondi si era aggiunto l'ulteriore ordine di proseguire sulla rotta di 310 gradi chiedendo al timoniere di effettuare la manovra lentamente, in modo graduale: «Come slowly, slowly to 310... easy» aveva specificato per assicurarsi che la nave non sbandasse ed evitasse movimenti bruschi, data l'elevata velocità e l'esigenza di garantire comunque la tranquillità dei passeggeri. Quaranta secondi dopo aveva aggiustato il tiro, chiedendo di alzare ancora, stavolta a 325. E a quel punto c'era stato il primo di due errori da parte del timoniere indonesiano della *Concordia*, Jacob Rusli Bin, che invece di 325 aveva capito 315. Ambrosio aveva poi corretto a 335 gradi, e Schettino era intervenuto di nuovo, ribadendo il 325. Per i successivi due minuti, non c'era stato nessun ordine. I microfoni avevano captato solo un leggero brusio di fondo.

Non sapendo cosa fare in plancia, dove peraltro era già stato molte altre volte, Manrico Giampedroni si era spostato sull'alettone finestrato che sporgeva sul lato sinistro assieme a un collega. Il mare era meraviglioso, liscio come l'olio, illuminato dalla tenue luce della luna. Passata la scogliera nella zona sud del Giglio, ora che si avvicinavano alla fascia centrale cominciavano a scorgere le prime luci delle case abbarbicate sopra la spiaggia delle Cannelle. L'hotel director non le aveva mai viste cosí da vicino. Il fianco sinistro della *Concordia* era davvero a pochi metri dalle rocce. Ma lí per lí Giampedroni non si era allarmato.

Nel frattempo Schettino aveva chiesto a Tievoli dove voleva che si effettuasse il passaggio ravvicinato. «All'altezza del porto?» aveva suggerito. «Be', sí eh!» aveva risposto il maître, che aveva già avvisato la famiglia di quell'omaggio eccezionale.

Alle 21.42 il comandante aveva ripreso a ordinare cambi di rotta come i numeri del lotto: 330, poi 335, poi 340.

Ma una nave di quella stazza era lenta a rispondere. Alle 21.43 la rotta era ancora a 326 gradi. Schettino a quel punto aveva chiesto di andare a «350 starboard», ovvero a destra, ma Rusli Bin continuava a non capire e a essere prontamente corretto da Ambrosio. Le indicazioni piovevano su di lui disordinatamente, come una raffica. «Three-five-zero starboard... Otherwise we go on the rocks», aveva aggiunto il comandante. Se non giri, andiamo contro gli scogli. La nave stava passando a filo dell'isola e Schettino doveva stare attento a tenere quei 290 metri di metallo sempre ben allineati, in modo da evitare di sbilanciare la prua o la poppa verso gli scogli.

Da quel momento in poi sarebbe diventata una questione di secondi. Alle 21:44:14, mentre la nave si avvicinava a 16 nodi a poco piú di 300 metri dalle Scole, Schettino dava l'ordine di «starboard 10», 10 gradi a destra. Quattro secondi dopo, 20 a destra. Altri tre secondi e l'ordine era cambiato ancora. Stavolta era lo stesso che era stato urlato a bordo del *Titanic* alla vista dell'iceberg cento anni prima: «Hard to starboard», tutto a destra. E come sul *Titanic*, la risposta della *Concordia* era stata quella di un immenso cetaceo metallico al quale si chiede troppo, e troppo in fretta. La nave era a 125 metri dagli scogli. Alle 21:44:34, a meno di un minuto dall'impatto, Schettino aveva chiesto il *midship* – barra al centro – per raddrizzare il timone. Subito dopo sarebbe stata necessaria un'accostata a sinistra – «port 10» e poi «port 20». Ma anche qui, come forse era accaduto sulla plancia del *Titanic* nel 1912, il timoniere aveva fatto l'esatto opposto. Rusli Bin aveva accostato a destra invece che a sinistra e aveva corretto la manovra con 13 secondi di ritardo. E in quel punto, a quella velocità, un solo secondo poteva fare la differenza.

La *Concordia* si trovava ora all'altezza di una insenatura a *c*, chiusa tra due capi rocciosi, appena prima del porto. In cima al capo piú a nord, punta Smeraldo, c'era la casa della mamma del maître, mentre sotto, in acqua, c'erano due grosse formazioni rocciose che si estendevano verso il mare seguite da un terzo scoglio, piú piccolo e seminascosto dalle onde, che rappresentava la cima di un breve rialzo – una secca – che proseguiva per alcuni metri sotto il livello del mare e che già duemila anni prima aveva fatto naufragare una nave romana carica di anfore.

Per evitare quel pericoloso inciampo di roccia comparso improvvisamente davanti ai loro occhi, Schettino aveva direzionato la prua della nave verso il mare aperto, allontanandosi dall'isola. Ma la *Concordia* ora era disallineata, perché la poppa era trascinata per inerzia verso il Giglio. Resosene conto alle 21:45:05, Schettino lanciava il suo ultimo ordine prima della catastrofe: «Hard to port», tutto a sinistra. Era l'ultima mossa disperata: una manovra a baionetta – una sorta di controsterzo – per bilanciare l'abbrivio che stava per mandare la poppa contro le Scole.

Per molti di noi i grandi cambiamenti – quelli definitivi e irreversibili – arrivano in maniera progressiva, quasi impercettibile. Altri invece sanno esattamente *quando* è successo. Quando e dove si è generata la spaccatura che ha deviato il corso delle loro vite, lasciando precise coordinate nel tempo e nello spazio.

La fine, per Francesco Schettino è arrivata due secondi dopo quell'ultimo ordine, alle 21:45:07 di venerdí 13 gennaio 2012, esattamente a 42° 21' 55" latitudine nord, 10° 55' 48" longitudine est.

In quell'esatto momento, in quell'esatto punto, Manrico Giampedroni era sull'alettone assieme al suo collega che commentava: «Qui siamo sopra gli scogli, ci stiamo avvicinando troppo all'isola». Il collega l'aveva rassicurato: «No, guarda che è bravo questo comandan...» ma non aveva fatto in tempo a finire la frase. La nave era stata percorsa da una lunga e terribile scossa. Quelle antiche rocce di granito stavano aprendo il suo lato sinistro come una scatoletta di tonno, causando uno squarcio lungo decine di metri. Giampedroni aveva guardato verso il basso e visto della schiuma a poppa. L'acqua stava entrando impetuosa senza chiedere permesso, facendo subito dei danni enormi. Pochi secondi dopo c'era stato il primo blackout. La plancia di comando, come il resto della nave, si era trasformata in un antro buio, debolmente rischiarato dalle luci di emergenza. Il bagliore rosso delle spie copriva ogni cosa come in una camera oscura o un incubo a occhi aperti. Non c'erano altre parole per descrivere il momento. Solo il rumore dei sensori di allarme che avevano riempito la sala.

Sulla plancia Schettino continuava a dare ordini per raddrizzare la nave, che l'impatto aveva improvvisamente rallentato. Voleva disincagliarla da quella secca, allontanarsi il piú possibile e contenere il danno, riallineando la poppa e quindi virando tutto a sinistra. «Hard to port!» Ma la sua voce si accavallava con altre, che ripetevano l'esatto opposto: «Hard to starboard!» e di nuovo la sua insisteva: «Hard to port! Chiudere le porte stagne in macchina, pannello d'emergenza!»

Niente però sembrava piú rispondere. I motori elettrici. Il quadro elettrico principale. I generatori diesel. Era tutto in avaria. La *Concordia* era già priva di propulsione.

La mancanza di corrente aveva reso inutilizzabile anche il timone.

Una nave dotata di una strumentazione all'avanguardia, frutto di decenni, di secoli di conoscenze e di progressi, in pochi secondi contro una secca era diventata un enorme, ingovernabile zatterone metallico privo di remi.

8.

Iceberg

Antonella Folco ed io eravamo seduti nel salotto di casa sua, tra le colline appena sopra Savona. Il porto da cui, una decina di anni prima, si era imbarcata sulla *Concordia* era sotto di noi, a pochi minuti di macchina. È una donna estremamente gentile, magrissima, bionda, costantemente in apprensione.

Non è stata un'intervista semplice. Ci siamo interrotti diverse volte. I suoi due grossi cani abbaiavano in continuazione, poi è rientrato suo marito, poi siamo rimasti chiusi fuori di casa senza chiavi. Soprattutto, percepivo il fatto che Antonella non fosse tranquilla. Ripercorrere i ricordi di quella notte di gennaio del 2012 l'aveva turbata. A distanza di anni non è mai riuscita a superare del tutto il trauma. Il rumore di un piatto rotto, il clacson improvviso di un camion nel traffico o qualsiasi piccolo fragore o scoppio la fanno ancora oggi sobbalzare. Un pezzo della sua serenità era andato a fondo insieme a quella nave. Una nave sulla quale non era nemmeno previsto che salisse.

Verso la fine del 2011, Antonella e sua sorella avevano regalato la crociera sulla *Concordia* nel Mediterraneo ai genitori per i loro cinquant'anni di matrimonio. Lei ne aveva già fatte diverse – aveva la carta Costa Club – e poteva beneficiare di sconti e vantaggi. Inizialmente le figlie avevano preso ai genitori una cabina semplice, poi la mamma aveva ammesso di sentirsi a disagio se non c'era l'oblò, quindi avevano fatto l'upgrade prenotandone una col balconcino. Ma non bastava. I genitori si sarebbero sentiti piú tranquilli con una delle figlie al loro fianco, la nave era grande e avevano paura di perdersi. Antonella aveva provato a convincerli in ogni modo ad andare da soli, dopotutto in crociera non devi fare nulla, al limite è il mondo che si muove intorno a te, eccetera eccetera, ma niente. Da soli non se la sentivano. E visto che sua sorella non poteva accompagnarli per via dei turni in ospedale, si era ritrovata, suo malgrado, a condividere la cabina con loro, come la bambina che non era piú da un bel pezzo. Risucchiata dal suo stesso regalo.

Aveva fatto loro da Cicerone nei meandri della nave e organizzato escursioni in ogni porto. A Palma di Maiorca li aveva trascinati a piedi a vedere la maestosa cattedrale di Santa Maria e sua mamma al ritorno si era lamentata con un ufficiale della *Concordia* che la figlia l'avesse fatta camminare per 5 chilometri commentando: «Io con lei non faccio piú le vacanze»; a Palermo papà e mamma erano voluti scendere a rivedere la città dove avevano portato le figlie da piccole; infine a Roma la madre aveva voluto ritrovare la scuola per infermiere frequentata da ragazza decenni prima, per scoprire però che non esisteva piú.

La sera del 13 gennaio era la loro ultima sulla *Concordia*. La mattina dopo sarebbero sbarcati a Savona. Avevano cenato come al solito al primo turno, poi Antonella aveva deciso di salire in cabina da sola a preparare i bagagli mentre i suoi si godevano la replica dello spettacolo del mago a teatro. Avevano finito di mangiare intorno alle 20.30 e salutato i compagni di tavolo, due coppie in viaggio di nozze con cui avevano legato fin dal primo giorno. Avrebbero voluto ringraziare anche il cameriere indiano cosí gentile che li aveva serviti per gran parte della settimana, Russel, un ragazzone di Mumbai sempre sorridente, paziente e con la battuta pronta. «Quanti vizi che hai, bambina mia», le aveva detto scherzosamente un giorno in un ottimo italiano, all'ennesima richiesta di Antonella. Ma un paio di sere prima Russel non era stato bene ed era ancora convalescente.

Appena rientrata in cabina, Antonella si era goduta l'atmosfera di calma e di silenzio. Anche quella vacanza era andata. Se la sarebbe presa con comodo, mentre piegava con cura abiti e maglioni.

Una volta terminato aveva acceso la tv. Su Rai1 davano *Attenti a quei due*, ma né quello, né altri programmi la interessavano, cosí aveva lasciato il volume basso in sottofondo e aveva dato una sbirciata al programma di bordo, leggendo a pagina 1 che «ci troveremo ad attraversare il canale che separa l'Argentario dall'isola del Giglio, che sarà ben visibile a sinistra della nave ad una distanza di 5 miglia».

Antonella aveva guardato fuori, ma era buio e si vedeva poco e nulla. Aveva appena preso in mano un libro quando all'improvviso l'impatto aveva scosso la nave. Il pavimento le era mancato sotto i piedi, aveva sentito il metallo tremare, ogni osso di quel gigantesco scheletro scricchiolava. Gli sportelli intorno a lei si erano aperti di colpo, le valigie e i vestiti erano volati da tutte le parti, un tavolino di marmo le era caduto su un piede, i mobili cominciavano a viaggiare nella stanza, il letto matrimoniale si era staccato di colpo dal muro. «Può esserci un terremoto in mare?» si era chiesta Antonella, ancora sottosopra, mentre cercava di riprendersi.

Poi il terremoto era finito ed era calato il silenzio. Poco prima sentiva le voci delle persone, i passi in corridoio, la musica proveniente dai saloni che si diffondeva nell'aria nonostante la distanza di diversi piani, il brusio bianco delle frequenze e modulazioni di chi lavorava e di chi si stava divertendo. Ora invece c'era una calma talmente piatta che, non fosse stato per la strana inclinazione del pavimento rispetto a pochi secondi prima, avrebbe potuto pensare di essersi appena immaginata tutto.

Ma Antonella il boato assordante l'aveva sentito, rimbombava ancora nella sua testa, le fischiava nelle orecchie. Il suo istinto era stato di cercare una risposta da fuori, dal mare. Si era girata verso la porta finestra.

Tentando di ritrovare l'equilibrio e avanzando incerta sulle gambe ancora deboli per lo spavento, Antonella era uscita sul piccolo balcone e l'aveva vista. La schiuma nel mare, sotto i suoi piedi. Lo stesso spettacolo a cui, alcune decine di metri piú avanti, aveva assistito Manrico Giampedroni dall'alettone.

L'aria era piena di odore salino che bruciava le narici. Intorno a lei il silenzio era sempre piú denso, nessun suono, nemmeno quello delle onde. Poi aveva alzato lo sguardo e aveva fissato qualcosa oltre il terrazzino: un grosso scoglio, a pochi centimetri dalla ringhiera.

Sentiva un'attrazione magnetica. Come se una forza le impedisse di percepire il mondo circostante. Non vedeva nient'altro, solo il grigio sfumato del granito che le sfilava davanti e il buio che lo circondava. Lentamente si era sporta dal parapetto, aveva allungato una mano e l'aveva sfiorato con la punta delle dita. La roccia era fredda e bagnata. Aveva trattenuto il fiato e protendendosi al massimo aveva mosso delicatamente i polpastrelli su quella superficie ostile, per assicurarsi che fosse tutto vero. «Non è possibile, non può succedere a me», mi ha detto di aver pensato in quel momento, ripercorrendo la scena come se quello scoglio fosse ancora di fronte a lei. Il fatto che lo stesse *toccando*, appoggiata col petto alla ringhiera, rendeva tutto tremendamente piú reale. Ancora oggi, quando lo racconta, Antonella è incerta su cosa davvero abbia visto e su cosa si siano poggiate le sue dita.

In realtà non c'era nessuno scoglio. Non poteva esserci. La *Concordia* aveva cozzato contro le Scole molto piú in basso rispetto alla sua cabina, sulla carena dipinta di rosso sotto la linea di galleggiamento. Da dove si trovava lei sarebbe stato impossibile *vedere* l'enorme masso di granito che si era staccato, rimanendo conficcato nell'acciaio, figurarsi *toccarlo*. Antonella lo sapeva che la mente, sotto choc, gioca scherzi strani. Per diversi anni era stata volontaria nella Croce Rossa, dove aveva imparato che in situazioni di stress estremo – incidenti, catastrofi, incendi – i ricordi si deformano e assumono altre sembianze. Il trauma del momento, unito a una rielaborazione successiva contaminata da piú informazioni e suggestioni, le aveva lasciato nella memoria quella parentesi, quello strano corto circuito che aveva superato la realtà e si era cristallizzato per sempre. Forse pensava al *Titanic*, Antonella. Forse la sua mente aveva ripescato dalla memoria una scena del film in cui la nave, dopo aver evitato l'impatto di prua con l'iceberg, gli sfila accanto, mentre i passeggeri fissano increduli quella parete bianca e minacciosa e i piccoli meteoriti di ghiaccio che piovono sul ponte, scivolando da una parte all'altra sul pavimento di legno.

Nel momento in cui aveva stabilito quel contatto fisico immaginario con la roccia, una specie di scossa l'aveva strappata dal torpore, ricatapultandola nel mondo reale attorno a lei. Era stato come risvegliarsi da un incubo. Ora ragionava di nuovo. Era tornata finalmente padrona di sé.

La prima cosa a venirle in mente era stata che se quella montagna si trovava davanti a lei, abbastanza vicina da poterla toccare, sotto di lei la situazione non poteva che essere peggiore. Aveva abbassato di nuovo lo sguardo. Non riusciva a vedere oltre lo scafo bombato della nave, ma poteva intuire che oltre il muro bianco che le ostruiva la visuale qualcosa non andava. L'acqua era in uno stato di agitazione, si muoveva in vortici impetuosi e produceva un rumore angosciante. Adesso Antonella il mare lo sentiva benissimo. Gorgogliava forte, coprendo qualsiasi altro suono, ma c'era qualcosa di innaturale in tutto quel caos. Forse quella visione era un messaggio che il suo corpo e la sua testa le stavano mandando. Le stavano dicendo che era il momento di avere paura. Si era guardata intorno spaesata e aveva notato un'altra passeggera che era uscita sul balcone accanto al suo. Una giovane donna russa. Aveva gli occhi sbarrati e urlava: «Iceberg!»

A quel punto Antonella era subito rientrata nella sua solita modalità. Operativa, schematica, pragmatica. «Iceberg? Ma che cavolate, si vede che è uno scoglio», si era detta a bassa voce. Dov'erano i suoi genitori? Non poteva chiamarli, perché non andavano tanto d'accordo con la tecnologia e non avevano mai voluto un cellulare. Sarebbe uscita a cercarli. Anzi, no. Tra 4000 persone rischiava di non ritrovarli piú. Non aveva scelta. Doveva aspettarli lí. Poi un pensiero l'aveva fatta sudare freddo. «Come faranno dal teatro Atene, che si trova a prua, a tornare qui da soli, a metà nave?»

Mentre se lo chiedeva, all'improvviso, nella sua cabina e nel resto della *Concordia* era piombato il buio.

9.

Nave fantasma

Doveva essere una passeggiata qualsiasi in una qualsiasi serata invernale. Le solite chiacchiere, le solite battute con quell'accento toscano un po' trascinato. In paese, a Giglio Porto, non c'era quasi nessuno. I pochi lampioni e i lampadari dalle finestre delle abitazioni a due piani color pastello creavano piccole isole di luce nel buio che avvolgeva quella grande roccia di granito in mezzo al Tirreno. Un'isola come tante altre, con le sue vecchie barche chiuse dentro l'abbraccio dei due moli, tra i riflessi della luna sul mare. Era una bella serata, al Giglio. La temperatura era stranamente piacevole, per gennaio. Faceva freddo, ma si poteva quasi lasciare la giacca aperta. Giorgio Fanciulli e i suoi due amici di sempre, Pasquale e Tina, ne avevano approfittato per uscire a fare un giretto al porto intorno alle 21: non c'erano molti altri posti dove ritrovarsi, passeggiare a piedi e chiacchierare.

Giorgio era nato al Giglio, ma studiava Ingegneria delle telecomunicazioni a Firenze, ed essendo venerdí era appena rientrato per passare il weekend con la famiglia. Sull'isola lo conoscevano tutti, anche perché era l'unico giornalista del posto, da quando a ventiquattro anni aveva fondato il sito giglionews.it. Quando arrivava al porto, o passava dal Castello, nella parte alta, o a Campese, sul versante occidentale, gli isolani non lo chiamavano quasi nemmeno piú con il suo nome, ma con quello del sito: «Ah, è arrivato Giglionews!»

L'appuntamento con gli amici era subito dopo cena. Ci erano cresciuti, su quei moli. Erano l'estensione di casa. Il luogo dove avevano mosso i primi passi, e dove i genitori e i nonni avevano sudato e pianto e si erano innamorati.

Matteo Coppa, il quarto del gruppo, era a pochi metri da loro, sul molo rosso. Stava per fare il giro e raggiungerli. Ma una volta arrivati all'altezza del molo verde, quello perpendicolare alla banchina del porto, Giorgio e i suoi amici erano rimasti con lo sguardo inchiodato sul mare, senza capire a cosa stessero assistendo. Sulla destra era improvvisamente comparso un enorme palazzo bianco illuminato che incombeva a poche decine di metri. Sembrava quasi di poterlo toccare. Sfilava davanti a loro in silenzio, come un'apparizione imponente e luminosa. Un corpo alieno, materializzatosi dal nulla sul pelo dell'acqua. In cima a quella struttura avevano riconosciuto il fumaiolo giallo con la grande *C* blu della Costa Crociere. Era talmente vicino al porto da illuminare il paesino come il maxischermo di un cinema. Da dove era sbucato? Proveniva da sud. Era appena passato dalle Scole. Che strano. Di navi da crociera, della Costa o di altre compagnie, ne vedevano passare sempre tante. Ma *cosí* vicino? A gennaio, oltretutto? Era la prima volta. Anche se la cosa piú bizzarra, paradossalmente, era il fatto che la nave non producesse alcun rumore. Il rimbombo dei generatori e dei motori che accompagnava quelle città galleggianti, e che era chiaramente udibile a centinaia di metri di distanza, stavolta non si sentiva. Era come guardare un film muto. E a differenza delle altre volte, quando sui ponti si vedevano i passeggeri affacciati che scattavano foto e salutavano, stavolta a bordo sembrava non esserci nessuno.

Poi le luci della nave si erano spente di colpo. La *Concordia* era stata risucchiata dal buio, sparendo nell'orizzonte nero per svariati secondi come un'allucinazione collettiva. Anche questo era molto strano: poteva capitare che alcune navi turistiche passassero vicino alla costa per il cosiddetto «inchino», un momento celebrativo, un omaggio del comandante a una terra di passaggio. In quei casi la nave procedeva parallela alla costa, spegneva le luci a intermittenza per salutare, ma non cosí. Non tutte quante. Non cosí a lungo. Quello sembrava quasi un black-out su un veliero fantasma. Dov'era diretto, ora? Che stava succedendo? Attimi dopo la nave era comparsa di nuovo, illuminata a giorno, un po' piú in là, ma sempre muta, mentre proseguiva il suo cammino verso nord, oltre il porto e la scogliera della Gabbianara.

Forse si trattava di un semplice, per quanto inusuale, saluto invernale, si erano detti. E cosí avevano fatto dietrofront ed erano tornati verso il porto. Giorgio aveva addirittura pensato quello che pensava sempre davanti a navi del genere: «Beati loro».

Mentre camminavano verso casa, tutti e quattro si erano girati un paio di volte a controllare. La nave non sembrava in difficoltà, ma c'era comunque qualcosa che non tornava. Pareva andare troppo lenta, e sembrava che all'improvviso stesse virando di 90 gradi verso il mare. Era come se li chiamasse, come se pretendesse la loro attenzione.

Nel frattempo altri abitanti del Giglio, poco alla volta, avevano cominciato a uscire dalle loro case e ad affacciarsi alle finestre, richiamati da quella scena. Un marinaio del porto, Ido, aveva indicato un punto in alto, verso il fumaiolo. «Quella nave c'ha le luci di non governo accese», aveva sentenziato subito, con la consapevolezza dell'uomo di mare. Si trattava di due luci rosse accese sull'albero portaelica. Indicavano che la *Concordia* era alla deriva, senza timoni né propulsione. Non avevano idea che fosse appena andata a sbattere. Né che la sua «opera viva» si stesse riempiendo d'acqua.

Dopo il gelo iniziale, l'incidente contro le Scole aveva generato un frenetico viavai in plancia di comando. Ordini, comunicazioni, telefonate. Bisognava subito capire l'entità del danno. Uno tra i primi a scendere giú in sala macchine era stato l'ingegnere di bordo, Giuseppe Pilon, un procidano di cinquantotto anni, quasi trenta dei quali in servizio con la Costa. Pilon era responsabile di tutta la sezione tecnica ed era uno dei piú alti ufficiali a bordo. A differenza dei suoi ragazzi, lui non faceva turni, e quella sera dopo cena era tornato in segreteria vicino alla sala macchine per finire i conti sul consumo della nafta. Quando la nave aveva cozzato contro le Scole, Pilon aveva sentito le gabbie dei bagagli andare a sbattere l'una contro l'altra, e poi contro le pareti d'acciaio della nave. Era corso fuori, e mentre ordinava ai suoi di controllare che le porte stagne fossero chiuse era arrivato il black-out. Improvvisamente tutti i macchinari che vibravano nel ponte sotto al loro avevano smesso funzionare. Un rapido borbottio, come dei colpi di tosse, e si erano spenti. I sei generatori diesel. I motori. Il quadro elettrico principale. Tutto quell'insieme di meccanismi in grado di produrre un rumore di fondo costante e assordante era improvvisamente silente. Gli organi piú importanti dell'enorme balena metallica erano collassati. Tutto era avvolto dall'oscurità. Bisognava far tornare la luce il prima possibile, riattivare la corrente. Con una torcia Pilon si era affacciato dalla botola di accesso alla centrale ed era stato percorso da un brivido. La scaletta verticale di metallo sotto di lui terminava in una specie di torrente. Stavano imbarcando tanta acqua. Era sicuramente stato quello a far saltare i sei generatori diesel che alimentavano la nave, i motori e i quadri elettrici. Ma in cosí poco tempo? Quanto era grande la falla? E il settimo generatore diesel, quello per le emergenze che si trovava piú in alto, al ponte 11, perché non era partito? Lo aveva scoperto poco dopo. Erano saltate le cosiddette Ups – le unità di potenza di riserva – grosse batterie che in caso di avaria avrebbero dovuto farlo partire in automatico. Bisognava andare su e accenderlo manualmente. Il direttore allora si era rivolto a Petar Petrov e Sergio Iuorio, rispettivamente primo ufficiale ai motori ed elettricista: «Andate su a vedere». I due erano corsi su per le scale.

Petrov era di Varna, sul mar Nero, come tanti marinai bulgari impiegati sulle navi da crociera occidentali, dove godevano di ottima reputazione – lo stesso comandante Schettino li considerava in assoluto tra i migliori professionisti del settore. All'inizio, d'istinto, l'ufficiale aveva imputato la forte vibrazione al maltempo. Ma poi subito aveva pensato: «Quale maltempo? E anche se ci fosse, la nave ha gli stabilizzatori». Doveva essere qualcosa di molto piú serio, si era detto mentre correva su al ponte 11 per riattivare il generatore di emergenza. Una volta lí, aveva guardato fuori per una frazione di secondo e si era accorto che sotto di loro c'erano le rocce nere di un'isola. Non c'era tempo di fermarsi a capire, non spettava a loro. Lui e Iuorio dovevano correre nella sala motori per riportare la luce sulla nave il prima possibile. Mentre si affrettavano in quella direzione, un'ombra aveva trattenuto Petrov per il braccio. Un passeggero, agitatissimo. Diceva qualcosa che aveva a che vedere con la moglie. Era incinta. Era in pericolo. «Please, tell me what happened», lo aveva implorato. Ti prego, dimmi cos'è successo. Petrov non se l'era sentita di lasciarlo lí senza rispondergli, e aveva detto a Iuorio di andare avanti. Poi aveva cercato di calmare l'uomo. «State tranquilli, prendete un giubbotto salvagente e aspettate sul ponte l'annuncio dell'equipaggio». Poi aveva raggiunto il collega. Il generatore sette era ora l'unico macchinario funzionante in tutta la nave. Sarebbe servito solo per le funzioni essenziali, dare un minimo di corrente e attivare l'impianto di illuminazione di emergenza. Poco altro. Ma almeno sarebbe tornata la luce.

La nave intanto si era leggermente inclinata su un fianco, a causa dell'impatto contro le Scole. Quando i lampadari dei ristoranti si erano riaccesi c'era un'atmosfera di grande agitazione. I volti che prima del buio sorridevano rilassati ora erano tesi e angosciati. I passeggeri erano entrati in un limbo di incertezza. Quella vibrazione forte, i piatti caduti e il black-out davano probabilmente la stessa sensazione di un brutto vuoto d'aria su un aereo ad alta quota. Qualcuno piú che impaurito era sorpreso, qualcun altro semplicemente seccato. L'impressione era che fosse accaduto *qualcosa*, tuttavia nei primissimi minuti sensibilità diverse avevano comunque dato interpretazioni diverse, fra cui quella che ci fosse stato un banale malfunzionamento.

Alessia Sirigu, seduta al tavolo del ristorante *Roma* assieme agli zii e ai nipoti, era molto agitata. Non era superstiziosa, ma subito le era tornato alla mente quando qualche giorno prima della partenza aveva avuto un cattivo presentimento. Il 7 gennaio era il suo compleanno e a Cagliari era uscita con gli amici per festeggiare. Quella sera però si era scordata il computer in macchina e al momento di tornare a casa si era ritrovata il finestrino sfondato, i vetri sparsi a terra come sale grosso, e al posto del suo computer un sedile vuoto coperto di schegge. Si era sentita stupida. Il furto l'aveva destabilizzata e Alessia aveva cominciato ad avvertire una strana sensazione, come se una piccola nube temporalesca si fosse piazzata sopra la sua testa, pronta a riversare su di lei altre energie negative. Era già di per sé una vacanza strana, quella che aveva deciso di fare all'ultimo secondo, a seguito dell'invito di una coppia di due suoi zii con i loro bambini, e di quel gruppo piú allargato di famiglie e di persone anziane di Portoscuso che sarebbero partite tutte assieme.

Alle 21.45 del 13 gennaio, la nuvola nera era tornata a farle visita. Mentre era a cena, un rumore forte e stridente aveva lasciato tutti con le forchette a mezz'aria. Ad Alessia aveva ricordato quello di un «treno che deraglia», ma non c'erano binari nel mare. I piatti volavano da tutte le parti, esplodendo a terra come se qualcuno stesse sparando all'impazzata. Terrorizzata, si era istintivamente aggrappata a un pilastro, mentre alcuni intorno a lei condividevano lo stesso panico. Qualcun altro della comitiva l'aveva buttata sul ridere, prendendola in giro per essersi avvinghiata in quel modo a una colonna. Lo sguardo le si era posato sull'anziano padre dello zio Claudio, Giovanni Masia, o semplicemente «signor Nino», come lo chiamava lei. Era lí anche lui, che si guardava intorno, e si consultava con il figlio e con gli altri sul da farsi.

Poco lontano, al ristorante *Milano*, un'altra famiglia sarda proveniente da Villasimius si stava alzando dal tavolo per immettersi nel flusso di ospiti che lentamente usciva dalla sala e veniva convogliato verso una rampa di scale: una madre, un padre e due bambine piccole che piangevano spaventate. Anche la madre era spaventata. Il padre no. Riprendeva la scena con una telecamera e nel frattempo commentava che stavano esagerando, che non era successo niente, che anzi quelli della Costa gli dovevano ripagare il vino arrivato poco prima sul tavolo. Sarebbe stato uno dei pochi a riuscire a documentare ciò che stava accadendo sulla nave e a portare in salvo i filmati, perché molte telecamere, macchine fotografiche e telefoni sarebbero rimasti in cabina o li avrebbero ritrovati in acqua i sommozzatori.

Ho visto tutto ciò che quell'uomo ha registrato nell'arco di quella sera. Appena prima del secondo turno della cena, lui, la moglie e le bambine avevano lasciato la cabina al ponte 7, poi erano scesi con l'ascensore al ponte 3 ed erano entrati nel ristorante *Milano*. Dopo l'impatto, l'uomo aveva documentato l'atmosfera tra i tavoli appena era tornata la luce. Gli ospiti si muovevano velocemente verso le uscite. Non si era formata una vera e propria calca – non c'erano ancora gomiti che si facevano largo e mani che spingevano schiene, ci si appoggiava civilmente solo con i polpastrelli. La dinamica della mandria impazzita si sarebbe scatenata di lí a poco. Per ora il pavimento era solo leggermente inclinato e le persone seguivano le generiche indicazioni dei camerieri con i volti allarmati che offrivano un vago e semplice *da quella parte* con le braccia.

La famiglia dell'uomo con la telecamera e decine di altre persone erano salite a piedi dal ponte 3 al 14, dove avevano raggiunto una grande area piscine. Nel video si sentono le due bambine che continuano a chiedere spiegazioni, e il papà che continua a sdrammatizzare, liquidando le loro domande con risposte evasive. Erano al sicuro, non c'era da preoccuparsi, andava tutto bene. Altri intorno a loro facevano commenti simili, soprattutto dopo aver raggiunto il piano piú alto e aver visto le luci del Giglio provenire dal lato sinistro della nave: erano vicini alla costa. A *una* costa. Non avevano idea di dove si trovassero, ma la terraferma era lí, scura e però a modo suo rassicurante. Nel filmato si sente la voce di una donna veneta nei paraggi, che commenta assieme a quella di un uomo: «Guarda che semo in costa... guarda. I xe andà in secca. Siamo in secca. Si è insabbiato».

«Ma sto coiòn, lo ga ciapà el sonno?» aveva chiesto sarcastico il marito. «Il comandante trombava?»

Il padre delle bambine alla vista delle luci del paesino poco distanti dalla nave si era quasi del tutto rilassato, pur conservando la vena polemica. Non c'era pericolo. Si era rotto il motore, sarebbero sbarcati e andati in albergo – ospiti della compagnia – in attesa che qualcuno sistemasse il danno. Le figlie continuavano a piangere e a non credergli, come se avessero *sentito* la gravità della situazione molto piú di lui. A tratti tremavano dalla paura. Pochi minuti prima, al ristorante, una bottiglia era caduta da uno dei ripiani superiori, infrangendosi proprio sul loro tavolo. Il papà continuava a cercare di rassicurarle. «Guarda, lo vedi, c'è la spiaggia qui, amore... c'è la spiaggia! Adesso scendiamo e andiamo a mangiarci la pizza», insisteva.

«E come facciamo per le valigie?» chiedeva a quel punto una delle bambine, con la voce rotta dal pianto.

«Dài, non ti preoccupare. Secondo me ce ne regalano un'altra di crociera, come minimo, per il disturbo!»

Nel video si sente chiaramente la voce di una donna accanto a loro, marcata da un forte accento siciliano. Stava chiamando qualcuno: «Ania! Non è successo niente!» Era la voce di Maria Grazia Trecarichi. La donna era proprio lí, a due passi da lui. E come lui cercava di tranquillizzare sua figlia, molto in ansia dopo il terremoto che aveva attraversato il ristorante pochi minuti prima. Ania era convinta che sarebbe morta. I tentativi della madre l'avevano rassicurata solo in parte, dentro di sé sentiva che stava succedendo qualcosa di molto grave.

Qualche minuto prima, nella sala ristorante, l'impatto aveva lasciato pietrificati Andrea e Luisa, e gli occhi di entrambi saettavano da una parte all'altra della sala in cerca di indizi. Maria Grazia faceva del suo meglio per tenere tutti calmi, ripeteva che non era successo niente, ma la situazione era degenerata velocemente. La cameriera che aveva servito il loro tavolo era in lacrime e nessuno dava spiegazioni. Quanto tempo era passato? Era difficile quantificarlo in quel momento, la frenesia intorno a loro ne dava una percezione completamente distorta. Maria Grazia ora aveva una missione. Convincere chi le stava intorno che era una cosa da niente e tutto si sarebbe risolto. Però aveva capito che sarebbe stata una lunga serata. Fuori non si gelava, ma faceva freddo. E forse l'abbigliamento da cena elegante che aveva scelto per aspettare la mezzanotte – quando avrebbe compiuto cinquant'anni – dopo un po' le avrebbe probabilmente dato noia. Meglio forse andare a cambiarsi, aveva pensato. Soprattutto quelle scarpe col tacco. Dopo aver camminato sul pavimento inclinato ed essere salita per undici ponti su scomode scalette di ferro, avevano cominciato a farle male ai piedi. Che fosse il caso di fare un salto in cabina per cambiarsele?

Quella sera Safaa non aveva gli abiti adatti per affrontare un naufragio. Si era messa carina per la cena al ristorante *Milano* dove avrebbe incontrato gli altri concorrenti del reality, tutti vestiti a festa per l'occasione. Lei aveva scelto con cura un abito nero leggero, serio ma non troppo, un paio di ballerine per essere chic ma comoda, e una pochette bianca che aveva comprato in vista di quel viaggio. Ci teneva a fare bella figura. Ci aveva messo una vita a scegliere cosa indossare e cosí, come suo solito, alla cena era arrivata in ritardo. Trafelata aveva attraversato la sala e aveva incontrato una persona della produzione che le aveva indicato un posto libero. I grandi tavoli rotondi, i 200 concorrenti in tiro come lei, i profumi che si mescolavano fra loro. Aveva fatto giusto in tempo a sedersi e chiedere un po' d'acqua prima di ritrovarsi sbalzata dalla sedia appena conquistata, con piatti e caraffe che le si erano rovesciati addosso. Un rumore di ferraglia aveva interrotto lo spettacolo. A Safaa aveva ricordato le catene che venivano buttate in mare quando un traghetto attraccava e avvicinandosi al porto iniziava a produrre quel frastuono metallico. Aveva ripensato agli sbarchi di quando tornava a casa in Marocco, anche se casa sua non era mai stata piú lontana di cosí. Il buio aveva investito il ristorante all'improvviso e un coro di urla si era sollevato all'istante, riempiendo il salone. Gli altri passeggeri avevano camminato velocemente verso l'uscita. Alcuni piangevano, altri pregavano a voce alta, mentre i camerieri attoniti cercavano di ripristinare l'ordine senza successo. Safaa aveva cercato di mantenere la calma, ma aveva paura come tutti. Nessuno è abituato a vedere di colpo gli oggetti intorno a sé oscillare e muoversi da soli, come se un esercito di fantasmi si stesse divertendo a spostarli e a spaccarli. Quell'improvvisa perdita di equilibrio generale – mi ha raccontato una sera Safaa mentre chiacchieravamo nel suo negozio alla periferia est di Perugia – l'aveva scossa al punto da ritrovarsi a vacillare sulle gambe, mentre cercava subito l'uscita dal ristorante.

Ma era stato il black-out – *i* black-out, in realtà, visto che la luce era saltata a piú riprese, lasciando tutto e tutti nel buio piú totale – a mandarla «fuori di testa». E non solo per le urla di paura di chi le stava intorno, ma perché le sembrava di partecipare a un gioco crudele in cui ogni volta che si riaccendeva la luce doveva orientarsi da capo in quella nave che conosceva solo da poche ore. Doveva essere realista, continuava a ripetersi. Doveva tenersi la paura dentro e controllarsi. Si sarebbe risolto tutto. Subito fuori dal ristorante *Milano* alcune persone si erano sentite mancare, e Safaa era tornata tra i tavoli per cercare dell'acqua e assisterle. Qualcuno le aveva chiesto aiuto. Nessuno sapeva esattamente cosa fare o dove andare e il personale della nave non era in grado di rispondere alle insistenti richieste di chi ora voleva sapere.

Alcuni passeggeri avevano cominciato a munirsi preventivamente di giubbotti di salvataggio arancioni, prelevandoli dai cassettoni e dagli armadietti distribuiti lungo i ponti. Chissà se ce n'erano abbastanza per tutti.

Oltre a questo c'era un problema che invece era solo suo: Safaa aveva lasciato in camera l'inalatore per l'asma e quello era esattamente il tipo di situazione in cui presto le sarebbe servito. Sentiva già l'ansia montare. Sapeva che il respiro si sarebbe fatto piú corto e affannoso. Non aveva scelta. Doveva tornare in cabina.

10.

Una sera qualunque

Il capo dei servizi della *Costa Concordia*, Lorenzo Barabba, ne aveva visto di *mare brutto*, in tanti anni di carriera. Ma una situazione paradossale come quella, mai. La superficie dell'acqua era una tavola di marmo, esattamente come nel nord Atlantico la notte del 14 aprile 1912, quando le uniche onde erano quelle lievi e morbide che il *Titanic* disegnava sull'acqua come un dito che scorreva su un lenzuolo. Eppure c'erano pochi dubbi: il lungo corridoio che stava percorrendo a passo spedito dopo essere uscito dal suo ufficio era inclinato come una di quelle attrazioni per bambini al luna park.

E anche se i protocolli ormai li conosceva a memoria, dopo averli ripetuti in centinaia di *drill* e simulazioni all'inizio e durante ogni traversata, era comunque il puro istinto a guidarlo. Doveva trovare il suo superiore, l'hotel director Manrico Giampedroni, e coordinarsi con lui. Lo aveva cercato nella cabina-ufficio seguendo le luci di emergenza che segnavano i percorsi vicino ai piedi e aveva bussato concitato. Era stato lí un paio d'ore prima, quando alcuni colleghi lo avevano convocato per una tardiva festa a sorpresa dopo essersi accorti che il giorno prima, il 12 gennaio, era stato il suo compleanno. Avevano organizzato un piccolo rinfresco e brindato con una ciotola di punch alla frutta, anche se Barabba da buon pugliese aveva una certa vena scaramantica: i compleanni andavano festeggiati il giorno esatto, non prima e non dopo. L'ufficio, comunque, adesso era vuoto. Giampedroni non era lí. Forse doveva provare in plancia di comando.

Una volta arrivato, Barabba aveva trovato la zona piena di gente che andava e veniva, illuminata dalle tenui luci dei tasti e dei monitor. Il comandante Schettino era al telefono con qualcuno. Non lontano da lui c'era il direttore di crociera Francesco Raccomandato. Barabba non era un suo superiore, ma gli aveva comunque dato indicazioni di preparare un comunicato e di chiamare a raccolta le hostess per leggerlo nelle varie lingue ai passeggeri. Anche loro dovevano sapere il prima possibile cosa stava succedendo, in modo da prepararsi. Raccomandato gli aveva chiesto: «Cosa diciamo ai passeggeri? Cosa è successo?» Barabba si era girato verso Manrico Giampedroni, che era a pochi passi. «Capo, cosa diciamo come ragione?» Giampedroni aveva risposto, secco: «Intanto mettete giú la bozza, poi scrivete la ragione che vi dirà il comandante». Dopodiché aveva preso per un braccio Barabba: «Lorenzo, vieni con me».

Giampedroni sembrava sapere esattamente dove andare. Procedeva spedito, mentre Barabba lo seguiva per i corridoi senza fare domande. Dal ponte della plancia erano scesi nelle viscere della nave attraverso le scale riservate all'equipaggio, avevano attraversato la cambusa e si erano diretti alla sala controllo.

La superficie del pavimento era scivolosa, forse a causa di qualche liquido che si era rovesciato a terra. Bisognava procedere con cautela verso il centro della nave, fino alle porte tagliafuoco. Durante il tragitto Giampedroni aveva perso l'equilibrio ed era caduto, dando una botta contro il pavimento d'acciaio. Barabba l'aveva aiutato a rialzarsi e avevano proseguito. Era fumo quello che vedevano ora?

C'era una specie di nuvola statica nell'aria, ma aveva un aspetto insolito, troppo impalpabile per un incendio. Sembrava quasi vapore. Giampedroni e Barabba conoscevano bene le procedure da applicare in certi casi: mai essere frettolosi, verificare sempre le temperature delle superfici con il palmo della mano prima di entrare in un nuovo ambiente, procedendo a piccoli tentativi. Se le porte erano calde, dovevano tornare indietro. Gli incendi a bordo capitano, specie dato l'enorme ammontare di nafta che una nave come quella si portava dietro. Ma il metallo era freddo al tatto. Camminavano sempre avvolti da quel vapore leggero che avevano intuito venire dalla sala macchine: l'acqua lí era già entrata, e aveva bruciato i circuiti da cui ora esalava quella nebbia sottile. Arrivati nella zona di poppa, erano scesi ai livelli inferiori, trovandosi davanti ad alcune pesanti porte a tenuta stagna già chiuse, ma oltre le quali potevano sentire il fragore dell'acqua che entrava scrosciando. Barabba mi ha descritto il rumore paragonandolo «alla cascata del Niagara». L'hotel director e il suo vice si erano guardati senza dire una parola. Non c'era bisogno di parlare per capire cosa stava succedendo. Non c'era tempo da perdere, era già troppo tardi. La porta della sala di controllo era aperta. Dentro c'erano il direttore di macchina Giuseppe Pilon e il comandante in seconda Roberto Bosio, che stavano cercando di stabilire l'entità del danno per mandare informazioni in plancia. Pilon chiedeva ragguagli su generatori e motori ai suoi uomini. Uno di loro era Giovanni Iaccarino, che nel frattempo, dalla plancia di comando dove era salito dopo lo schianto, lo aveva raggiunto giú in sala controllo. Le notizie non erano affatto buone. Non era possibile in alcun modo scendere dal ponte zero ai tre ponti inferiori. Era tutto completamente allagato. Iaccarino aveva visto la scena con i propri occhi.

Anche lui, come tutti i testimoni di questa storia con cui ho parlato, sembrava raggiungere un punto della conversazione in cui i piani del presente e di quella notte si intrecciavano, risucchiandolo in una dimensione sospesa in grado di modificare la sua percezione del *qui e ora*. Per lunghi minuti, Iaccarino pareva essersi dimenticato di trovarsi seduto con me in una macchina parcheggiata sotto un albero vicino al mare di Meta di Sorrento. Avevo l'impressione che fosse tornato a bordo della *Concordia*. Con i ricordi, ma anche emotivamente. Come se quella nave, ormai rimossa e demolita da tempo, fosse ancora alla deriva, uno spirito rimasto dentro di lui e nella coscienza collettiva dei suoi naufraghi.

In quel momento pareva anche a me di essere lí assieme a lui, mentre apriva la sala macchine e assisteva alla scena surreale e spaventosa di una bomba d'acqua che schizzava dalle pareti, inondando la sala motori a una velocità impressionante, a cui nessuna pompa poteva tener testa. Chissà quanto era lungo lo squarcio, aveva pensato il ragazzo di Meta, cresciuto amando un mare del quale ora aveva davanti agli occhi tutta la potenza distruttrice. «Non sei tu a dominarlo. È lui che domina te». Quel pensiero risuonava come un mantra. Iaccarino aveva avuto paura. Una paura vera, viscerale, profonda. Persino Pilon, che lo aveva raggiunto mentre perlustrava il ponte zero avanti e indietro come una tigre in gabbia, si era fermato a guardare quella scena con angoscia. Il terrore negli occhi di un uomo di mare, figlio di un'isola, con decine di anni di bufere e uragani alle spalle, faceva quasi piú paura del livello dell'acqua che si alzava rapidamente come in una vasca da bagno. Tutti avevano già visto quella scena, me compreso. Era quella del film *Titanic* di James Cameron in cui l'attore che interpreta l'ufficiale di sala macchine

Joseph Bell assisteva assieme agli altri operai allo tsunami di acqua gelida che inondava senza pietà il locale caldaie. Anche Bell, come Pilon, lavorava per la stessa società di navigazione da quasi trent'anni. E anche lui sarebbe rimasto lí sotto fino all'ultimo, monitorando i macchinari e, in quel caso, continuando eroicamente ad alimentare i generatori per permettere al telegrafo di trasmettere. Poi la potenza dell'acqua aveva spazzato via tutto. Iaccarino, però, mi ha spiegato che nessun film sarebbe in grado di riprodurre davvero quello a cui lui e i suoi avevano assistito. Nessun sofisticato macchinario per gli effetti speciali poteva riprodurre la vera pressione dell'acqua e la forza d'entrata che si vedeva dalla cima della scalinata al ponte zero. La natura è piú brava di qualsiasi regista.

Il compartimento dei motori e generatori diesel era andato. Non c'erano dubbi. Non avrebbero mai piú funzionato. L'unico dubbio era se i compartimenti allagati fossero due o tre. Una differenza che avrebbe stabilito se la nave poteva galleggiare, o se sarebbe andata a fondo. Due o tre. La sopravvivenza di chissà quante persone dipendeva ormai dalla lancetta del destino che avrebbe indicato uno di quei numeri elementari. Nel frattempo, però, i quadri elettrici non rispondevano e non ci voleva molto per capire che l'intera elettronica della nave rischiava di essere di fatto in un coma irreversibile.

Alle 21.51, sei minuti dopo l'impatto, il Vdr della *Concordia* registrava la chiamata interna tra plancia e sala controllo. Tra Schettino e Pilon. Il comandante di Meta e l'ingegnere procidano si erano sintonizzati sulla loro parlata mista tra italiano e dialetto napoletano.

Pilon: Pronto?
Schettino: Direttò, almeno un motore si può accendere?
Pilon: Mo non siamo ancora riusciti a scendere giú, comandante!

Schettino: No, no, ma la macchina non si può mettere in moto, la macchina?

Pilon: Stamm' andand' giú a vedere... noi abbiamo l'acqua... non possiamo entrare in macchina... dal lato sinistro. C'è l'acqua fino all'officina.

Schettino: E allora? Cioè stamm' ienn' a funn', praticamente, non ho capito?

Pilon: Eh... eh...

Schettino: Eh?

Pilon: Sí. Sta l'acqua fino all'officina!

Pilon glielo aveva ripetuto con il tono di voce un po' seccato di chi sta dicendo una cosa che non necessita di essere ripetuta. Il comandante aveva capito bene. Stavano «ienn' a funn'», andando a fondo.

Solo sei minuti dopo quella tragica manovra contro le Scole, la sentenza di condanna a morte della *Concordia* era già scritta. Per quanto nessuno potesse vedere né misurare lo squarcio, una tale quantità d'acqua in cosí pochi minuti sintetizzava tutto. Esattamente come era accaduto al *Titanic*, cento anni prima. Sul transatlantico della White Star Line, l'ingegnere progettista Thomas Andrews aveva informato il comandante Smith del fatto che la nave sarebbe affondata con *matematica certezza* venticinque minuti dopo la collisione con l'iceberg. A Pilon erano bastati sei minuti. Certo, nel caso della *Concordia* mancava ancora la *matematica certezza*. Ma l'occhio, l'intuito e l'esperienza del marinaio avevano comunque il loro peso. Schettino era rimasto senza parole e per qualche secondo aveva balbettato: «Ho capito ma se... ma, ma, ma... ma se, ma se, ma se mi dài qualcosa...» Pilon lo aveva interrotto: «Un attimo, scusa comandà...» perché dietro di lui una voce con accento straniero gli aveva comunicato che il quadro elettrico era allagato.

Aveva quindi riportato l'informazione a Schettino, che era rimasto in silenzio, riprendendosi solo quando il direttore di macchina stava per salutarlo. «Comandante, scusa un attimo, fammi scendere giú... c'abbiamo il quadro elettrico allagato, fammi vedere...» Schettino lo aveva fermato: «Io voglio sape' solo 'na cos', se la nave può partire oppure no, altrimenti devo dar fondo [all'ancora]».

Schettino in quei minuti iniziali sembrava non capire o non voler accettare fino in fondo la gravità del problema. Non sarebbe affondata solo la nave da mezzo miliardo di euro che al momento aveva migliaia di persone a bordo. Sarebbe affondato anche lui. La sua carriera. Trent'anni di sforzi e sacrifici cancellati da un favore a un maître che voleva salutare la mamma. Forse era quello che non gli permetteva di assorbire le informazioni, e che lo spingeva anzi a rifiutarle, continuando a cercare soluzioni che non c'erano e ripetendo le stesse domande come se sperasse di ricevere prima o poi una risposta diversa.

Gli stavano dicendo che l'intera ingegneria della *Concordia* era sott'acqua, che era saltato tutto, che nemmeno si poteva scendere alla sala macchine. Non era una contrattazione. Lui e Pilon avevano chiuso la conversazione ripromettendosi di riaggiornarsi a piú tardi.

Intanto, pur non avendo piú alcuna propulsione, la nave proseguiva con il proprio abbrivio verso il largo. «Vabbuo', quando arriviamo sui 60 diamo fondo all'ancora, và», aveva concluso Schettino. Sperava che la nave, spinta dalle forze della natura, riuscisse a riportarsi sopra un fondale di una sessantina di metri, in modo da provare ad ancorarla.

Dopo quella telefonata, il direttore di macchina si era rivolto al suo gruppo di uomini, tra cui aveva visto i volti di Manrico Giampedroni e di Lorenzo Barabba, sopraggiunti pochi attimi prima. «Abbiamo perso la nave». L'hotel manager e il suo vice si erano di nuovo guardati in silenzio e avevano lasciato la sala controllo. Non c'era piú niente da fare. Bisognava correre a prendere i giubbotti di salvataggio e prepararsi al peggio.

Sulla plancia, dopo aver riagganciato con Pilon, Schettino era subito stato raggiunto dal direttore di crociera, Francesco Raccomandato, che lo aspettava per sapere cosa avrebbero dovuto comunicare ai passeggeri. Benché fossero lontani dai microfoni del Vdr, alcuni stralci della loro conversazione sono udibili appena sopra il fastidioso *beep beep* di fondo che ormai da quasi dieci minuti non dava tregua:

> Raccomandato: Comandante!
> Schettino: Oh.
> Raccomandato: Possiamo fare un comunicato?
> Schettino: ... Diciamo che abbiamo avuto un black-out...

Raccomandato si era poi girato verso le hostess, dando istruzioni. Dovevano parlare «with a very secure voice», intendendo un tono di voce sicuro. Dovevano spiegare che c'era stato un problema tecnico, e che chi di dovere se ne stava occupando. «Are you ready to do it?» Il primo ad annunciarlo sarebbe stato lui. Pochi attimi dopo, la voce metallica di Raccomandato raggiungeva ogni angolo della *Concordia* dagli altoparlanti:

> Signore e signori, attenzione prego! Signore e signori, attenzione prego, vi parlo a nome del comandante. La situazione è sotto controllo. Abbiamo avuto un problema tecnico ai generatori della nave. C'è stato un black-out. Ripeto, un problema tecnico ai generatori, un black-out. I tecnici stanno lavorando all'inconveniente. I tecnici stanno lavorando all'inconveniente per ripristinare le funzioni della *Costa Concordia*. Vi daremo ulteriori informazioni appena possibile.
>
> Ripeto, vi parlo a nome del comandante. Mantenete la calma, la situazione è sotto controllo. C'è stato un piccolo inconveniente al

sistema elettrico della nave, stiamo lavorando al problema tecnico. Vi daremo informazioni non appena possibile. Grazie.

L'annuncio conteneva una colossale bugia, che da un lato aveva lo scopo di tranquillizzare i passeggeri, ma dall'altro nascondeva la reale situazione in cui si trovava la nave. E, soprattutto, non spiegava a chi era a bordo che avrebbe dovuto munirsi di giubbotto salvagente e posizionarsi vicino alle *muster stations* al ponte 4, nel caso in cui fosse stata necessaria un'evacuazione. L'effetto di quelle parole era pericolosamente rassicurante, perché induceva a pensare che il pericolo non ci fosse e che ci si potesse anche rilassare e fare altro, o andare dove si voleva. Magari persino tornare in cabina. Un effetto chiaramente udibile nel video del padre sardo che con moglie, figlie e telecamera al seguito si era ritrovato nell'area piscine del ponte 14. Appena dagli altoparlanti escono le parole di Raccomandato che menzionano il «piccolo inconveniente al sistema elettrico», si sente la voce dell'uomo che, forte del fatto di aver trovato conferma a ciò che aveva ripetuto fino a quel momento, si era ancora piú disteso e addirittura proponeva a tutti di tornare giú al ristorante *Milano* per finire la cena. «Andiamo a buffai», aveva detto alla moglie in dialetto. Andiamo a bere. Ma la donna non ne voleva sapere. «Non allontanarti da noi, eh? Te lo chiedo per favore. Perché io non so dove andare».

Schettino intanto aveva preso il telefono e fatto la chiamata che nessun comandante avrebbe mai voluto fare: quella all'unità di crisi della Costa Crociere. Il coordinatore Roberto Ferrarini gli aveva risposto da Genova. Il Vdr aveva registrato solo la voce di Schettino, che si era appartato e sembrava parlare volutamente piano. Erano le 21.56. Undici minuti dopo lo scontro.

«Roberto? Robbe', sono Fra... sono Francesco. Senti una cosa. Io so'... so' passato sotto l'isola del Giglio, qua. C'è stato il comandante Palombo, m'ha detto "passa sotto, passa sotto". Sono passato con la poppa qua, ho preso un basso fondale».

Meno di dieci secondi dopo l'inizio della telefonata, l'incidente aveva già un nome e un responsabile se non altro morale: Mario Palombo, l'ignaro ex comandante che Schettino aveva chiamato otto minuti prima dello schianto con quella strana telefonata durata cinquanta secondi. Ora sembrava che fosse stato lui stesso a consigliargli di avvicinarsi, incurante del fatto che ci fossero le Scole.

Schettino poi aveva continuato: «Sono... guarda... io sto more'... non mi di'... non mi dire nulla... io per accontentà 'sto... maronne... Io ho fatto questa cosa... E sono passato che alla fine ci stava questo piccolo scoglietto qui. Mo alla fine... mo stiamo in black-out con la poppa... mo sto facendo fare l'assessment».

Ferrarini gli doveva aver chiesto come fosse messo ora, perché Schettino aveva replicato: «Sono messo che adesso... tra poco do fondo a un'ancora perché sta arrivando acqua praticamente al quadro di poppa, al quadro principale, e mo siamo qua in black-out. Io non so, proprio... sono distrutto».

Il comandante era poi tornato a menzionare Palombo, quello che in una relazione anni prima lo aveva definito uno che «in molti casi preferiva mentirmi piuttosto che ammettere di aver sbagliato». Schettino sosteneva che l'ex comandante gli avesse detto: «"Puoi passare anche fino a sotto, non ti preoccupare, passa". Ho preso io il comando della nave, sono andato dritto e alla fine sono passato a dritta... Era di sera 'sto cazzo di scoglio qua, ci sta un basso fondale... poi ti faccio vedere sul Vdr... e però adesso sta entrando acqua da poppa».

Subito dopo, alle 22.00, Giovanni Iaccarino si metteva di nuovo in contatto via radio con la plancia confermando: «Locali PEM allagati e DG1, DG2, DG3 allagati». E, a seguire, la frase che nessuno avrebbe voluto sentire: «Saranno almeno tre compartimenti allagati». Tre compartimenti. Che poi diventeranno quattro. Ecco la *certezza matematica*. Entro un paio d'ore, millecinquecento cabine, la spa galleggiante piú grande del mondo, i pianoforti, i ristoranti, la *teen zone*, il teatro Atene e le altre amenità uscite appena sei anni prima dal cantiere navale di Sestri sarebbero diventate una casa spettrale per pesci e granchi.

11.

Panico e controllo

Federica Brolli sentiva un nodo nel petto. Qualcosa le suggeriva che la situazione era piú grave di quanto sembrasse. «Ti immagini se adesso affonda la nave?» aveva detto al nonno, mentre tutta la famiglia si sollevava in un coro di diniego per esorcizzare il momento. Dopo quella specie di terremoto che aveva mandato la carrozzina della nonna Lilli a sbattere contro il palco del teatro Atene, il mago si era dileguato. Che la cosa non facesse parte dello show l'avevano capito subito. Omar, che pure si sforzava di mantenere la calma, faceva fatica a non pensare alle scene di *Titanic* in cui i passeggeri di prima classe, senza comprendere ancora la catastrofe imminente, tornavano alle loro cene eleganti, mentre altri si abbandonavano al panico. La reception principale era invasa di gente impaurita in cerca di informazioni che il personale non poteva dare. Una hostess in ginocchio chiedeva pietà, urlava che non sapeva cosa fare. Vanessa, la sorella piú piccola di Federica, si era accorta che stava piangendo. Poi una voce dall'altoparlante all'improvviso aveva sovrastato il caos: era solo un «problema tecnico». Il che spiegava forse perché la luce era sparita e poi tornata, e perché gli ascensori non fossero in funzione. Ma non il rumore che avevano sentito tutti. «Stiamo risolvendo, non è successo niente», dicevano alcune persone dell'equipaggio. Anche qui, ognuno aveva interpretato e vissuto quelle parole a modo suo. La popolazione della nave per quei primi minuti era rimasta divisa in due. C'era chi proseguiva la sua serata come niente fosse e chi si era lasciato trascinare dal panico e si aggirava nei corridoi senza darsi pace.

Le hostess erano circondate da persone che come uno sciame di api chiedevano, anzi esigevano spiegazioni per le quali loro non avevano che risposte generiche e spesso insufficienti. Oltre alla paura per la propria sorte, ora avevano l'ingrato compito di rendere conto a centinaia di passeggeri che affollavano la sala trasformatasi all'improvviso in una Babilonia di lingue, di richieste, di dita puntate.

A soli quattordici anni, quella scena per Vanessa era troppo. Lo sarebbe stata anche una sera di dieci anni dopo, mentre la riviveva seduta davanti a me in un piccolo appartamento al piano terra, a una manciata di metri dal mare Adriatico. «Scusami, – mi ha detto, mentre si asciugava le lacrime con un fazzoletto. – Ora sto bene. Non voglio farmi vedere cosí».

Mentre si guardava intorno nella sala ascensori in cerca di un bagno, suo fratello Omar intanto riprendeva tutto con il cellulare. Aveva ancora il polso fermo, ma percepiva il pericolo. C'era bisogno di prendere delle decisioni, razionalizzare le prossime mosse: lui, il padre e il nonno si erano appartati e avevano fatto una piccola riunione nel salone, tra la folla. Sarebbero corsi in cabina a prendere i giubbotti di salvataggio per tutta la famiglia. E cosí avevano fatto, raccattandone il maggior numero possibile e tornando di sotto dagli altri.

Non sapevano di essere vicino alla costa. Mentre percorreva velocemente i corridoi per tornare al salone, Omar continuava a guardare oltre il ponte e il mare gli restituiva solo uno specchio nero e un orizzonte invisibile. Ovunque si girasse non c'erano risposte per lui, ma da qualche parte le avrebbe trovate. La preoccupazione piú grande era per nonna Lilli: in caso di evacuazione, con gli ascensori fuori uso, sarebbe stato difficile trasportarla. La donna alla reception cui Omar si era rivolto per l'ennesima volta in cerca di spiegazioni non sembrava altrettanto allarmata dalla situazione: «Portatela nella sua stanza, datele qualcosa per tranquillizzarla, mettetela a dormire». Omar ancora oggi ha i brividi, quando ci ripensa. Se avesse seguito quelle indicazioni, se avesse portato la nonna a dormire in cabina, una volta che la nave si fosse inclinata non sarebbe piú potuto tornare a prenderla per portarla fuori da lí.

Restare in mezzo a quel caos senza certezze era frustrante. Si era avventurato per l'ennesima volta in cerca di informazioni ed era tornato ancora a mani vuote, solo un po' piú angosciato di prima. Aveva appena visto due ragazze dell'equipaggio passare piangendo e non poteva non pensare al luogo comune sulle hostess di volo secondo cui finché loro mantengono la calma non c'è niente di cui preoccuparsi, sono solo turbolenze. Vedere il personale in lacrime non era sicuramente un buon segno.

Poco dopo la nave aveva cominciato a inclinarsi piú velocemente e anche Arnaldo, che fino a quel momento aveva mantenuto una calma decorosa, ora aveva un'espressione di terrore dipinta negli occhi. A Omar faceva impressione vedere suo padre cosí, un uomo grande e grosso pietrificato dalla paura, con lo sguardo perso nel vuoto. Ma nessuno aveva piú certezze, neanche l'uomo che era sempre stato la sua roccia, il suo riferimento. Dovevano farsi forza a vicenda, per uscire vivi da lí.

Nella sua cabina Antonella Folco aspettava che i genitori rientrassero dal teatro Atene. Dov'erano finiti *quei due*? Sarebbero già dovuti tornare da tempo. Nel corridoio c'erano tante persone che si comportavano in modo diverso. Qualcuno riprendeva col telefono, faceva battute, rideva. All'inizio la cosa le aveva dato fastidio, poi aveva pensato che non doveva arrabbiarsi, perché probabilmente quello era solo un meccanismo inconscio della mente che cercava di proteggersi dall'ansia e dal panico. In anni di volontariato in ambulanza, aveva visto la gente rispondere allo stress e allo choc nei modi piú disparati. Quell'esperienza a contatto con la medicina di strada non solo l'aveva temprata, ma le aveva insegnato anche a focalizzarsi su ciò che le stava intorno in situazioni di emergenza. A fotografare mentalmente quello che poteva tornare utile. A prevedere e a prevenire scenari. Gli spazi. Gli oggetti. Le distanze. Le direzioni. A lasciare l'emotività fuori dalla porta ed essere razionale ed efficiente al cento per cento. Ne aveva vissute di situazioni difficili, con la Croce Rossa. Una volta era stata la prima a intervenire in una casa dove un uomo si era sparato sotto al mento con un fucile. Un'altra volta era arrivata sulla scena di un terribile frontale in cui una persona incastrata tra le lamiere di un'auto le era morta davanti agli occhi. Quelle situazioni non la riguardavano mai direttamente. In questa, stavolta, c'era dentro anche lei. Ma non importava. Tempo per rielaborare il trauma ne avrebbe avuto a volontà, se fosse riuscita a sopravvivere. E poi aveva una missione. Portare i suoi genitori fuori da lí. Il destino che l'aveva voluta a bordo con loro in cabina per quella vacanza non programmata non era stato poi cosí beffardo. Meno male che ci era andata. Per sua mamma sarebbe stata una fatica tremenda, con quel ginocchio da operare che le dava il tormento. Come avrebbero fatto i suoi genitori senza di lei? Mentre ruotava la testa a destra e a sinistra in corridoio, nella speranza di vederli comparire, le era caduto l'occhio sulla porta della cabina. Funzionava con la chiave elettronica, quindi con un altro black-out non si sarebbe piú aperta. E cosí l'aveva bloccata con una delle valigie che aveva preparato prima dell'impatto per lo sbarco a Savona del giorno successivo, e aveva detto agli altri passeggeri, compresa la vicina russa che poco prima aveva gridato «Iceberg!», di fare lo stesso. Poi ne aveva approfittato per preparare la discesa dalla nave dandosi una lista di priorità da spuntare di volta in volta. Svuotare la cassaforte. Tirare fuori i giubbotti salvagente e le giacche calde in pile. Infilare il kit del pronto soccorso in borsa insieme a una bottiglia d'acqua. Studiare il percorso per arrivare alle *muster stations* al ponte 4 nel piú breve tempo possibile. Si muoveva come un automa, sbucando ogni tanto in corridoio per controllare se arrivavano i suoi. Ed eccoli, finalmente. Il cuore le si era riempito di gioia e di sollievo. Sembravano una visione. Camminavano verso la cabina, spensierati come due ragazzini. «Hai visto il mago a teatro? Ha fatto degli spettacoli pazzeschi!»

Erano convinti che tutto quel frastuono e il black-out fossero gli effetti speciali dello show. Ancora ne ridevano, completamente ignari della reale situazione in cui versava la *Concordia*.

«Papà vai a vedere fuori, abbiamo preso uno scoglio...» aveva detto Antonella. «Ma figurati, cosa vuoi che sia», aveva risposto il padre, uscendo sul balcone, dal quale era rientrato un attimo dopo scuotendo la testa: «Guarda che di là scogli proprio non ce ne sono. C'è un faro!» Era il faro del porto del Giglio da cui la nave era appena passata, mentre andava verso il largo. Antonella aveva provato a spiegargli che gli scogli non si vedevano già piú, ma lei ne aveva visto uno, ci erano passati sopra, l'aveva avuto davanti agli occhi, c'era stata una botta tremenda, poi la schiuma, «E questo non è normale, dobbiamo andarcene da qui e prepararci a sbarcare». Ma il papà aveva di nuovo scosso la testa dicendole di non esagerare, «Figurati, hai fatto troppa Croce Rossa tu, vedi che ti rovina? Cosa vuoi che sia una botta cosí, avremo preso un sasso, ma adesso vedrai che con un rimorchiatore ci vengono a prendere».

Antonella non aveva voluto continuare. «Certo, papà, verrà un rimorchiatore», aveva risposto. Dopodiché aveva dato loro la giacca e il giubbotto salvagente. La madre aveva protestato: «Ma nessuno ci ha detto di metterceli».

Antonella l'aveva fulminata con lo sguardo: «Mettiti la giacca e mettiti il salvagente».

La madre non era convinta: «Ma non scendiamo mica dalla nave, viene il rimorchiatore».

«Mettiti la giacca e mettiti il salvagente», aveva ripetuto Antonella.

Poi era uscita in corridoio e l'aveva detto anche agli altri passeggeri, molti dei quali avevano seguito il suo consiglio. Poco dopo era sopraggiunta una donna dell'equipaggio della *Concordia*. La vicina di cabina russa l'aveva fermata per chiedere spiegazioni sull'urto che avevano sentito pochi minuti prima. Cosa dovevano fare? Tra le due ci doveva essere stato uno scambio un po' teso, perché la donna dell'equipaggio si era poi rivolta alla passeggera con un tono che ad Antonella era sembrato aggressivo. «Lei vaneggia, signora, non c'è stato nessun urto. Si è solo trattato di un black-out elettrico». La russa aveva replicato «Ma io ho sentito un colpo». La donna dello staff aveva ribattuto: «Forse nella sua testa. Tornatevene per favore nelle vostre cabine».

Antonella e i suoi genitori erano rientrati e avevano atteso, ma i minuti passavano e non accadeva nulla. Stava diventando snervante. «Il periodo piú lungo infinito e pesante che io abbia mai vissuto», mi ha detto Antonella. C'era stato un altro black-out, non si vedeva piú nessuno della Costa. Dopo un po' si era spazientita. Meglio scendere alla *muster station* sul ponte 4 e posizionarsi vicino alla scialuppa assegnata alla loro cabina. Gli ascensori erano bloccati, perciò avevano percorso le scale. Nei corridoi e nelle aree comuni si erano imbattuti in altri passeggeri che non sembravano particolarmente turbati. Chi al momento dello scontro con le Scole si trovava nella zona della piscina o nella Spa non poteva aver percepito il pericolo come chi era al ristorante e aveva visto volare e cadere tutto. Molti erano ancora in mezze maniche e senza giacca. Qualcuno che veniva dalla sauna e dalla zona relax era addirittura in accappatoio.

Antonella continuava a sentire membri dello staff della *Concordia* ripetere all'infinito lo stesso mantra: tornate nelle cabine. Restate nelle cabine. «Nessuno di questi dava indicazione di mettersi il salvagente», ci ha tenuto a specificarmi. «Nessuno. Quindi la gente circolava sui ponti, nei corridoi, sulle scale senza salvagente. E i salvagenti, si sa, sono solo nelle cabine. Gli unici salvagenti di scorta sono negli armadi dei ponti, e sono chiusi con una chiave. Non ce l'aveva nessuno, questa chiave».

Anche Safaa Sikri, mentre si chiedeva se tornare o meno in cabina a cercare il respiratore per l'asma, aveva notato sul ponte 4 uno degli armadi con i giubbotti di scorta. Molti membri dell'equipaggio li avevano indossati. Camerieri, hostess di bordo, personale della cucina. E molti passeggeri, vedendoli, avevano cominciato a porsi il problema e a imitarli. Erano in mare. Bisognava procurarsene uno. Safaa aveva provato ad aprire uno di quegli armadi, ma era chiuso a chiave. Cosí l'aveva preso a pugni, sfondandolo. Davanti a lei c'era una fila di gilet imbottiti color arancione fosforescente, con attaccate delle bande catarifrangenti. Dietro di lei, invece, si era formata una selva di braccia e mani tese. Safaa aveva cominciato a passarli alle sue spalle senza guardare, e si era ritrovata schiacciata tra i corpi protesi. Nel giro di pochi attimi i giubbotti erano finiti e a lei non ne era rimasto in mano nemmeno uno. Doveva per forza tornare nella sua stanza.

Le scale che salivano al ponte 8 erano quasi deserte. In tanti dovevano aver ignorato il consiglio di restare in cabina e avevano cominciato a convergere sul ponte 4.

Nel corridoio regnava una quiete innaturale, da scenario post-atomico. Safaa era prossima al panico, si agitava se non aveva il Ventolin con sé. Quando era salita a bordo, solo poche ore prima, aveva sistemato la sua cabina con una cura maniacale. Lo faceva sempre, quando arrivava nei posti: amava vedere le sue cose disposte per bene, le dava un senso di pace. Ora quel lavoro minuzioso era stato completamente vanificato. I suoi bagagli erano sparsi per la stanza, e anche se aveva dentro migliaia di euro di attrezzi e prodotti per capelli, ormai non le importava piú. Voleva solo recuperare quello che era venuta a prendere e andarsene. Poi un altro black-out aveva oscurato la *Concordia* per la seconda volta. Safaa era rimasta da sola al buio, in una cabina senza finestra. Non vedeva piú niente. Il tempo nell'oscurità scorre piú lento. Ogni secondo era interminabile. Non c'era bisogno di aver paura del buio per percepire il pericolo: lí dentro non poteva restare. Cosí a tentoni aveva raggiunto la porta e aveva cercato di aprirla, ma la maniglia sembrava bloccata. Avrebbe fatto la fine di un topo in trappola, pensava Safaa, continuando a strattonarla. Il cellulare. L'aveva con sé. Era una fonte di luce, e almeno poteva parlare con qualcuno. Aveva chiamato la madre. «Qui si sta mettendo male, – le aveva detto. – Non so cosa sta succedendo, ma stanno urlando tutti, stanno piangendo tutti». Era sola, lontana, terrorizzata in mezzo al mare. Sua madre era andata in stato di choc, non capiva cosa le stesse dicendo, non riusciva a razionalizzare le sue parole: non stava accadendo davvero, non a sua figlia. Safaa aveva sentito solo un urlo straziato, seguito dalla voce di suo fratello, che cercava di comprendere la situazione, aveva molte domande a cui però lei non era in grado di rispondere. «Cosa sta succedendo? Sta andando a fuoco la nave? Sta affondando?» Safaa non lo sapeva. Voleva solo sentire la loro voce. Li aveva salutati poco dopo promettendo di riaggiornarli presto, scacciando dalla testa la paura che quei «Ciao ciao» sbrigativi con cui avevano chiuso la telefonata potessero essere le ultime parole che si sarebbero scambiati.

Poi la luce era tornata all'improvviso, cosí come se n'era andata. Il generatore diesel di emergenza al ponte 11 si era surriscaldato a causa del sovraccarico di energia, spegnendosi automaticamente, ma il primo ufficiale ai motori Petar Petrov, rimasto a sorvegliarne il funzionamento, lo aveva subito riacceso.

Safaa nel frattempo era uscita dalla sua cabina. Sentendola urlare, uno steward dal corridoio l'aveva aiutata ad aprire la porta, liberandola una volta per tutte. Con il salvagente addosso, il Ventolin in una mano e la borsa nell'altra, ora Safaa aveva tutto quello che le serviva. Doveva solo trovare il modo di raggiungere il punto di ritrovo, ma spostarsi in quei corridoi diventava sempre piú difficile. La nave si stava inclinando visibilmente. Non era piú solo la leggera pendenza che si era percepita per qualche minuto dopo quella specie di terremoto che l'aveva sbalzata dalla sedia al ristorante *Milano*. Ora non riusciva a stare dritta, era costretta a camminare appoggiandosi alle pareti. Per scendere aveva cercato le scale. Gli ascensori sembravano incantati, con le porte che si aprivano e chiudevano ritmicamente, come inquietanti giocattoli a molla. Dopo due o tre rampe in discesa, Safaa aveva incontrato un uomo in sedia a rotelle. Piangeva, era solo e non sapeva come fare a raggiungere i punti di raccolta. Safaa non poteva lasciarlo lí: lei e un altro passeggero lo avevano sollevato di peso con la carrozzina e avevano continuato quella discesa infernale, trascinando lo sconosciuto giú per i gradini come potevano, cercando di non fargli e non farsi male. I piedi scivolavano, le gambe cedevano, la carrozzina le scappava dalle mani, le scale sembravano non finire mai. Una volta al ponte 4, Safaa aveva perso l'orientamento. Senza rendersene conto, rispetto al ristorante, aveva cambiato lato: ora era nella parte destra della nave, quella che lentamente continuava a calare verso il mare. Si chiedeva dove fosse il suo gruppo, se l'avrebbe mai ritrovato. Quale gruppo poi? Aveva a malapena fatto in tempo a presentarsi a un paio di persone. Non conosceva nessuno, era sola. E pregava che non fosse troppo tardi per le scialuppe.

12.

Abbandono

Il destino aveva deciso che venerdí 13 gennaio 2012 il Tirreno settentrionale fosse spazzato dal vento grecale, che provenendo da nordest soffiava dal continente in direzione del Giglio. Dopo aver preso le Scole, la *Concordia* ferita aveva continuato l'abbrivio verso nord, lasciandosi sempre a sinistra il porto e poco piú avanti gli scogli della Gabbianara. Ma il timone, rimasto bloccato dopo l'ultimo ordine di Schettino, aveva deviato la traiettoria della nave, che ora si allontanava dall'isola, puntando proprio verso nordest. E il grecale, assieme alle invisibili correnti sottomarine, aveva soffiato e spinto contro la sua fiancata sinistra, che facendo da vela aveva iniziato a far scarrocciare quell'immenso colosso, riportandolo indietro, verso l'isola.

La *Concordia* stava quindi virando di 180 gradi, ritrovandosi ora con la prua diretta a sud, nella direzione opposta a quella da cui era appena arrivata.

La nave era in balia degli elementi. Seguiva un volere che non era piú il suo. Bisognava organizzare al piú presto un piano di evacuazione e accertarsi che tutti i passeggeri fossero messi in condizione di sbarcare in sicurezza. Ma dalla plancia di comando non arrivava nessun piano. Nessun ordine.

Alle 22.10, venticinque minuti dopo l'incidente, il comandante parlava per la terza volta con il direttore di macchina Pilon.

«Direttò, senti 'na cosa, mo su che corrente siamo?»

«Mo abbiamo agganciato il diesel d'emergenza».

«Ci abbiamo almeno un locale DG disponibile al -1?» gli chiedeva Schettino, che nonostante da tempo fosse stato informato del fatto che i locali inferiori erano allagati, e che i sei generatori erano fuori uso, continuava a sperare che si riprendessero.

Pilon era stato categorico. «Sono tutti allagati. DG 1, 2 e 3, io non posso nemmeno scendere giú».

Schettino ci aveva riprovato: «Solo una cosa voglio sapere: se abbiamo i 4, 5 e 6».

Ma stavolta Pilon sembrava spazientito: «Il 4, il 5 e il 6 non ce li abbiamo! E nemmeno l'1, il 2 e il 3».

«Cioè, sono tutti allagati questi motori, scusa?» gli chiedeva ancora Schettino, come se fosse la prima volta che si parlavano.

«Tutto allagato», rispondeva Pilon, prima di ripetere con una nota di frustrazione nella voce: «Ma già abbiamo il quadro elettrico principale pieno d'acqua, comandante!»

Schettino allora aveva chiesto di fargli sapere se le pompe di svuotamento potevano partire.

Molti passeggeri nel frattempo erano esasperati. Tutto quello che avevano sentito era l'annuncio dagli altoparlanti di Raccomandato. Ma la storia del «problema tecnico» sembrava non reggere piú.

Qualcuno dalla nave aveva cosí allertato i parenti. Una donna siciliana aveva chiamato la figlia in lacrime. La figlia aveva quindi chiamato i carabinieri: «Mia mamma mi ha telefonato ora... li hanno messi tutti coi salvagenti... non gli hanno dato informazioni di nessun genere, stavano andando a Civitavecchia, vicino Savona... ora lei è agitata, piange...»

I militari a loro volta avevano contattato la Capitaneria di porto a Livorno, dove nel frattempo stavano arrivando segnalazioni simili da altre stazioni.

Alle 22.12 un ufficiale da Livorno aveva chiamato via radio in plancia per avere delucidazioni.

«Buonasera, *Costa Concordia*, cortesemente, avete dei problemi a bordo voi?»

Un ufficiale aveva risposto lapidario: «Abbiamo un black-out a bordo e stiamo verificando le condizioni».

Dalla Capitaneria avevano cercato di approfondire: «Avete necessità di assistenza o per il momento rimanete lí in zona isola del Giglio?» La risposta della *Concordia* era stata di nuovo molto breve, non dava nessuna informazione aggiuntiva.

«Rimaniamo qui in zona a verificare il black-out».

L'ufficiale della Guardia costiera aveva insistito: «Eeehhh... che tipo di problema, solamente il generatore? Perché i carabinieri di Prato hanno ricevuto una telefonata di un parente di un marittimo che dice che durante il pranzo gli è cascato tutto in testa».

Dalla *Concordia* era arrivata, per la terza volta, la stessa risposta: «No, negativo, abbiamo un black-out e stiamo verificando le condizioni a bordo».

La voce della Capitaneria ci aveva riprovato: «Siccome i passeggeri hanno detto che avete fatto indossare i giubbotti di salvataggio... è corretto?»

Ma di nuovo la risposta, stavolta in un tono piú secco, era stata: «Ripeto, stiamo verificando le condizioni del black-out».

Nessuno al di fuori della plancia di comando sapeva di quella conversazione surreale, in cui un ufficiale di una nave da crociera con oltre 4000 persone a bordo stava deliberatamente nascondendo informazioni vitali alla Capitaneria di porto, per giunta su indicazione dello stesso Schettino, come dirà in seguito il Tribunale di Grosseto. I passeggeri restavano ignari di tutto. Ma fuori dalla nave altre orecchie avevano ascoltato quello scambio.

Al porto del Giglio, Giorgio Fanciulli e il marittimo Ido Cavero avevano una radio incollata all'orecchio. «Solo un black-out? Non poteva essere», mi ha detto Giorgio, mentre indicava gli scogli della Gabbianara, che si vedono dal molo guardando il mare sulla sinistra. Eravamo nel punto esatto in cui quasi dieci anni prima aveva visto e sentito tutto. Le risposte di quell'ufficiale sulla nave non avevano molto senso. La *Concordia* si stava lentamente riavvicinando all'isola, trasportata da vento e corrente, con la prua rivolta a sud. E a bordo si vedevano dei puntini luminosi che si muovevano tra i ponti. Erano le luci catarifrangenti dei giubbotti salvagente. Doveva essere accaduto qualcosa di grosso.

Igor Volpini era abituato a muoversi nell'ombra. Nel 2012 comandava il guardacoste *G. 104 Apruzzi*, un'imbarcazione di 27 metri in forza a Porto Santo Stefano nel comando locale della Guardia di Finanza. Il suo lavoro si svolgeva principalmente nelle ore notturne, quando era piú facile imbattersi in attività illecite. Traffici di droga, merci di contrabbando, infrazioni doganali, pesca illegale avevano luogo piú facilmente lontano dai raggi del sole, e quando succedeva qualcosa erano Igor e la sua squadra a occuparsene. In sostanza, erano la polizia del mare. Non capitava ogni notte che ci fosse un crimine da sventare o qualcosa di particolare da gestire. Un annetto prima lui e i suoi avevano sequestrato un'imbarcazione con diversi quintali di hashish a bordo poco sotto Talamone. Ma qualsiasi notte prima della sera del 13 gennaio sarebbe presto diventata un ricordo sbiadito. Volpini stava svolgendo con i suoi uomini il solito monitoraggio in notturna. Era una serata fredda, ma placida. Durante il giorno aveva tirato un discreto vento di grecale. Il mare era calmo e silenzioso e sopra di loro la luna sembrava un grande lampadario acceso. Niente era diverso dal solito, ma stava per cambiare tutto.

Poco prima delle 22.15, sul canale radio 16, quello specifico per i soccorsi, lui e il suo equipaggio avevano sentito la comunicazione tra l'autorità marittima di Livorno e la *Costa Concordia*. Dalla Capitaneria insistevano per capire in che condizioni si trovasse la nave e che tipo di problema ci fosse, ma da bordo continuavano a rispondere sempre la stessa cosa: è soltanto un black-out. Il tono dell'ufficiale sulla nave, per la sensibilità di Igor, non era tuttavia molto convincente. La cosa che piú lo insospettiva era che non aggiungessero alcun tipo di dettaglio a questa spiegazione. Black-out elettrico voleva dire tutto e niente. Cosa l'aveva causato? Cosa stavano facendo per risolverlo? Era sicuramente il caso di andare a dare un'occhiata. La *G. 104 Apruzzi* si trovava nelle vicinanze. Dall'Argentario avrebbero raggiunto la *Concordia* in quindici minuti, aveva detto Igor alla Capitaneria di Livorno.

Già durante la navigazione, nel breve tragitto che li separava dal Giglio, c'era una strana tensione nell'aria. La nave non la vedevano ancora, ma sul monitor del radar che stavano seguendo la sua sagoma elettronica non era posizionata in mare aperto, come si sarebbero aspettati, ma piuttosto a ridosso dell'isola, il che era un motivo piú che sufficiente per allarmarsi. Poi l'avevano vista: 300 metri di nave giacevano immobili nell'oscurità, la prua rivolta verso sud, a poche decine di metri dalle rocce del Giglio. Da lontano si scorgevano solo alcune luci pallide lungo i ponti che si accendevano e si spegnevano a intermittenza riflettendosi nella leggera increspatura del mare. Buio era buio, il black-out era evidentemente un problema reale, ma c'era molto di piú da spiegare. Piú avanzavano nell'acqua scura, piú il silenzio andava riempiendosi delle voci confuse delle persone sui ponti e del rumore frusciante della nave stessa. L'aria sapeva di benzina. Avvicinandosi Igor si era reso conto che quelle lucine traballanti provenivano dai giubbotti di salvataggio dei passeggeri.

Era evidente che la *Concordia* fosse in difficoltà. Quanto grave, non riuscivano a stabilirlo. La stavano raggiungendo dal lato sinistro e potevano già sentire le voci delle persone a bordo, ma non era ancora possibile farsi un'idea chiara. Con la torcia che fendeva il buio, i finanzieri avevano illuminato diversi punti della fiancata: da quel lato non sembrava esserci niente che non andasse. Dovevano girarle intorno. Anche se la *G. 104 Apruzzi* non era attrezzata per il soccorso, poteva quantomeno valutare l'entità del danno e restituire qualche informazione in piú alle autorità marittime.

Sebbene non sapessero cosa cercare, mentre l'alone bianco delle torce compariva sul fianco sinistro della *Concordia* i loro sospetti cominciavano a farsi plausibili. Doveva essersi incagliata, non c'erano molte altre spiegazioni. «Ha preso le Formiche», si sente dire a uno dei finanzieri nel video che hanno girato quella sera appena arrivati. Data la posizione, con la prua rivolta a sud, l'ufficiale credeva che la nave, venendo da nord, avesse cozzato contro gli scogli delle Formiche, poco oltre il Giglio. La *Apruzzi* aveva lentamente continuato a costeggiarla. Accanto a quel colosso la loro imbarcazione sembrava poco piú grande di un insetto, soprattutto quando si era ritrovata sotto la prua, che incombeva come una montagna. Appena ritrovatisi faccia a faccia con la *Concordia*, gli uomini di Volpini si erano resi conto di quanto la nave pendesse verso destra. Uno dei finanzieri aveva alzato la testa ed esclamato: «Porca puttana!» Il Vdr della nave avrebbe poi rivelato che alle 22.30, orario di arrivo dei finanzieri, l'inclinazione era di 10 gradi. L'acqua, entrata dal lato sinistro, stava allagando il lato destro dei ponti inferiori. 10 gradi non erano tantissimo, ma abbastanza per creare enormi disagi alla popolazione piú anziana della nave e agli invalidi, terrorizzando invece tutti gli altri.

Igor aveva immediatamente provato a contattare la *Concordia*, ma nessuno gli rispondeva. Perciò aveva avvisato la Capitaneria di Livorno riferendo che secondo lui la nave era incagliata a poppa. Poco dopo era arrivata l'ennesima voce di smentita dalla nave, che mentendo nuovamente aveva provato a rassicurare Livorno: «Siamo in galleggiamento». Volpini e gli altri finanzieri erano perplessi. Perché la *Concordia* non comunicava con loro? Cosa stava succedendo davvero a bordo?

In plancia di comando si respirava una tensione fortissima. Erano passati quarantacinque minuti dall'impatto con le Scole e il comandante era quasi solo stato al telefono con l'unità di crisi della *Concordia*, senza ancora prendere una decisione. Cosa aspettava a dare almeno l'allarme generale? La nave si stava lentamente piegando e le informazioni che provenivano dalla sala controllo peggioravano di volta in volta.

Il direttore di macchina Pilon, il primo ufficiale di coperta Iaccarino e tutti gli altri marittimi che erano rimasti a monitorare la situazione al ponte zero erano esasperati. Erano lí sotto da oltre mezz'ora, ma avevano perso la cognizione del tempo in quel luogo claustrofobico che continuava a riempirsi d'acqua. «Perché non dànno l'emergenza?» chiedeva frustrato Pilon. La *Concordia* era virtualmente morta, il suo encefalogramma elettronico piatto. Non avevano piú alcun ruolo, non si poteva fare nulla. E oltretutto, non vedendo niente da lí sotto, nessuno di loro aveva la minima idea di dove si trovasse la nave in quel momento. L'ultima informazione che avevano era che si stesse allontanando dall'isola e che quindi si trovasse in mare aperto. Quando l'inclinazione era diventata piú significativa, l'acqua, che strabordava dai tre ponti inferiori ormai completamente allagati, aveva cominciato a invadere il ponte dove loro camminavano. Iaccarino era convinto che di lí a breve si sarebbero capovolti e che sarebbero affondati. Sarebbe finito tutto cosí? Nei sotterranei di acciaio di quella nave? Ingoiati dal mare, come i topi? Eppure erano comunque rimasti ai loro posti, per puro spirito di servizio, mentre il comandante sembrava quasi essersi dimenticato di loro.

Alcuni ponti piú su, molti passeggeri continuavano a disperarsi. Un'altra donna con due neonati aveva chiamato i carabinieri, molto allarmata. E anche un uomo di Pomezia, Massimiliano Moroni, aveva chiamato tre volte la stazione di Grosseto. Sentire un padre nel panico e sempre piú preoccupato per la vita dei suoi figli mi ha riempito di angoscia. In alcuni momenti la sua voce era quella di un uomo che pareva implorare pietà.

«Senta, noi... sono un passeggero della *Costa Concordia*,

credo di essere qui al largo di Orbetello, c'è la nave che è inclinata da una parte ma qui non ci dànno delucidazioni».

«Signore, siamo al corrente, siamo in contatto con la Capitaneria di porto. Ma la condizione a bordo della nave qual è? La nave è inclinata?»

«La nave pende da una parte, ci dicono che è stato un black-out ma non ci hanno detto piú nient'altro. Non si sa niente e c'è panico a bordo».

«Signore, il panico magari cercate di controllarlo, noi siamo in contatto già direttamente con la Capitaneria di porto. Le notizie sono di un black-out, non di altri problemi a bordo... La Guardia costiera ha mandato una motovedetta nelle sue vicinanze. Voi vi trovate vicino all'isola del Giglio. Vedete la costa da lí?»

«Sí, ma la nave si piega sempre di piú».

«Avete già indossato i giubbotti?»

«No, alcuni non ce l'hanno, eravamo a cena... non vogliono mettere a terra le scialuppe... ci sono tanti bambini a bordo... potete sensibilizzare la *Concordia* e dirgli di tirare giú le scialuppe? 'Sta nave se sta a piegà sempre de piú! Non ci reggiamo piú in piedi, non ci reggiamo piú in piedi! Non vogliono calare le scialuppe!»

La motonave *Apruzzi* nel frattempo si era dovuta fermare davanti al lato destro della *Concordia*, ad aspettare indicazioni da Livorno. La comunicazione di Volpini e i suoi doveva aver insospettito ulteriormente la Capitaneria, che già da mezz'ora provava senza successo a farsi spiegare dagli ufficiali della Costa cosa stesse accadendo. Sulla plancia non si poteva piú continuare a mentire. L'intero lato destro era pericolosamente affacciato sul mare. Le scialuppe di salvataggio al ponte 4 erano palesemente inclinate, ormai verso i 15 gradi. Superati i 20 gradi molte sarebbero state inservibili, perché non avrebbero piú potuto essere calate in acqua, soprattutto sul lato sinistro, quello che stava ruotando verso l'alto, in direzione del cielo.

Nel frattempo gli ufficiali attorno a Schettino in sala di comando cominciavano a sentire la pressione delle richieste di chiarimenti da parte dei carabinieri, della Guardia costiera e ora anche dell'imbarcazione della Guardia di Finanza comparsa sotto di loro. La scusa del black-out non reggeva piú. Tutte quelle bugie e quelle omissioni, una dopo l'altra. Tutte pronunciate anche dalle loro bocche. Tutte sicuramente registrate, sia da chi chiamava, sia dai microfoni del Vdr. Se fossero usciti vivi da quella nave, sarebbero stati additati come i corresponsabili del disastro che stava avvenendo sotto i loro occhi?

«Bisogna andare via», aveva detto uno di loro alle 22.30. Un altro aveva aggiunto «Diamo l'emergenza, comandante», con un tono a metà tra la domanda e l'invito insistente. Pochi secondi dopo, dalla sala controllo, la voce del primo ufficiale di coperta chiamava in sala comandi: «Sono Iaccarino... vedi che al ponte zero l'acqua è arrivata a metà ascensore di poppa!» E un altro gli faceva eco: «Noi dobbiamo abbandonare la centrale!» Con i suoi uomini ormai in serio pericolo, Schettino aveva replicato che doveva prima sentire di nuovo l'unità di crisi della *Concordia*: «Fammi sentire un attimo a Ferrarini». Gli uomini in plancia stavolta avevano deciso autonomamente, invitando i colleghi ai piani inferiori a scappare. «Andate via, andate via». Stavano oltrepassando il punto di non ritorno. Iaccarino e gli altri erano cosí corsi su per le scale e avevano raggiunto il ponte 4, pronti per il loro compito successivo: guidare le scialuppe per portare in salvo i passeggeri.

A bordo si registravano ovunque scene di panico. Persone che si sentivano mancare. Altre senza giubbotto salvagente. Disabili privi di assistenza. Madri e padri che pensavano con terrore a cosa ne sarebbe stato dei loro figli piccoli.

«Vabbuò, jà, facciamoli scendere a terra», aveva detto nel frattempo Schettino ai suoi tra una telefonata con l'unità di crisi e l'altra, ordinando l'ammaino delle lance del lato destro, quello che stava sprofondando, ma non di quelle di sinistra, che sarebbero rimaste ancora a lungo a penzolare sospese come salumi sopra il ponte 4.

Nessuno tra le persone intorno a lui, però, si era preso la responsabilità di dare l'abbandono nave finché alle 22.36, con un'inclinazione che andava già verso i 15 gradi, il safety trainer aveva cercato la sezione *emergency alarms* sul pannello di controllo, suddivisa in quattro tasti rossi rettangolari. Sopra quello in alto a sinistra c'era scritto «Abandon Ship», mentre quello in alto a destra portava la dicitura «General Alarm». Finalmente era arrivata la comunicazione che aspettavano tutti: la *Concordia* dichiarava lo stato di distress e per la prima volta, circa cinquanta minuti dopo l'impatto, gli ufficiali ammettevano via radio la presenza di una falla. Sei fischi, seguiti da un settimo piú lungo. «Signore e signori attenzione, prego, attenzione prego... mantenere la calma e recarsi tutti alla *muster station*, alla propria *muster station*, al proprio punto di riunione al ponte 4. Eseguire le istruzioni del personale. Ripeto, recarsi alle *muster stations*, al ponte di riunione, al ponte 4, eseguire le istruzioni del nostro personale, mantenendo la calma».

Tutti, però, aspettavano che Schettino pronunciasse la frase fatidica: «Abbandono nave». Lui invece continuava a temporeggiare.

Nonostante pochi istanti prima avesse dato l'autorizzazione ad ammainare le lance, prendeva tempo: «Aspetta un attimo, fammi vedere una cosa...» Voleva attendere che la nave si appoggiasse sul fondale. «Stiamo galleggiando. Tra poco... io credo che galleggeremo... per arrivare piano, piano... adagiare... sugli scogli e avrei bisogno di un rimorchiatore che mi tirerà fuori».

Quell'improvviso dietrofront aveva causato un putiferio sul ponte 4, dove lo staff addetto alle imbarcazioni di emergenza aveva prima fatto salire diverse persone sulle scialuppe, poi gli aveva subito chiesto di scendere e rientrare sulla nave, tra urla di protesta.

Massimiliano Moroni, il padre di Pomezia, era uno di loro. «Aiutateci, vi prego, la nave si piega», aveva chiesto ai carabinieri di Grosseto nel corso della sua ormai quarta telefonata, «ci hanno fatto scendere dalle scialuppe, non ci dicono niente... c'ho due bambini che si stanno a sentí male, perché ci hanno fatto scendere dalle scialuppe?... aiuto, aiutateci...»

Gli ufficiali continuavano ad aspettare la frase del comandante. Schettino doveva pronunciare *quella* frase. «Abbandono nave». Oltre un'ora dopo l'incidente, alle 22.54 e con l'inclinazione che sfiorava i 20 gradi, dannandosi ad alta voce l'anima con un «Chi cazzo me l'ha fatto fare!», Schettino si rivolgeva cosí ai suoi: «Oh, lo vogliamo dare 'sto abbandono nave!» Come se quell'eccessivo ritardo non fosse suo, ma di qualcun altro. «Abbandonare la nave!» ripeteva il cartografo Canessa e qualcun altro gli faceva eco. «Diamo quest'abbandono nave, dài, fate 'sta cortesia!» aggiungeva Schettino. «Abbandonare la nave!» ripeteva forte qualcuno. Ma subito il comandante lo correggeva: «No, piú che abbandonare la nave, dici: "Mettiamo i passeggeri a terra! Li mandiamo a terra!"»

Sembrava incapace di accettare quel termine: «abbandono». Perché «abbandono»?

La plancia di comando era diventata il palcoscenico di una bizzarra operetta teatrale. Il comandante in seconda, Bosio, tornava a chiedere: «Ma... eh... alla fine 'sto abbandono l'abbiamo dato o no?»

Schettino: «Ho detto di abbandonare con le lance di dritta... e chiama dalle lance di poppa, Bosio!» Continuava a voler far scendere solo le scialuppe dal lato destro, quelle che ormai sfioravano il pelo dell'acqua. «Ma l'abbiamo fatto l'abbandono nave?» chiedeva un'altra voce. Bosio, nel frattempo, dava l'ordine di imbarcare i passeggeri e di scendere con le scialuppe in acqua.

Canessa si girava verso Schettino: «Comanda', se mettiamo in mare le zattere, posso dire per radio che stiamo abbandonando la nave?»

Schettino: «Stiamo evacuando i passeggeri a terra, di' questa... Abba... evacuando i passeggeri...»

«Evacuando...» ripeteva Canessa, e Schettino confermava: «Stiamo evacuando passeggeri a terra».

Infine dava l'ordine di ammainare anche le lance sul lato sinistro. Ma era tardi. Avevano già superato il tempo massimo per far salvare tutti.

Stefania e Maria Grazia avevano aspettato tutto il tempo al ponte 14, il piú alto. Il loro gruppo non si era mai separato. Assieme a loro c'erano Andrea, il ragazzo di Stefania, e Luisa, l'amica di Maria Grazia. Erano seduti tutti e quattro attorno ai tavolini della zona piscine.

L'attesa delle istruzioni da parte del comandante o del direttore di crociera era diventata snervante anche per loro. Se ci fosse stato bisogno di raggiungere le scialuppe qualcuno a quel punto glielo avrebbe detto, pensavano, ma l'equipaggio continuava a ripetere che si trattava di un problema provvisorio in via di risoluzione e che presto sarebbe tornato tutto a posto. La pendenza della nave, però, si stava facendo sentire anche lí.

Stefania se ne rendeva conto perché il metallo freddo del piccolo tavolo rotondo davanti a lei le premeva sulla pancia, mentre quella nuova gravità sfasata la costringeva a una posizione sempre piú protesa. Ma non aveva la percezione esatta di quanto la *Concordia* stesse continuando a muoversi. Dopo il primo smottamento al tavolo del ristorante, ora tutto quel mondo era decisamente piú obliquo. Il clima era teso, anche se dal ponte erano riusciti a scorgere la costa e avevano scoperto di essere vicinissimi a terra. In qualsiasi punto del Tirreno si trovassero, davanti a loro c'era un'isola. Il rumore che avevano sentito doveva essere stata una secca o qualcosa del genere, forse avevano grattato il fondale e ora sembrava che la nave stesse facendo una lenta manovra di avvicinamento, chissà, forse per far sbarcare tutti. Cosa poteva succedere di male, a quella distanza? Il porto illuminato che vedevano sembrava addirittura raggiungibile a nuoto. Stefania era probabilmente la piú tesa del gruppo. Qualsiasi cosa stesse accadendo, sarebbe stata tranquilla solo una volta a terra. Quando alle 22.36 era arrivato il segnale di emergenza generale, il gruppo era sceso dieci ponti piú in basso, al numero 4, per raggiungere le *muster stations* e aspettare di salire sulle scialuppe.

I salvagenti comuni, che si trovavano nei punti di raccolta, erano finiti in pochi minuti. Nelle cabine c'era un giubbotto per ogni occupante, ma per molti non c'era stato il tempo di tornare lí per recuperarli. Luisa, madrina di Stefania e amica del cuore della mamma, non sapeva nuotare. Inoltre anche al ponte 4 l'attesa sembrava infinita e a Maria Grazia continuavano a far male i piedi. Si era scocciata di stare lí ad aspettare, per di piú con i tacchi. Erano incastrati in quel limbo da troppo tempo. I ponti erano pieni di gente, le scialuppe ancora bloccate, appese come ciondoli ornamentali, in attesa di un ordine ufficiale di evacuazione che non arrivava e lei – che indossava un vestito zebrato leggero, non adatto al freddo di una sera di gennaio, e sopportava a fatica quelle calzature a causa di una vecchia frattura al piede – aveva avanzato una proposta per uscire dall'impasse.

«È inutile stare qui fermi senza far niente. Torniamo un attimo in cabina, prendiamo un salvagente per Luisa, ci cambiamo le scarpe».

A quelle parole a Stefania si era gelato il sangue. «Eccola di nuovo, che minimizza come al solito», aveva pensato, memore di quando un'ora prima, dopo il tremendo scossone che aveva causato il black-out e mandato una parte della popolazione della nave nel panico, la madre fosse quasi piú preoccupata del fatto che le seppie con i piselli si stessero freddando. Tornare «un attimo» in cabina a Stefania era sembrata una pessima idea. Erano a bordo della *Concordia* da poco piú di ventiquattro ore, nessuno di loro aveva ancora preso confidenza con la complessa geografia di ponti, corridoi e saloni, erano completamente disorientati e il rischio di perdersi era altissimo. A maggior ragione ora, con i pavimenti di traverso e la fiumana di gente che risaliva le scale verso i ponti. Sarebbe stato come cercarsi nuotando controcorrente.

Maria Grazia insisteva che non sarebbe successo niente, «Andiamo e torniamo», ripeteva. Stefania era molto preoccupata. La conosceva troppo bene. Sapeva quanto la mamma fosse testarda se si metteva in testa una cosa. Non ci sarebbe stato verso di dissuaderla. Dialogare, in quella situazione, non sarebbe servito a niente. Quindi era subito partita in quarta, alzando i toni. «Assolutamente no, mamma, non andiamo, sei pazza? Stiamo qui e aspettiamo che ci facciano scendere». Ma non c'era già piú niente da fare. Maria Grazia aveva maturato la sua decisione nel corso di quella lunga attesa. Avevano discusso. Stefania aveva urlato, tanto che un passeggero straniero si era quasi messo in mezzo, pensando che stessero avendo una crisi di nervi per la paura. Ma la madre non sembrava minimamente intenzionata a ripensarci. Anzi, aveva di nuovo invitato Stefania ad andare giú tutti assieme. Sua figlia si era rifiutata categoricamente. Maria Grazia non avrebbe ceduto. Era tranquilla, sapeva quello che stava facendo. E poi aveva educato fin da piccola sua figlia a cavarsela da sola, a essere indipendente, anche se non ce ne sarebbe stato alcun bisogno. Sarebbe scesa in cabina con Luisa e sarebbe tornata presto, «Stai tranquilla, Ania, aspettateci, ti chiamo appena salgo al ponte delle scialuppe e vi raggiungiamo». Ania aveva combattuto. «Ci ho provato. Ci ho provato tanto», mi ha detto, mentre sedevamo nel suo appartamentino al terzo piano non lontano dalla stazione ferroviaria di Bari, dove oggi vive. Aveva fatto resistenza fino all'ultimo, ma alla fine aveva guardato sua madre e Luisa sparire nella folla.

Lei e Andrea erano rimasti al loro posto. Le scialuppe continuavano a dondolare piene di gente davanti ai loro occhi, finché – a seguito del dietrofront improvviso di Schettino – il personale della nave non aveva dato l'ordine a tutti di tornare di nuovo sul ponte. Chi era salito sulle lance di salvataggio doveva scendere. Cosí i passeggeri erano smontati e si erano dispersi in fretta, forse in cerca di altre scialuppe, lasciando quel segmento di ponte, che fino a poco prima brulicava di gente, improvvisamente desolato. I minuti scorrevano, ma le due amiche non tornavano.

Poco dopo, alle 22.54, in tutta la nave era finalmente arrivato il tanto atteso messaggio dalla plancia di comando: «Attention, your attention, please, abandon the ship... abandon the ship... embark on life boat... embark on life boat... keep calm, keep calm, embark on the life boat and abandon the ship... abandon the ship».

Con il ponte vuoto, Ania e Andrea sarebbero stati i primi a salire a bordo della scialuppa, ma di Maria Grazia e Luisa non c'era ancora traccia. Cosí Ania aveva telefonato alla madre. Non poteva andarsene senza di lei. E la madre, ancora una volta, l'aveva tranquillizzata: «Sono già sul ponte anch'io, vicino a un'altra scialuppa. Non ti preoccupare, tu sali che noi saliamo su questa».

Ania era cosí salita sull'imbarcazione avvinghiata ad Andrea, che trascinava con sé di forza per paura che qualcuno la separasse anche da lui. Non poteva rimanere sola, non adesso che sua madre era chissà dove. Poi in un attimo la loro scialuppa si era riempita di persone ed era stata calata in mare. Mentre si allontanava dalla *Concordia*, scivolando sull'acqua scura, Ania aveva telefonato di nuovo alla madre. «Dove sei?» Maria Grazia l'aveva rassicurata di nuovo. «Sono salita anch'io sulla scialuppa. Aspettami al porto che arrivo tra poco». Stefania aveva tirato un sospiro di sollievo. Nel frattempo la sua imbarcazione entrava in un porticciolo illuminato dalle luci arancioni dei lampioni. Il Giglio. La banchina era già piena dei primi passeggeri che erano sbarcati e ci si muoveva con difficoltà. Ania aveva visto il molo verde. Poteva essere un buon punto dove ritrovarsi. E cosí aveva richiamato Maria Grazia per la terza volta, per avvisarla che l'avrebbe aspettata lí. Ma stavolta il telefono era staccato.

13.

L'isola

La carcassa di acciaio della *Concordia* giaceva semisommersa davanti agli scogli della Gabbianara nel caldo torrido di metà estate. Erano passati sei mesi dalla notte che aveva trasformato l'isola del Giglio nell'epicentro mediatico del pianeta. Per Matteo Coppa era un giorno come un altro. Come tutti i gigliesi che avevano vissuto il naufragio, ci pensava ancora a intermittenza. Le immagini di quella notte tornavano a trovarlo nei momenti piú inaspettati, comparendo come lampi nella sua mente. Il momento in cui con l'amico Giorgio Fanciulli avevano visto al porto quel gigante spuntare da dietro alle rocce e poi spegnersi all'improvviso. I corpi delle vittime portati sulla banchina. I volti sotto choc dei naufraghi. Gli occhi azzurri spalancati del bambino che lo fissava.

Quel giorno di luglio Matteo non lavorava ed era passato a trovare la ragazza che frequentava al suo negozio. Appena dentro aveva subito percepito un'atmosfera strana. Davanti a lei, dall'altra parte del bancone, c'era una coppia giovane che Matteo non conosceva. Lei era una bella ragazza, bionda. Lui capelli a spazzola, occhi chiari, magro. Non sembravano lí per comprare qualcosa. La fidanzata di Matteo glieli aveva presentati: erano naufraghi della *Concordia*. Sei mesi prima erano sbarcati sani e salvi sull'isola e ora erano tornati a cercare un ragazzo del

Giglio che la sera del 13 gennaio li aveva aiutati tenendo in braccio il loro bambino al momento dello sbarco dalla scialuppa. Volevano semplicemente conoscerlo, ringraziarlo. A Matteo per un attimo erano tremate le gambe. Non poteva essere. Non potevano essere loro. I genitori di *quel* bambino. I loro volti non gli dicevano nulla. Era stato tutto talmente veloce e frenetico in quelle ore, e Matteo aveva visto talmente tanti volti stanchi e terrorizzati che era impossibile richiamarli alla mente nel dettaglio. Ma il bambino non se lo era mai tolto dalla testa. Soprattutto i suoi occhi, di un azzurro intenso. «Dov'è vostro figlio?», aveva chiesto. «Qui fuori», gli aveva risposto la madre. Il bambino era fuori dal negozio con il nonno, che lo spingeva nel passeggino. Si era appena svegliato. Matteo aveva chiesto il permesso di prenderlo in braccio, percorso da un'emozione che non assomigliava a niente che avesse mai provato prima. Era cresciuto, qualcosa era cambiato, ma l'espressione era la stessa. E soprattutto gli occhi erano quelli. Azzurri come il mare. Lo fissavano di nuovo. Senza paura. Indimenticabili. A Matteo non sembrava vero. Aveva sperato molte volte di rivederlo un giorno, ma non pensava sarebbe successo. Tanti abitanti dell'isola avevano sviluppato un legame con qualche passeggero, in quelle poche, drammatiche ore dopo il naufragio. Ognuno al Giglio aveva il suo. Per Matteo era quel piccolino, che lo aveva riportato indietro nel tempo, riavvolgendo il nastro della vita di sei mesi: la *Costa Concordia* stava affondando davanti ai suoi occhi, nell'orizzonte nero. Era chiaramente visibile dal porto. Pendeva da un lato a poche decine di metri dalle rocce, e dal porto Matteo, insieme a Giorgio e agli altri isolani che un po' alla volta erano accorsi sui moli, l'avevano seguita con gli occhi mentre girava su sé stessa, fuori controllo, finché non si era completamente fermata.

Che stesse per accadere una tragedia ormai era abbastanza chiaro, i gigliesi lo sapevano. Mentre teneva lo sguardo concentrato sull'acqua, Matteo aveva notato dei puntini arancioni che avanzavano verso di lui e si facevano sempre piú grandi. Le scialuppe di naufraghi si stavano avvicinando.

I primi passeggeri ad arrivare al Giglio sembravano abbastanza tranquilli, tutto considerato. Qualcuno scherzava persino. Alcuni non avevano ancora messo a fuoco cosa stava succedendo, o non avevano la piú pallida idea di dove si trovassero. Con ancora addosso i giubbotti, che ora, a pericolo scampato, erano diventati improvvisamente degli orpelli inutili e puramente decorativi, si erano ritrovati in un porto sconosciuto a osservare da lontano la loro vacanza andare a fondo. Ci avrebbero tutti messo un po' a prendere le misure della catastrofe. Il peggio doveva ancora venire.

Dopo le prime lance i puntini arancioni in mezzo al mare diretti verso il porto erano aumentati e le reali proporzioni del danno apparivano sempre piú chiare. Stavano evacuando tutti i passeggeri e la silhouette della nave continuava ad abbassarsi come fosse intrappolata nelle sabbie mobili. Nella piazza del paese erano pronte le ambulanze, la luce colorata delle sirene tingeva di rosso e di blu i muri delle case affacciate sul porto. I passeggeri arrivavano ormai a frotte, sempre piú numerosi, sempre piú sconvolti.

Presto si erano ritrovati nel caos piú totale, nessuno ci capiva piú niente. Non solo i gigliesi, ma anche l'equipaggio della nave che ora operava sulle scialuppe sembrava in completa confusione. Diversi isolani si erano posizionati lungo il molo verde, per aiutare i naufraghi a sbarcare.

Era cosí che Matteo si era ritrovato un bambino tra le braccia. Un membro dell'equipaggio della *Concordia*, un asiatico, gliel'aveva passato senza dire niente. Era un bimbo piccolissimo – di appena nove mesi, avrebbe scoperto dopo – un fagottino umido che lo guardava dal basso con gli occhi blu spalancati. Come per magia, appena lo aveva visto, aveva smesso di piangere. Matteo lo guardava confuso e per un attimo gli era balenato davanti un film. Dov'erano i suoi genitori? Avrebbe dovuto occuparsene lui? Come si cambia un bambino? Cosa mangia? Doveva portarlo a casa? Che corso avrebbero preso le loro vite, da quel momento in avanti? Aveva sicuramente freddo, non potevano restare lí. Ma Matteo era pietrificato. Era solo un ormeggiatore del porto di ventidue anni, non sapeva cosa fare. L'aveva stretto a sé solo per pochi secondi, ma il tempo era come se si fosse fermato. In quel momento esistevano solo quegli occhi blu.

Poi l'urlo di una donna l'aveva riportato alla realtà. L'urlo di una madre che cercava suo figlio. Una voce italiana. Ed ecco che dalla folla era sbucata correndo una ragazza bionda con gli stessi inconfondibili occhi azzurri del bambino, insieme a un ragazzo magro magro. Appena lo avevano rivisto in braccio a Matteo se lo erano ripreso quasi strappandoglielo di mano, stringendolo a sé e correndo via. Non gli avevano detto niente, né grazie né un saluto. Si erano semplicemente dileguati nella folla. Lí per lí Matteo ci era rimasto male. Per quanto fosse successo tutto nello spazio di un battito di ciglia, gli sembrava di aver stabilito una connessione con quell'esserino. Non sapeva bene perché, e non riusciva neanche a immaginare quanta paura potessero aver provato quei due, ma gli dispiaceva che finisse cosí. Non sapeva niente di lui, nemmeno il suo nome. Ma la sua espressione gli sarebbe sempre rimasta impressa nella memoria, l'avrebbe portata con sé come una medaglia al valore. L'unica cosa bella in una notte infernale.

La sera prima del naufragio, il vicesindaco del Giglio, Mario Pellegrini, l'aveva passata in barca. Era rientrato da qualche giorno dalle vacanze di Natale, che aveva trascorso ai Caraibi con la moglie, ed era ancora sottosopra per via del cambio di fuso orario. Non riuscendo mai a prendere sonno ed estenuato dalla situazione, aveva deciso di forzare un po' la mano e di ripristinare i cicli circadiani a modo suo. Giovedí 12 aveva detto alla moglie che se non fosse riuscito ancora a dormire sarebbe andato a pescare e dopo diverso tempo passato a rigirarsi con gli occhi sbarrati aveva preso l'attrezzatura ed era sceso a mare. Lo scopo non era tanto prendere pesci quanto stancarsi il piú possibile e arrivare alla sera successiva abbastanza stremato da crollare all'ora giusta. Non faceva una piega. Infatti la sera di venerdí 13 gennaio era stanco morto, pronto ad andare a letto e godersi finalmente una bella dormita. Ma alle 22.30, ormai sul punto di coricarsi, aveva dovuto rivedere i suoi piani. Gli era squillato il cellulare e sullo schermo era apparsa una buona ragione per rispondere, nonostante l'ora: era il comandante dei carabinieri, il quale non riuscendo a mettersi in contatto con il sindaco lo avvisava che giú, appena fuori da Giglio Porto, c'era una nave in difficoltà. Non era ancora chiaro cosa fosse successo, neanche il maresciallo lo aveva capito. Non rimaneva altro da fare se non andare a vedere con i propri occhi.

Nonostante la stanchezza Mario si era rivestito, era partito da casa sua a Giglio Campese, dalla parte opposta dell'isola, e nel giro di un quarto d'ora era già in vista del porto. A poche centinaia di metri, mentre sbucava da una curva a gomito, proprio sopra la punta della Gabbianara, Pellegrini era rimasto a bocca aperta e quasi si era dovuto fermare. La *Concordia* gli era apparsa come una visione onirica sotto la scogliera dove ora stava passando. Mai si sarebbe immaginato di vedere una nave di quelle dimensioni a poco piú di uno sputo dalle rocce. Era tutta illuminata, come un enorme albergo galleggiante avvolto nella piú completa oscurità. Stava andando a fondo. Sembrava una di quelle illustrazioni del *Titanic* che si inabissava come una grande torcia accesa nella notte atlantica. Non c'era bisogno di essere un marinaio per capire che non avrebbe mai dovuto trovarsi lí, tantomeno accasciata su un lato.

Pellegrini era rimasto a guardarla come se avesse davanti un'astronave aliena appena atterrata, e subito aveva cominciato a telefonare. Il sindaco ancora non rispondeva, doveva già essere occupato a coordinare una parte delle operazioni. Ma c'erano comunque molte altre persone da avvisare – collaboratori, assessori – e cosí Mario aveva fatto, mentre scendeva per le strade scoscese dell'isola con un occhio fisso sulla *Concordia*. La spossatezza aveva lasciato il posto all'adrenalina.

Al porto aveva parcheggiato la macchina come capitava ed era corso fuori. Sulla passeggiata tra i due moli c'era già grande fermento. Il sindaco Sergio Ortelli era lí, anche lui con il telefono incollato all'orecchio. Il tempo stringeva, dovevano prepararsi a gestire l'emergenza, con tutti i limiti di un posto piccolo come quello, con un ospedale che non sapevano neanche se sarebbe bastato ad accogliere eventuali feriti. Avevano bisogno di sapere cosa stava esattamente succedendo sulla nave, ma avevano pochissime informazioni, sia dalla *Concordia* che dalla Capitaneria. Potevano organizzarsi solo seguendo l'istinto.

Sergio Ortelli, che era di Giglio Castello, nella parte piú alta dell'isola, era arrivato da poco, dopo essere stato avvisato da uno dei ragazzi che si trovavano al porto. Anche lui era da poco passato dalla stessa curva di Mario, e anche lui non aveva distolto lo sguardo dalla *Concordia* finché non era sceso dalla macchina e aveva raggiunto il molo verde, dove aveva fermato una naufraga appena sbarcata.

«Sono il sindaco. Che succede?»

«Stiamo scappando dalla nave che affonda!»

Dietro di lei c'erano decine di persone che si avviavano verso il paese, mentre sul molo cominciava a formarsi una pila sempre piú alta di giubbotti salvagenti arancioni che i naufraghi lasciavano dopo essere scesi. Ortelli si era lasciato scappare a mezza bocca un'esclamazione colorita: «E ora che cazzo faccio?» Fino a quel momento la cosa piú difficile che aveva gestito nel suo breve mandato era stato il danneggiamento di un pontile all'isolotto di Giannutri, poco piú a sud, che aveva richiesto un'interruzione momentanea della linea del traghetto. Ma *questo*. Questo era un film. Quante persone c'erano sulla nave? Migliaia, sicuramente. Loro sull'isola erano poco piú di novecento. Dovevano prepararsi a un'invasione. Certo, il Giglio era una meta turistica e nei picchi estivi la sua popolazione giornaliera arrivava a 12 000 persone. Ma qui dire che erano stati colti in contropiede era un eufemismo. Era sera tardi, faceva freddo, metà della popolazione era già in camera da letto e ora ci sarebbero stati uomini, donne, bambini, anziani da assistere, soccorrere, confortare. Nella migliore delle ipotesi, ogni gigliese avrebbe dovuto prendersi cura di almeno quattro o cinque persone. Le strutture ricettive che in estate ospitavano i turisti non erano utilizzabili. Molte avevano il riscaldamento e le altre utenze staccate, oppure i proprietari non c'erano, perché erano isolani che in quel momento stavano nella seconda casa sul continente. «Le scuole e l'asilo», aveva subito pensato il sindaco. Avevano riaperto da cinque giorni e potevano contare su spazi abbastanza ampi, pronti a ospitare un buon numero di persone, bisognava solo accendere le luci e far partire i termosifoni. «Anche la chiesa», aveva poi pensato, e aveva subito chiamato il parroco, don Lorenzo Pasquotti, che si stava già attivando per accogliere i naufraghi nella navata della chiesa dei Santi Lorenzo e Mamiliano, a pochi passi dal porto. Al resto – si era detto Ortelli – ci avrebbe pensato quella popolazione buona e accogliente di marinai e agricoltori.

Con il passare dei minuti, però, la frustrazione sua e del vicesindaco Mario Pellegrini aumentava. Nessuno dava loro notizie. Non la nave. Non la Capitaneria. Niente. Una catastrofe stava per abbattersi sulla loro isola, sotto i loro occhi. Quell'animale metallico lungo come tre campi da calcio sputava in silenzio scialuppe arancioni stracolme di persone provenienti da tutto il mondo, terrorizzate e infreddolite, prive di valigie, documenti, soldi, cellulari, e non c'era un telefono che squillasse per comunicare dei numeri o annunciare loro l'arrivo di aiuti. Pellegrini fumava di rabbia. Era cosí. Un tipo sanguigno, appassionato. Ne aveva avuto abbastanza. Aveva camminato fino in fondo al molo, dato un'ultima occhiata alla nave che si stava inclinando. Poi aveva deciso: «Basta, se nessuno ci dice niente, vado su io a vedere». Sarebbe stata la scelta piú folle e pericolosa della sua vita.

14.
Clessidre

La famiglia doveva rimanere unita. Omar e nonno Ugo guidavano il gruppo, e seguendo le loro indicazioni i Brolli si erano disposti intorno a nonna Lilli a formare uno scudo per proteggerla, cominciando ad avanzare come una testuggine, quasi in formazione militare. Dopo l'allarme e il messaggio di abbandono nave, le scale della hall erano state prese d'assalto: le persone erano fuori controllo, si calpestavano a vicenda come una mandria di tori impazziti. Alcuni anziani erano caduti dalle scale perché non avevano trovato alcun appiglio. «Non so se ti ricordi nel film *Titanic*, dove tutti pensano a sé stessi e cominciano a correre, – mi ha raccontato Omar. – Era cosí, uguale».

Come tutti, la famiglia Brolli doveva raggiungere il ponte 4 e arrivare alle scialuppe, ma il pavimento era sempre piú instabile e trasportare la nonna con la sedia a rotelle sarebbe stata un'impresa impegnativa anche in una situazione normale, figurarsi in mezzo a una folla scalpitante e su un piano inclinato. L'avevano sollevata i tre uomini: il marito Ugo, il figlio Arnaldo, il nipote Omar. Nessuno aveva mai visto Ugo cosí: quell'ometto gracile di settanta e passa anni aveva ora gli occhi che sembravano in fiamme, animato da una forza che non sapeva nemmeno di avere. Avrebbe trasportato la sua Lilli – l'amore di una vita intera, sua moglie da cinquant'anni e un giorno – fin sulla cima della nave.

Metro dopo metro, prestando a ogni passo un'attenzione certosina e restando tutti concentrati sull'anello di protezione che avevano formato intorno alla nonna, i Brolli erano arrivati al quarto livello. Omar malediceva le scarpe eleganti che si era messo pensando alla sua ultima serata in discoteca. Suola liscia e a punta. Perfette per ballare, pericolose per scappare. Anche una volta superata quella scalinata infinita, spingere la sedia a rotelle era praticamente impossibile. A ogni passo gli sembrava di tornare indietro. Intorno a loro c'era il caos, circondati com'erano da persone che urlavano in mille lingue diverse. Il personale guidava l'evacuazione indirizzando i passeggeri verso un ponte o l'altro, in base alla collocazione delle cabine. Omar e Vanessa, i genitori e i nonni erano stati spediti sul lato sinistro della nave, quello che lentamente ruotava verso l'alto. Federica e il resto della famiglia erano stati indirizzati al ponte di destra, nella parte che tutti a questo punto pensavano fosse già sott'acqua.

Sul lato sinistro la situazione era pessima. La calca toglieva il respiro solo a guardarla, passeggeri impauriti e disperati spingevano e piangevano in coro, tutti alle prese con la stessa missione: trovare un posto su una scialuppa. Omar, stremato, si era appoggiato con la schiena alla parete sempre piú storta e aveva osservato la scena. Bastava un'occhiata per capire che tutti loro su quelle imbarcazioni non ci sarebbero mai entrati.

Dall'altra parte della nave, sul lato destro, sua sorella Federica era paralizzata dalla paura. La scena davanti ai suoi occhi aveva qualcosa di apocalittico. L'acqua del mare era proprio lí sotto, a una manciata di metri dal pavimento inclinato su cui a fatica cercava di stare in equilibrio. Non sta succedendo davvero, continuava a pensare. I passeggeri si spingevano per salire sulle scialuppe e lei sentiva che non ce l'avrebbe mai fatta. Un ragazzo aveva spintonato in modo brusco una donna incinta e il compagno di lei gli era praticamente saltato addosso. Ne era nata una zuffa. Lei non riusciva a farsi largo in quel macello, il panico ormai le imprigionava gli arti e i pensieri. In piú le lance scendevano con fatica e chi le calava in mare aveva difficoltà a sganciarle. I cavi in acciaio a cui erano appese producevano uno stridio sinistro, e a ogni scossone un coro di urla si levava verso il cielo nero sopra di loro.

A Federica era sembrato che il personale impegnato nelle operazioni di evacuazione non fosse preparato per quel tipo di emergenza: a manovrare i meccanismi di discesa delle imbarcazioni di salvataggio c'erano membri dello staff, inservienti e camerieri, e chi era riuscito a guadagnarsi un posto a bordo urlava a ogni brusco movimento verso il basso. Nessuno si sentiva al sicuro, per quanto il mare da quel punto della nave fosse davvero a portata di tuffo. E comunque era la calca ad averla spaventata tanto. I suoi zii e cugini erano nei paraggi, ma nonni, genitori e fratelli non erano con lei. Si sentiva sola. Tutto le suggeriva che non sarebbe uscita viva da lí. C'era un'isola lí vicino, era davanti a lei, con una nuotata un po' energica ci sarebbe arrivata. Poteva salvarsi. Ma tutto sembrava tremendamente fuori proporzione e la sua percezione delle misure e delle distanze era deformata dal panico. Il gigante bianco che si inchinava, gli scogli bui là davanti e l'acqua del mare che sembrava fatta di chissà quale materia oscura. Era tutto troppo. La salvezza appariva lontanissima, irraggiungibile. Cosí d'istinto aveva deciso di fare la cosa piú irrazionale di tutte: tornare in cabina. Per quanto fosse assurdo, la rassicurava l'idea di allontanarsi dal caos, di non vedere piú quello che stava succedendo. Aveva bisogno del silenzio e del comfort delle sue cose, tutte raccolte in un ambiente che le era piú familiare. Si sarebbe chiusa lí dentro e avrebbe aspettato che qualcuno venisse a prenderla o la chiamasse al telefono e le dicesse come muoversi.

Aggrappandosi ai corrimano, Federica aveva cominciato la sua salita verso le camere. Piú si allontanava dal ponte, piú il volume della cacofonia del naufragio diminuiva. Avrebbe raggiunto la cabina, del resto non le importava. «Mal che vada mi butto in acqua», pensava dentro di sé, sperando comunque che non si riducesse alla sua ultima possibilità. Come un animale ferito che si rintana lontano da tutti per soffrire da solo, stava andando incontro a una solitudine senza via d'uscita. E probabilmente sarebbe morta, se il destino non avesse messo sulla sua strada un cameriere filippino. Il ragazzo l'aveva trovata lungo le scale e l'aveva placcata. «Non salire in camera, vieni con me», le aveva detto prendendola per un braccio e trascinandola con sé. Era esattamente ciò di cui Federica aveva bisogno. Qualcuno che la guidasse fuori. Quello che fino a pochi secondi prima era uno sconosciuto proveniente dall'altra parte del mondo, ora era la sua unica possibilità di salvezza.

Sul lato sinistro della *Concordia*, anche Omar si era separato dai suoi genitori. Il padre Arnaldo aveva fatto resistenza fino all'ultimo, ma lui aveva insistito perché portasse la sorellina Vanessa e la mamma in cerca di una scialuppa libera. Lui si sarebbe occupato dei nonni. Faceva male guardare negli occhi suo padre, covando dentro la paura che potesse essere l'ultima volta, e spingerlo ad allontanarsi e mettersi in salvo. Ma non poteva lasciare Ugo e Lilli in balia degli eventi. La situazione stava precipitando, il pavimento si faceva sempre piú instabile. Non ce l'avrebbero mai fatta da soli e lui non sarebbe andato da nessuna parte senza di loro. Allo stesso tempo non voleva rischiare che gli altri componenti della famiglia restassero bloccati a bordo. La scialuppa davanti alla quale stazionavano si stava riempiendo. Dovevano distribuirsi su piú punti, cercarsi piú possibilità. Arnaldo aveva infine ceduto alla richiesta di Omar. Aveva preso di forza la moglie e la figlia e si era allontanato dalla bolgia, sparendo in pochi secondi.

Vanessa non aveva mai avuto cosí tanta paura in vita sua. Avrebbe voluto che la famiglia rimanesse unita e invece ora erano tutti sparpagliati, come i frammenti di un vaso che chissà se e come si sarebbe piú ricomposto. Continuava a pensare a suo fratello, alla nonna in sedia a rotelle, a Federica finita dall'altro lato della nave. Non era cosí che doveva andare. Temeva che suo padre fosse disposto a qualsiasi cosa, anche a sacrificarsi, pur di vederla salire su una di quelle lance. Ma le scialuppe scarseggiavano da un pezzo.

Lungo il ponte ne avevano trovata una. C'era ancora posto. «Dài, dài, entriamo qui!» Come Federica, anche Vanessa non voleva salire su una di quelle cabine sospese nel vuoto. Sentiva le urla dei passeggeri a bordo e le si gelava il sangue. Anche lei aveva notato che a guidarle c'erano degli inservienti ora improvvisatisi soccorritori. Quante volte avevano provato quelle manovre delicatissime? A guardare come si muovevano, sembrava la prima volta per tutti.

A papà Arnaldo non importava. Quella scialuppa non se la sarebbe lasciata scappare per nessun motivo. Senza alcun preavviso, aveva sollevato di peso la figlia e l'aveva scaraventata oltre la balaustra e dentro la barca. Poi era stato il turno di Monica. Subito madre e figlia avevano sentito un vuoto d'aria sotto i piedi. Le stavano calando in mare. Di colpo Vanessa aveva realizzato: suo papà non era con loro. Era scivolato via nella folla per occuparsi degli altri. La ragazza aveva visto tutto nero. Quando aveva riaperto gli occhi – le sembrava fosse passata un'eternità – di fronte a lei c'era una donna di un'ottantina d'anni che le gettava acqua sul volto. Vanessa si era stupita di quanta energia avesse. Si era rialzata in piedi. I finestrini opachi della scialuppa restituivano una luce arancione intensa. Erano arrivati al Giglio.

Federica intanto aveva seguito il cameriere filippino senza ribattere, gli correva appresso giú per le scale tenendogli la mano. Riuscivano a comunicare a malapena, ma non c'era bisogno di parole. Lui sapeva cosa fare, conosceva quei corridoi come le sue tasche, e per qualche motivo del tutto irrazionale lei sentiva di potersi fidare ciecamente. Erano arrivati al ponte 3, in una cucina enorme che a Federica era apparsa come una città bombardata: era quella che serviva i ristoranti *Milano* e *Roma*. Sembrava che un pazzo avesse scaraventato da un lato tutti gli oggetti che un tempo erano disposti ordinatamente in quel regno di efficienza, dove ora l'acqua gelida del mare le lambiva le cosce. La cucina brulicava di inservienti asiatici, era la loro via di fuga. Federica e il cameriere avevano attraversato la stanza a grandi passi e lui l'aveva condotta di nuovo all'aperto su un ponte. Camerieri, cuochi, donne delle pulizie erano radunati davanti a una scialuppa. Una massa compatta di carnagioni olivastre dentro a divise bianche, che parlavano tra di loro in tagalog, tamil, bahasa e inglese. Il ragazzo l'aveva spinta dentro la lancia e poi l'aveva salutata. Lui sarebbe rimasto a bordo, forse avrebbe trovato un altro modo per lasciare la nave. Ma lei era salva.

Omar aveva cercato di riprendere fiato, ma non poteva rimanere appoggiato alla parete per troppo tempo. L'obiettivo era portare i nonni verso la scialuppa dedicata alle persone disabili, temeva però che in quel caos gli passassero tutti davanti. Non aveva torto. Quando si era avvicinato all'imbarcazione d'emergenza, ogni priorità di accesso era saltata, come qualsiasi altra regola. Esattamente come sul *Titanic*, che a lui era venuto in mente cosí spesso, davanti alla prospettiva della morte erano saltati anche i piú basilari principî sociali, la precedenza a disabili, donne, bambini e anziani. «Lí era "entra, entra e salvati"», cosí me ne ha parlato lui. In situazioni del genere, gli esseri umani si comportano come topi che si scavalcano l'un l'altro per sfuggire all'acqua o al fuoco. Non importa piú chi hai intorno. Era il lato oscuro del principio di autoconservazione. L'unica legge che regnava sovrana era quella del si salvi chi può. E visto che urlavano tutti, si era messo a urlare anche lui. L'unico modo per salvarsi ormai era prevaricare. Non sarebbe riuscito a mettere sua nonna su quella lancia con le buone maniere.

Finalmente un cameriere addetto all'imbarcazione si era accorto di loro, gli aveva aperto un passaggio e il nipote era riuscito a spingerli dentro. Lilli e Ugo si erano imbarcati, poi la folla aveva subito chiuso il varco davanti a Omar, che era rimasto sul ponte. Il ragazzone di Misano si era guardato intorno, cercando gli altri in mezzo a quella fiumana di gente. Papà Arnaldo non c'era. Forse era riuscito a mettere in salvo Vanessa e la mamma? E Federica e il resto dei parenti, che erano andati dall'altra parte, che fine avevano fatto? A quale altra prova sarebbe stata sottoposta ora la famiglia, dopo tutto quello che aveva già passato?

Una voce accanto a lui lo aveva distolto da quei pensieri. «Aiuto, aiuto!» Una ragazza in sedia a rotelle, assieme al suo fidanzato. Erano in evidente difficoltà. D'istinto, Omar aveva sollevato la carrozzina col fidanzato, ma la ragazza aveva dolori ovunque lui la toccasse. Aveva gridato di nuovo e si era aperto un altro varco, riuscendo a far passare la coppia. Lui però era rimasto di nuovo fuori. Alle sue spalle, sul ponte, c'era una ragazza che sembrava nel panico. Non riusciva a muoversi. Diceva qualcosa di incomprensibile in francese. Omar l'aveva presa, direttamente in braccio, e per la terza volta era riuscito a farsi strada tra la folla. Forse un barlume di umanità era rimasto tra chi si accalcava per salire a bordo. Era entrato anche lui per aiutare la turista francese a sedersi. A quel punto era dentro. L'inserviente addetto alla lancia aveva iniziato le manovre per calarla, ma non sembrava davvero in grado di farlo. E a questo si aggiungeva un problema che nei minuti e nelle ore successive sarebbe diventato cruciale. L'inclinazione della *Concordia* era ormai tale che le scialuppe calate in mare dal lato sinistro non toccavano subito l'acqua, ma cominciavano a sbattere contro le pareti della nave. Omar e un'altra persona si erano cosí sporti dal finestrino, e con le mani avevano spinto con tutte le forze per allontanare l'imbarcazione dalla paratia bianca. Pochi attimi dopo, con enorme sollievo, erano sull'acqua. Quella che prima era *minaccia*, ora era *salvezza*.

Il Giglio era lí, a poche decine di metri. Ma Arnaldo era rimasto sulla nave. Si era perso. Non aveva piú trovato nessuno. Il cuore aveva cominciato a fargli mare.

Lo sbarco ormai era diventato una roulette. Chi arrivava sul ponte e riusciva a guadagnarsi un posto in prossimità delle scialuppe non sapeva cosa gli sarebbe capitato in sorte. I fortunati venivano calati in mare senza troppi intoppi e raggiungevano l'isola scivolando sul mare placido, soprattutto se a svolgere le operazioni di evacuazione e a gestire la discesa in acqua delle barche c'era un membro dell'equipaggio con nervi saldi e prontezza di riflessi. I meno fortunati rimanevano bloccati. I cavi e le carrucole a cui erano appese le scialuppe si incagliavano a causa dell'inclinazione eccessiva o del malfunzionamento di uno dei bracci, costringendoli a ritornare sulla nave, proprio mentre cominciavano ad assaporare la salvezza. Una situazione paradossale. Nonostante la *Concordia* avesse potenzialmente mezzi di salvataggio per molte piú persone di quante ne potesse effettivamente ospitare a bordo, l'enorme ritardo nella gestione dell'emergenza aveva azzerato quel vantaggio e riportato l'orologio indietro di cento anni e al *Titanic*, dove di fatto le scialuppe erano insufficienti per mettere tutti al sicuro.

Oltre a questo, gli unici assistenti disponibili erano membri del personale che non avevano mai visto una situazione simile in vita loro. C'era bisogno di braccia, di mani, di occhi. C'era bisogno dell'aiuto di tutti. Ma molti non avevano idea di come si manovrasse una scialuppa, non avevano mai dovuto impararlo, se non seguendo qualche *drill* di salvataggio. Ora, in quell'universo inclinato, anche le posizioni sociali sembravano essersi capovolte. E cosí Alexandar Udhayakumar – *Macedonia Man* – il ragazzo che era partito sette mesi prima da Mumbai, finito nell'anonimato delle cucine a sbucciare e tagliare ananas, mele e kiwi, e che alle 21.45 stava facendo le pulizie di fine giornata al *Lido Buffet* in vista dello sbarco settimanale a Savona, improvvisamente si ritrovava a comandare una scialuppa con decine di vite nelle proprie mani.

I passeggeri si stavano già ammassando. «Avremo dei problemi», aveva pensato Alex alla vista di quella folla che piangeva e urlava in tutte le lingue del mondo. Un conto era studiare i protocolli di sicurezza in teoria, un altro era ritrovarsi su una nave piegata, nel pieno di un'emergenza che piú reale non poteva essere. Ce l'avrebbero fatta a raggiungere l'isola sani e salvi e a riconnettersi con il resto del mondo? Dipendeva da lui. Da lui e da un collega indonesiano, con cui doveva gestire l'ammaino di quell'imbarcazione. Il meccanismo sembrava però essersi inceppato. L'inclinazione della nave rendeva tutto molto difficile. La sua scialuppa si era incastrata al ponte 2, la cui balaustra a causa della pendenza ormai si trovava proprio sotto di loro, rischiando di farli ribaltare. Era servito il provvidenziale intervento dell'hotel engineer, che era arrivato in suo aiuto a spingere fisicamente la lancia verso il basso. Alex era cosí riuscito ad accendere il motore della barca, a guidarla lungo la fiancata sinistra della nave e a entrare nell'ormai affollatissimo porto del Giglio.

Anche Antonella Folco non poteva fare a meno di notare che gran parte degli addetti all'evacuazione parevano non addestrati a sufficienza per gestire la situazione. Molti non parlavano l'inglese, quasi nessuno l'italiano, tra di loro per lo piú comunicavano a gesti. O almeno cosí sembrava ad Antonella, che con i genitori era riuscita ad approdare sul lato sinistro in corrispondenza della sua scialuppa designata e ora cercava di capire come uscire viva da lí. Si era appena lasciata l'inferno alle spalle. I sette fischi dell'emergenza generale erano arrivati mentre lei e i genitori scendevano le scale in cerca di una *muster station* dove ottenere piú informazioni. Ma quei fischi avevano detto tutto quello che c'era da sapere. Si erano ritrovati nell'atrio, all'altezza del ponte 3. Intorno a loro era già scattato il panico: persone che correvano in tutte le direzioni, nella confusione piú totale. Antonella cercava di mantenere la calma. Se non ragionava era finita. La nave era sempre piú inclinata e molti, d'istinto, stavano andando a destra, verso il basso. Da lí era piú facile forse salire su una delle scialuppe che ormai quasi sfioravano il pelo dell'acqua. Sembrava la via di fuga piú immediata. Ma l'acqua era già salita, e stava invadendo il ponte. Antonella l'aveva vista.

«La gente andava verso la parte bassa perché si buttava a mare e cercava la scialuppa, – mi ha raccontato. – Invece è il ragionamento peggiore perché se la nave va giú ti porta giú con lei. Devi andare dalla parte opposta. E io ho detto spostiamoci immediatamente a sinistra verso la parte alta».

Per di piú la scialuppa assegnata alla loro cabina si trovava a sinistra. Dovevano assolutamente andare verso l'alto, era l'unica scelta razionale. Mentre cercava di convincere dei perfetti estranei a non avventurarsi a destra, ma a salire con il gruppo sempre piú numeroso verso la parte alta, Antonella aveva notato una bambina coi capelli castani in mezzo al salone centrale assieme al suo papà, mentre andavano verso il lato che già affondava. «Dove va? Venga a sinistra, venga di qua», gli aveva detto. Poi si era resa conto che gli occhi dell'uomo erano completamente assenti. Si guardava intorno con l'espressione di chi ha perso ogni punto di riferimento. Erano gli occhi del panico. La bambina piangeva aggrappata a lui, terrorizzata. Antonella aveva provato a ripetere al papà di andare con loro, infine aveva desistito, perché lui non la seguiva nemmeno con lo sguardo. L'uomo si chiamava Williams Arlotti e la piccolina era sua figlia Dayana, di soli cinque anni. Venivano dalla Romagna. Di lí a meno di un'ora sarebbero diventati uno dei tragici simboli di quel naufragio.

Una volta raggiunto il lato alto, i Folco inizialmente avevano pensato di aver avuto fortuna. Nonostante il caos, sulla scialuppa loro erano riusciti a salirci. Presto però si erano resi conto che l'imbarcazione non si muoveva di un millimetro e che sarebbero rimasti lí a penzolare nel vuoto per chissà quanto tempo. Avevano dovuto ricredersi. Non era il loro momento. I ragazzi del personale stavano facendo del loro meglio. Spingevano, tiravano, cercavano di sbloccare manualmente la scialuppa incastrata. La pendenza della nave viaggiava ormai verso il 25-30 per cento, ben oltre il limite massimo consentito per l'ammaino. Mentre la nave continuava a sdraiarsi su un lato, le possibilità che quella lancia raggiungesse l'acqua si facevano sempre piú esigue. Antonella e i genitori avevano aspettato invano. A ogni strattone si radicava in loro la convinzione che sarebbero caduti in mare. Si sarebbero fatti molto male, Antonella ne era sicura. L'attesa lí dentro era snervante. Fuori si udivano le grida di altri passeggeri. Rimanere lí appesi, mentre la nave affondava, forse era anche peggio. Cosa sarebbe successo? Li avrebbe trascinati giú con sé? La loro unica via di fuga stava saltando, dovevano trovare un'altra soluzione. Sopra di loro si sentiva il rumore delle pale di un elicottero, ma se anche avesse potuto verricellare in salvo qualche passeggero alla volta, c'erano comunque tante, troppe persone su quella nave. Dopo un'attesa che ad Antonella era sembrata lunghissima, dall'equipaggio era arrivata la conferma: «Sorry», ripetevano affranti, mentre li aiutavano a scendere dalla scialuppa e li riportavano sul ponte inclinato, nell'ultimo posto al mondo dove Antonella avrebbe voluto trovarsi.

Lei se la poteva anche cavare. Era giovane, agile, pronta. Ma i suoi genitori erano cosí fragili. Cosa ne sarebbe stato di loro, quando la nave sarebbe affondata? Sí, *affondata*. È questo il termine che va usato. Perché in quel momento, nella testa di quelle persone, non c'era nessun dubbio che sarebbe accaduto. Già avevano visto l'acqua salire dall'altra parte. Era solo questione di tempo. Tutti si chiedevano quanta sabbia rimanesse ancora nella grande clessidra che segnava la fine della breve vita della *Costa Concordia*. E forse anche della loro.

Non lontana dai Folco, sul ponte 4, anche Safaa Sikri si trovava in una situazione simile. Vedeva i passeggeri che smontavano da alcune scialuppe e sconsolati tornavano sulla nave, mentre gli altri si ammassavano per tentare la fortuna su una lancia piú avanti. Anche lei era finita dentro una di quelle resse, dove «c'era solamente "mi salvo il culo prima del tuo", perciò c'era gente comunque sia che ti tirava, che voleva scavalcare... chi voleva salire, chi ti tirava per i capelli, chi ti tira per le gambe...» Tra quelle mani che tiravano e spingevano c'erano anche le sue.

«Ci stiamo massacrando come le pecore, mandate qualcuno!» è l'ultima, drammatica telefonata del padre originario di Pomezia che poco dopo l'incidente aveva iniziato a tempestare i carabinieri, e che ora probabilmente si trovava con sua moglie e i suoi bambini non lontano da lí. «La gente si sta buttando dentro le scialuppe... La nave si muove, si piega! Aiuto!» Dietro di lui si sente urlare.

Anche Safaa, mentre era immersa nella calca, aveva sentito un urlo. Il grido disperato di una madre, simile a quello che la sua aveva lanciato poco prima al telefono, l'aveva fatta rinsavire di colpo: «Prima i bambini! Prima i bambini!» Safaa si era bloccata. «Ho avuto un rimorso di coscienza, – mi ha raccontato, – per dire cazzo c'hanno ragione, prima le persone piú deboli. Ho fatto un passo indietro e abbiamo cominciato a caricare le persone piú anziane e i bambini».

Come per i giubbotti di salvataggio, però, presto si era resa conto che per lei non ci sarebbe stato posto su nessuna barca. L'unica alternativa era attraversare la nave in discesa fino al ponte opposto, quello di destra, e sperare di aver indovinato almeno una mossa nel crudele gioco a cui il destino la stava obbligando a partecipare. Doveva correre. Era ancora giovane. Aveva tutta la vita davanti. Il lavoro. I sogni. La famiglia. E poi quel ragazzo, Donato, che aveva illuminato la sua esistenza solo la sera prima, e che forse non era stronzo come gli altri. Non poteva finire tutto cosí, non ora, non sulla moquette diagonale di quei corridoi beige che sembravano scivoli. Era riuscita a percorrerne uno cercando con tutta sé stessa di mantenere l'equilibrio, ritrovandosi sbattuta contro le pareti e aggrappandosi con fatica fino a dove riusciva ad arrivare. Finché il destino le aveva tolto il pavimento da sotto i piedi.

La nave aveva compiuto un ulteriore scatto verso il basso, accasciandosi di alcuni gradi in piú con uno scossone che aveva provocato grida di paura tutto intorno, come se fosse una grande giostra dell'orrore. Safaa aveva fatto appena in tempo a sentirlo, prima che la sua fronte urtasse improvvisamente contro una superficie con un tonfo sordo. «E lí penso che è finita». Aveva alzato lo sguardo, frastornata, sicura di aver ormai superato la linea del non ritorno. Quella che ora aveva davanti agli occhi sembrava una visione. Piatti e poltrone galleggiavano in un lago a pochi passi da lei. Era di nuovo nel ristorante. Cosa aveva senso fare, ora? Era ferita, nelle viscere di un altro *Titanic* a cui non restavano che gli ultimi spasmi di un'agonia cominciata solo un'ora e mezza prima, quando in quella stessa sala allagata aveva appena fatto in tempo a sedersi, sorridere e ordinare dell'acqua a uno dei camerieri. Le restava un ultimo tiro da metà campo. Non aveva piú nulla da perdere. Doveva scegliere se andare avanti e guadare quel lago gelido pieno di mobili galleggianti, oppure tornare indietro e risalire per quei corridoi ancora piú ripidi di prima. Nuotare o arrampicarsi. Non ci aveva pensato molto. Arrampicarsi.

Una volta risalita, con tutta la forza che aveva nelle gambe e nelle braccia, non aveva piú trovato alcuna scialuppa disponibile. Non lontano da lei qualcuno stava cercando di calare in mare un mezzo piú piccolo, simile a una tenda da campeggio rosso fosforescente, con il fondo quadrato rigonfiato. Una zattera. Forse non era tutto perduto.

Sul lato sinistro della *Concordia* erano rimaste solo tre scialuppe. Su una di queste c'era una famiglia di origine pugliese: quella di Maria D'Introno e di suo marito Vincenzo Roselli, assieme al fratello e ai genitori di lui che – come i nonni della famiglia Brolli e i genitori di Antonella Folco – avevano festeggiato cinquant'anni di matrimonio a bordo della nave. Anche loro avevano atteso a lungo l'ammaino dell'imbarcazione, che era tuttavia riuscita a portarli solo fino al ponte inferiore, il 3, incastrandosi lí senza poter continuare la discesa. Dopo numerosi tentativi di disincagliarla, il ragazzo russo dell'equipaggio della *Concordia* aveva chiesto loro di scendere e poco dopo un suo collega li aveva invitati a seguirlo attraverso un passaggio di servizio fino al ponte 4 sul lato destro, che già si inabissava. Lí alcuni inservienti stavano provando a lanciare in acqua le zattere autogonfianti, che tuttavia si rivelavano inutili a causa dell'eccessiva pendenza.

Il ponte 3 da quel lato ormai era completamente sommerso, e sotto il livello dell'acqua i passeggeri che cercavano di salvarsi in quel punto potevano chiaramente udire gli oblò che implodevano a causa della pressione del mare, facendolo ribollire e generando spaventosi gorgoglii e risucchi.

Tendendosi per mano, Maria e Vincenzo si erano ritrovati con l'acqua alla vita e in una frazione di secondo avevano deciso di tentare la traversata a nuoto del breve tratto che li separava dagli scogli neri dell'isola davanti a loro. Avevano entrambi il giubbotto salvagente, ma non sapevano nuotare. Pochi metri dopo aver scavalcato la balaustra semisommersa, però, si erano ritrovati davanti un ostacolo: uno dei bracci metallici sporgenti che servivano a calare le scialuppe intralciava la loro fuga. Si erano lasciati la mano, costretti a separarsi per aggirare quella grossa trave di metallo, con l'idea di ricongiungersi una volta che se la fossero lasciata alle spalle. Maria era andata a sinistra, Vincenzo a destra. Intanto dai ponti superiori pericolosamente inclinati piovevano ormai lettini, sdraio, mobili di ogni tipo. L'apocalisse sotto i loro piedi e sopra le loro teste. Vincenzo aveva poi sentito una specie di esplosione provenire dal basso, e alcune grosse bolle lo avevano «sbalzato», come avrebbe poi raccontato a processo. Si era cosí ritrovato a galleggiare in posizione supina, senza riuscire a guardarsi intorno, ma vedendo solo l'enorme ciminiera della *Costa* che incombeva minacciosa sopra di lui, come se stesse per staccarsi da un momento all'altro. A fatica, chiamando piú volte la moglie, Vincenzo era riuscito a raggiungere gli scogli, dove qualcuno appena sbarcato lo aveva tirato su. Poco dopo lo avevano raggiunto anche i genitori, il fratello e la cognata. Ma di Maria non c'era traccia. Era stata risucchiata da un vortice d'acqua causato dall'inabissamento della nave, morendo per insufficienza cardio-respiratoria. Il suo corpo sarebbe stato ritrovato solo nove giorni dopo, attaccato al soffitto della terrazza di una cabina al ponte 8.

Mentre Vincenzo e i suoi cari urlavano il suo nome verso il mare nero dagli scogli della Gabbianara, un uomo in giubbotto a pochi metri da loro fissava immobile quel disastro con il telefono incollato all'orecchio. Era il comandante Francesco Schettino.

15.

The captain goes down

Il 17 gennaio, al Tribunale di Grosseto il giudice per le indagini preliminari Valeria Montesarchio era pronta a procedere. Erano passati tre giorni dalla tragedia, e ora finalmente lei e i suoi colleghi avrebbero sentito dalla viva voce del comandante Schettino la sua versione dei fatti. Il giorno precedente, sul sito del «Corriere Fiorentino», era stata pubblicata una telefonata tra il comandante De Falco della sezione operativa della Capitaneria di Livorno e lo stesso Schettino, che era avvenuta nel corso del naufragio e subito era diventata virale.

Il comandante della *Concordia* aveva abbandonato la nave mentre centinaia di persone erano ancora a bordo, lasciandole a sé stesse in attesa di soccorsi, violando cosí non solo un'antica consuetudine marittima secondo la quale *the captain goes down with the ship* – il comandante affonda assieme alla nave – ma anche l'articolo 1097 del codice della navigazione: «Il comandante, che, in caso di abbandono della nave, del galleggiante o dell'aeromobile in pericolo, non scende per ultimo da bordo, è punito con la reclusione fino a due anni. Se dal fatto deriva l'incendio, il naufragio o la sommersione della nave o del galleggiante, ovvero l'incendio, la caduta o la perdita dell'aeromobile, la pena è da due ad otto anni. Se la nave o l'aeromobile è adibito a trasporto di persone, la pena è da tre a dodici anni».

Un gesto considerato deplorevole e indegno di un uomo con la divisa. A peggiorare il quadro c'era il fatto che fosse stato lo stesso Schettino a causare l'affondamento della nave, e che la conta dei morti di quel disastro fosse solo iniziata.

De Falco, spazientito dall'eccessivo indugiare del capitano della *Concordia*, sceso sugli scogli della Gabbianara da dove sosteneva di essersi organizzato «per coordinare i soccorsi», gli aveva intimato di risalire immediatamente a bordo della nave inclinata e di riferirgli quanti e quali passeggeri fossero ancora bisognosi di assistenza. «Guardi Schettino che lei si è salvato forse dal mare, ma io... le faccio passare l'anima dei guai. Vada a bordo, cazzo!» Nel giro di poche ore, in tutto il Paese e nel mondo, il nome del comandante di Meta di Sorrento, nel frattempo trattenuto agli arresti, sarebbe diventato sinonimo di viltà. Ora però bisognava capire quale fosse stata la sua effettiva condotta prima, durante e dopo l'incidente.

Il Gip aveva aperto le danze:

«Lei è Schettino Francesco?»
«Sí».
«Dove è nato?»
«Napoli, il 14/11/1960».
«È sposato?»
«Sí, moglie e figlia».
«Che titoli di studi ha?»
«Capitano di lungo corso...»
«Benissimo. Allora io le chiedo, nel comune interesse e anche nel suo interesse, se è in grado di raccontarci in maniera adesso il piú possibile lucida quello che è successo il giorno 13 gennaio di quest'anno, a partire dalle ore 21.00 in poi?»

Schettino aveva parlato. Un fiume in piena. Aveva raccontato di quando il maître Antonello Tievoli, una settimana prima dell'incidente, gli aveva chiesto di avvicinarsi al Giglio, ma lui era rimasto al largo per via del cattivo tempo.

Poi, la settimana successiva, quando Tievoli si era rifatto sotto, aveva acconsentito. Aveva già fatto quel tipo di accostata, a bordo della *Costa Europa* e della *Tirrenia*. Era una zona che conosceva bene. Il 13 sera, dopo cena, si erano ritrovati in plancia di comando, con il Giglio a una manciata di miglia di distanza. Schettino aveva impostato il Cpa – Closest Point of Approach – il punto di avvicinamento massimo, a 0,28 miglia dalla costa, «sapendo che fino allo scoglio ci fosse profondità, e cosí ho fatto».

Una volta arrivato in prossimità delle Scole «quando poi mi sono affacciato sulla prua mi sono reso conto che ci sono due scogli di cui uno, quello del quale io rilevavo la distanza minima alla quale mi ero prefisso di passare, che era quello che il radar batteva, ma nella realtà ce ne stava un altro – io ho visto sott'occhio – che stava piú verso la nave». Ma a quel punto era troppo tardi. «Ho visto il promontorio, lo scoglio grosso e mi sono accorto che l'acqua frangeva e quindi quando l'acqua fa spuma significa che sotto ci sta qualche cosa... Io la lucidità del ricordo ce l'ho, cioè sto cercando di costruire quegli attimi nella massima freddezza e nella massima lucidità. Stavamo andando avanti e poi ho sentito questo... questo scuotimento della parte poppiera e dopo un po' è successo il black-out». L'aveva definita una sua «valutazione errata». Era stato un errore anche portarsi con la prua a destra, perché cosí facendo la nave aveva scodato con la poppa a sinistra. Infatti l'impatto era avvenuto lí. Il comandante sembrava pronto ad assumersi le sue responsabilità. «Ma questo è stato un mio errore... è stato cioè... non ho nessun modo di dire sono stato bravo in questo caso qua... io non dovevo fare nulla, dovevo continuare come stavo andando e non avrei preso nulla».

Gip: «Quindi lei...»

Schettino: «Avrei fatto un'imprudenza, ho fatto un'imprudenza, però Dio me l'avrebbe mandata buona se non avessi messo il timone a dritta. Questo è quello che io adesso ricordo in questo momento e glielo dico con la mia massima sincerità, perchè non ho... cioè da uomo intelligente, da comandante, non posso nascondermi dietro un dito, devo essere consapevole e assumermene la responsabilità».

Giudice e pubblici ministeri avevano cominciato a dissezionare, momento per momento, episodio per episodio, dettaglio per dettaglio, tutta la fase successiva all'impatto. Quando la nave era stata contattata dalla Capitaneria di Livorno, il comandante si era preoccupato di far riferire che oltre al black-out avevano *anche* preso un fondale? Schettino, sicuro di sé, aveva risposto che sí, certo, lo aveva riferito fin da subito: «Abbiamo avuto un contatto col fondo e c'è stato un black-out».

«Questo quanto tempo dopo l'ha detto?»

«Quando mi hanno chiamato».

Non era vero. A testimoniarlo c'erano gli audio della Capitaneria di porto.

«Quindi lei comunque l'ha detto? Dice di averlo detto dal primo momento che aveva avuto il contatto col fondo?»

«Sí, ma lí è tutto registrato, giudice!»

Le cose non erano andate meglio quando giudice e Pm si erano addentrati nel lungo intervallo di tempo intercorso tra il momento in cui il comandante aveva appreso che l'intera zona dei generatori, dei motori e dei quadri elettrici si stava velocemente riempiendo d'acqua e quello in cui era stato dato l'allarme generale. Cosa avevano fatto Schettino e i suoi uomini tra le 21.51 e le 22.35?

Pm: «Lei personalmente si è preoccupato di dare disposizioni ai passeggeri su cosa dovessero fare in quel momento?»

«Sí».

«E quando le ha date?»

Schettino aveva risposto che le aveva comunicate ai passeggeri appena aveva saputo che i generatori diesel dall'1 al 6 erano fuori uso. «Io ho detto semplicemente "emergenza generale" e "abbandono nave"».

C'era una colossale omissione in quella dichiarazione: i tre quarti d'ora in cui a nessun passeggero era stato comunicato nulla, a parte il fatto che ci fosse stato un semplice black-out. Schettino si era difeso sostenendo che lui aveva dato allarme e abbandono nave dopo essersi accertato che la nave non avrebbe piú galleggiato. «Cioè, non è che io posso avere un black-out e dico subito andiamocene tutti! Dove li mando questi qua?... Io devo avere la certezza, perché altrimenti i danni sarebbero stati di piú».

Uno dei Pm, la dottoressa Maria Navarro, lo aveva però inchiodato su un punto: «Ascolti, a noi risulta che tra l'allarme generale e l'abbandono nave sono passati dieci minuti. Ora, in dieci minuti è possibile organizzare l'evacuazione di una nave con 4000 persone a bordo?» Che cosa costava dare subito il segnale di emergenza, in modo da informare e preparare i passeggeri in caso di necessità di abbandono nave? Perché non lo aveva fatto?

«Oh!» aveva esclamato un altro Pm. «Non avete detto: "Abbiamo bisogno d'aiuto", attivando già il sistema di soccorsi, che per un caso del genere non è che sono da un secondo all'altro, quindi anche attivarli prima non guastava, arrivavano piú barche, piú mezzi, piú persone, eccetera, eccetera, non l'ha valutato nella concitazione del momento?»

Il comandante aveva insistito che dare il segnale di emergenza subito non avrebbe fatto altro che creare agitazione e confusione. E di nuovo, bisognava avere la certezza che la nave non avrebbe galleggiato: «D'istinto, le parlo di istinto! Perché nel momento in cui lei dà l'emergenza generale, non è neanche tanto un gioco, eh!... Perché ci sta chi si butta a mare, ci sta chi muore d'infarto...» Schettino aveva aggiunto che aveva aspettato che la nave si avvicinasse il piú possibile alla costa dell'isola, prima di farla evacuare.

Uno dei Pm si era poi spostato su un altro dettaglio: «Il comandante Palombo, lo chiamavate per quale motivo?»

Schettino spiegava di aver telefonato all'ex comandante di Costa Crociere assieme a Tievoli per fargli un saluto, chiedendogli quanto poteva avvicinarsi al Giglio con la nave. Poi aveva ripetuto, con dettagli diversi, la stessa cosa che aveva detto al telefono al responsabile dell'unità di crisi di Costa subito dopo l'impatto. Palombo gli aveva detto: «Va bene, Francesco, fai tanti fischi con la sirena e puoi passare fino a distanza ravvicinata, perché io sono di zona e ci sta acqua».

«A distanza ravvicinata...?»

«Lui mi ha detto puoi passare fino a... vedi che dà rosso fino a 10 metri. Ma non ci sarei passato a 10 metri!»

I Pm, però, gli contestavano che Palombo a loro il giorno prima aveva raccontato di aver detto ben altro a Schettino: «"Ehi, guarda che qui in realtà non c'è niente da fare perché è gennaio, fai un saluto, suona la sirena e gira velocemente al largo", questo è quello che ci ha detto ieri il comandante Palombo».

«Io le ripeto, io questo comandante qua lo ricordo da comandante in seconda, poi non l'ho mai visto piú, non c'era manco un legame di amicizia. Poi non capisco il perché lui stia dicendo cosí, perché onestamente non... o non è vero, non ricordo io, non metto in discussione la parola di nessuno, io ho ampio rispetto per gli altri, però a onor del vero non ricordo che lui mi abbia detto "poi te ne vai"».

L'interrogatorio di garanzia era andato avanti a lungo. Giudice e Pm avevano voluto sapere di Domnica, la ragazza a bordo con lui. Avevano chiesto delucidazioni sulla velocità della nave al momento dell'accostata al Giglio. Gli avevano fatto ripercorrere la mappa con un dito perché spiegasse quale rotta avesse percorso. Poi il discorso era virato sul momento in cui il comandante aveva abbandonato la nave. Volevano sapere tutti i suoi movimenti, da quando aveva lasciato la plancia di comando a quando era arrivato sugli scogli della Gabbianara.

Schettino aveva spiegato che dopo aver dato l'abbandono nave era salito al ponte 9, poi all'11, dove aveva raggiunto una delle piscine per vedere meglio dall'alto quello che stava accadendo e per accertarsi che la nave non sarebbe del tutto affondata. L'inclinazione nel frattempo era arrivata a 25-30 gradi e il comandante riusciva a malapena a stare in piedi e a schivare i lettini prendisole che dall'alto scivolavano verso la balaustra di destra, schiantandosi uno sull'altro. Schettino era quindi sceso nella sua cabina cercando un punto di equilibrio sulle rampe di scale inclinate. «Volevo prendere qualche registro», aveva spiegato. «Nel momento in cui sono andato in cabina, al buio, si erano aperti i tiretti, gli sportelli dei miei documenti», e lui era scivolato sulle cartelline plastificate sparse sul pavimento, «meno male che non mi sono rotto la testa sulla scrivania... tanto è vero che sono dovuto andare a carponi fino all'uscita della porta... cioè non riuscivo a camminare praticamente. Sono arrivato fuori la porta della mia cabina... camminavo nell'angolo tra il pavimento del corridoio, per scendere giú».

Schettino era ora sul lato semisommerso destro, dove avrebbe cercato di convogliare tutti gli altri passeggeri rimasti nel frattempo bloccati a sinistra. L'unica loro chance di scendere da quella nave era di raggiungere il punto in cui si trovava lui e salire su uno dei mezzi che provavano a liberarsi. Da lí, Schettino aveva visto una lancia di salvataggio piena di persone, che come le altre faceva fatica a disincagliarsi. Un marinaio filippino dell'equipaggio stava cercando di manovrarla per farla uscire da quell'inferno, tentando di non urtare le gru. Schettino si era fermato ad aiutarlo, dopodiché si era ritrovato a bordo mentre l'imbarcazione si allontanava dalla *Concordia* e percorreva il breve tratto fino alla Gabbianara. «Non è che mi sono imbarcato nella lancia. Io sono caduto sul tetto della lancia, attenzione!», ci aveva tenuto a specificare, sottolineando che alla fine in quella situazione ci era capitato, non l'aveva certo voluta. Non voleva passare per il codardo che aveva abbandonato la nave, come i media ora lo dipingevano dopo la pubblicazione della telefonata con De Falco. Lui sul ponte 3 all'altezza del pelo dell'acqua ci era andato perché voleva coordinare le operazioni e soprattutto «pensare ai passeggeri che stanno a sinistra». Non gli importava di salvarsi, questo continuava a ribadirlo: «Tra l'altro io non avevo neanche il giubbotto di salvataggio attenzione eh... perché non era mia intenzione abbandonare la nave, possiamo chiederlo a tutti... Tutti quanti avevano indossato i giubbotti di salvataggio, per me... cioè la mia vita in quel momento era distrutta, cioè a me non mi interessava piú il giubbotto, basta... cioè per me era finita...»

«Quando lei cade sulla scialuppa, poi la scialuppa si sposta e lei va a terra su uno scoglio?» gli aveva chiesto il suo avvocato.

«La scialuppa non è che si sposta, la scialuppa... abbiamo deciso di doverci spostare per forza perché altrimenti rimanevamo schiacciati sotto la nave, che si è girata di 90 gradi».

Insomma, per quanto fosse stato imprudente in fase di accostamento al Giglio, dal suo punto di vista si era mosso come ci si sarebbe dovuti muovere, e la stragrande maggioranza delle persone si era salvata grazie al suo intuito e alla sua esperienza, specie per come sosteneva di essere riuscito a manovrare la nave ormai priva di propulsione, facendo sí che tornasse al Giglio e attendendo il momento giusto per farla evacuare.

Per lui non erano stati il vento di grecale e le correnti, come in seguito avrebbero affermato i periti del tribunale, o il «dito di Dio» – come me l'hanno definito un ingegnere e un ex comandante di lungo corso – a far adagiare miracolosamente la nave su quella specie di terrazzamento sotto il livello dell'acqua all'altezza della Gabbianara, evitando di farla sprofondare nell'abisso davanti all'isola. Erano state soprattutto le sue grandi capacità: «Ho voluto fare in modo da avvicinarmi piú vicino al porto, quindi nella mia testa ci stava la procedura, l'emergenza, la comunicazione e il posizionare la nave nella posizione privilegiata, consapevole dei fondali abbastanza profondi a pochi metri dalla costa comunque».

Dopo quella manovra, il suo avvocato aveva sottolineato che sarebbe stato facile per Schettino giocare a fare l'eroe e non scendere dalla nave – visto che aveva già capito che non sarebbe comunque affondata – rimanendo su per ultimo e prendendosi le lodi del Paese, invece che gli insulti. E invece no, il comandante si era comportato bene. «Credo di essermi comportato da comandante!» aveva detto Schettino.

Uno dei pubblici ministeri aveva tuttavia replicato che il suo comportamento, soprattutto dopo essere sceso dalla nave, era stato molto diverso da quello di altri ufficiali o membri dell'equipaggio, che una volta abbandonata la *Concordia* avevano guidato a loro rischio e pericolo le scialuppe avanti e indietro dal Giglio allo scafo, prodigandosi per trarre in salvo piú naufraghi possibile. «Be', intanto sono tornati indietro, non ce l'hanno fatta a risalire, e quanto hanno fatto è almeno il tentativo di ritornare lí». Schettino invece no. Era rimasto sugli scogli della Gabbianara e poi era andato al porto, senza piú avvicinarsi al relitto. Lui, che ne era stato il comandante, e si era messo in salvo prima dei passeggeri che nelle ore successive avevano rischiato la vita o erano morti a causa della sua stessa imperizia.

Roberto Galli, comandante della polizia Municipale del Giglio, mi ha raccontato di aver incontrato Schettino proprio in quei momenti. Aveva da poco raggiunto gli scogli della Gabbianara, per capire se ci fossero dei naufraghi da soccorrere, e aveva parlato con i parenti di Maria d'Introno. Poi si era avvicinato a un gruppo di sei uomini poco distante, che si erano presentati come ufficiali e membri dell'equipaggio. Erano bagnati e infreddoliti e gli avevano chiesto dove potessero trovare una coperta, un telefono e qualcosa da mangiare. Non lontano da loro c'era il comandante, «che invece era asciutto e quindi molto probabilmente non era caduto dal ponte. Era andato direttamente su una lancia». Galli gli aveva proposto di farlo riaccompagnare a bordo della nave «perché, sempre memore dei miei studi, il comandante deve essere l'ultima persona ad abbandonare la nave. Al che gli ho fatto: "Comandante, ma di qua lei dirige poco, perché stanno operando dalla parte opposta"». Ma Schettino gli aveva detto che sarebbe rimasto lí. In tanti lo avrebbero rivisto solo piú tardi al porto.

Anche Alexandar, *Macedonia Man*, che dopo essere sceso si era reso conto di aver perso tutto – lo stipendio di un mese, il telefono, tutte le certificazioni che gli consentivano di lavorare – ora si aggirava per il porto del Giglio con un collega in cerca di un angolo per fare i propri bisogni e lo aveva visto da solo, nella penombra. «Si stava nascondendo perché non voleva essere visto e ci aveva chiesto se avevamo notizie dell'hotel manager della nave».

A processo e nel suo libro autobiografico l'ex comandante della Costa Crociere avrebbe poi cambiato idea sulle proprie responsabilità, puntando invece il dito contro molti membri dell'equipaggio, colpevoli di errori o di omissioni che a suo dire avevano determinato l'affondamento della nave e compromesso la gestione del suo abbandono: dal timoniere indonesiano Rusli Bin – che per ben due volte aveva capito male gli ordini – agli ufficiali che secondo lui non lo avevano informato adeguatamente della gravità della situazione, e infine allo stesso Roberto Ferrarini dell'unità di crisi di Costa Crociere, l'uomo con cui era stato al telefono nel corso del naufragio. A processo Schettino avrebbe dichiarato che Ferrarini gli aveva fatto pressioni per dissuaderlo dal chiedere soccorsi ed evitare quindi di dover pagare cifre molto alte per i rimorchiatori: «Se avessi detto via radio che stavamo con tre compartimenti allagati, la prestazione dei rimorchiatori che doveva poi seguire aveva un onere piú grande, e Ferrarini mi disse: "Altrimenti ci mangiano la nave"».

Quel 17 gennaio il Pm aveva concluso ipotizzando una condanna durissima per Schettino, prevedendo con cinque anni di anticipo il momento in cui, nella primavera del

2017, la corte di Cassazione avrebbe confermato 16 anni di carcere a Schettino.

«“Il comandante è sceso a terra”, – aveva spiegato il suo avvocato, – ma mica l'abbiamo trovato confuso in mezzo ai passeggeri con uno scialle in testa simulando di essere donna, né l'abbiamo trovato come fu trovato Mussolini vestito da soldato tedesco in mezzo ai tedeschi. L'abbiamo trovato su uno scoglio in divisa e senza giubbotto di salvataggio, peraltro, e questo la dice lunga su quella che è la situazione».

Se la maggior parte delle persone si era salvata, molto merito lo aveva avuto anche lui, il suo avvocato aveva sottolineato al Gip di Grosseto nel corso dell'interrogatorio: «Il comandante rivendica la bontà di una manovra che ha salvato migliaia di vite e questo si mette insieme al fatto che delle vite purtroppo sono venute meno. Io credo che se il comandante non avesse fatto quelle manovre e non avesse operato come ha operato, noi staremmo qui a discutere non purtroppo di 15 morti o di... 12 a questo punto... credo... se i conti mi tornano. Ma staremmo a discutere di migliaia di morti».

Nel corso dell'interrogatorio qualcuno aveva informato i presenti della notizia del ritrovamento, pochi minuti prima, di cinque corpi. Quattro uomini e una donna. Il numero delle vittime era salito a undici. Tra loro c'era anche un signore sardo di ottantasei anni, partito da Cagliari per quello che aveva annunciato come il suo ultimo viaggio. «È su ultimo viaggiu che eusu a fài». Giovanni Masia.

16.

La catena umana

«Non è una storia di cui parlo volentieri, immagino tu possa capirmi», mi ha detto al telefono Claudio Masia, il figlio di Giovanni, in un tiepido pomeriggio autunnale. Gli avevo fatto sapere alcuni mesi prima che avrei voluto parlare con lui. Non se l'era sentita. «Ma forse in realtà... mi aiuta anche parlarne», mi ha poi detto sospirando. Sua mamma, la signora Peppuccia, è ormai ultranovantenne e vive da sola accanto a casa sua, a Portoscuso. Nei dieci anni trascorsi dal naufragio, l'Alzheimer ha continuato a mangiarle pezzi di memoria, lasciandola in un limbo spazio-temporale dove quotidianamente, immancabilmente, la porta si apre e appare suo figlio. Non c'è giorno che Claudio non vada ad accudirla, ad aiutarla ad alzarsi e a prepararle qualcosa. Non c'è sera che Peppuccia non gli chieda «E Nino quando torna?» convinta che suo marito Giovanni si sia attardato nella vigna, o in uno dei suoi giri. Non c'è volta che Claudio non la assecondi: «Papà arriva piú tardi, non ti preoccupare». È sempre la stessa risposta, dalla fine di quella notte in cui erano scesi senza di lui dalla *Concordia*, pericolosamente sospesi su una biscaggina srotolata lungo la paratia della nave, che si inabissava nel mare buio sotto i loro piedi.

Dopo lo scossone avvertito al ristorante *Roma*, Giovanni e Peppuccia, Claudio, sua moglie Sonia, i loro bambini e la nipote Alessia Sirigu erano rimasti bloccati come tanti altri passeggeri sul lato sinistro della *Costa Concordia*. Tutti correvano verso i ponti e cosí avevano fatto anche loro, trascinati dalla folla, dal disordine e dalle urla che ormai sovrastavano gli annunci dell'equipaggio. I passeggeri si accalcavano sul ponte come bestie affamate, cercando di salire sulle scialuppe di salvataggio il prima possibile. Erano rimasti a lungo vicino alla balaustra, in attesa dell'annuncio di abbandono nave. Claudio era preoccupatissimo per i suoi due bambini e per i genitori anziani. Tutto il suo mondo, tutte le persone a lui piú care, erano lí, intorno a lui. Nessuno di loro aveva indosso il giubbotto di salvataggio. Come avrebbero fatto, una volta catapultati nell'acqua gelida? Scoraggiato dalla lunga attesa dopo il black-out, Claudio aveva preso una decisione: avrebbe approfittato di quella fase di stallo e sarebbe corso in cabina a prenderli. La *Concordia* la conosceva bene. Ci era già stato in vacanza l'anno prima. Sarebbe tornato in tempo per distribuirli a tutti. Una volta raggiunto di nuovo il ponte 4, molte delle scialuppe si erano già riempite e la sua famiglia non era riuscita a trovare posto. Una hostess li aveva mandati in fondo al ponte, ma la folla impazzita arrivava da ogni parte, riversandosi dentro le lance e rispondendo solo al proprio istinto di sopravvivenza. Si erano cosí appoggiati alla lunga parete del ponte, pregando che qualcuno venisse a soccorrerli.

Alessia era incapace di muoversi e di pensare a qualsiasi cosa che non fosse il *Titanic*, malediceva il fatto di aver saltato il corso di sicurezza al momento dell'imbarco. Non aveva idea di cosa avrebbe dovuto fare in quella situazione. Non era neanche sicura che stesse succedendo veramente. Quella non poteva essere la realtà. Aspettava solo che qualcuno la prendesse di forza e le dicesse: «Vieni, muoviti».

Camminare su quel piano inclinato era sempre piú difficile e le scialuppe sul lato sinistro, che saliva verso l'alto nascondendo via via la vista del mare e dell'orizzonte, cominciavano a sbattere sul fianco della nave, trascinate dalla gravità, come rintocchi di una campana a morto. Alessia credeva ancora che le potessero far scendere e salire come ascensori, che non c'era posto adesso ma ci sarebbe stato al prossimo giro. Chi era riuscito a montarvi non aveva ancora tirato nessun sospiro di sollievo, e si ritrovava a trattenere il fiato fino all'ultimo. Lei e gli altri invece non avrebbero nemmeno avuto il biglietto per quella lotteria del destino.

«Com'è possibile che tu non sia riuscito a salire a bordo, nonostante avessi due bambini piccoli e dei genitori anziani?» ho chiesto incredulo a Claudio. Lui è rimasto in silenzio per un po'. «Credo di aver fatto una cazzata ad andare a prendere i giubbotti di salvataggio in cabina. Ho perso tempo. Me lo porterò sempre sulla coscienza».

I minuti passavano, e la famiglia stava rapidamente perdendo la perpendicolarità rispetto al mare, costretta quasi a strisciare lungo le pareti bianche della nave. Per chi era ancora sul ponte non rimaneva altro da fare che restare appoggiati alle pareti, schiena al muro, in attesa di istruzioni. Dovevano restare uniti e aspettare che qualcuno mostrasse loro la via della salvezza. Era difficile immaginarla, in quel momento. Alessia Sirigu per un attimo aveva anche contemplato una soluzione estrema. Poteva tuffarsi e sopravvivere? Quanto era fredda l'acqua a gennaio? Lei era una buona nuotatrice, ma quanto erano lontani da terra? Non aveva la piú pallida idea di dove si trovassero. Per quanto ne sapeva potevano essere anche in mezzo all'oceano. Dalle finestre del ristorante, durante la cena, aveva intravisto brevemente le luci di quella che era sembrata un'isola, ma da allora aveva perso la cognizione della realtà. Dal loro lato ormai non si vedeva altro che il cielo nero e il bagliore delle stelle. Il papà di suo zio Claudio, Nino, si prodigava per tranquillizzare la moglie. Accanto a loro, Alessia aveva notato un uomo con una figlia piccola. Si erano presentati. Williams e Dayana Arlotti.

Dopo aver incontrato Antonella Folco nell'atrio, anche loro erano saliti da quel lato della nave. Dayana era molto agitata. Tutte quelle urla l'avevano destabilizzata. Oltre alla Folco, nella confusione, padre e figlia poco prima si erano imbattuti anche in Mara Parmegiani, la giornalista e collezionista di abiti d'epoca salita a bordo con un tesoro di cinque bauli pieni di vestiti dal valore inestimabile, destinato al reality per lookmaker che si sarebbe dovuto tenere a bordo. Una volta tornata a casa, la Parmegiani avrebbe incluso questo breve incontro nel libro *L'inchino*. Nel suo racconto non fa i loro nomi, ma a Vilma, la sorella minore, aveva detto di aver capito chi fossero dai telegiornali. Era stato Williams a riconoscerla sulla nave. L'aveva già vista in tv. Ma lo sguardo di Mara si era soffermato sulla piccola Dayana nella quale la Parmegiani aveva visto tanta paura. L'esperta di moda aveva frugato nella borsa, trovando un piccolo orsacchiotto beige di paillettes che aveva appena comprato come portachiavi. La bambina le aveva dato un bacio e Mara l'aveva vista sparire nella folla assieme al suo papà.

Ora che si trovavano sul lato sinistro della nave, senza essere riusciti a mettersi in salvo, anche Williams era molto teso. Non sapeva nuotare. Alessia cercava di tranquillizzarlo facendo conversazione, e per qualche minuto si era quasi scordata di essere terrorizzata anche lei. Vedere il panico negli altri in qualche modo la costringeva a una forma di contegno. Avevano parlato del piú e del meno, per distrarsi. Williams le aveva chiesto di dove fossero. Alessia aveva risposto che venivano dalla Sardegna. Williams aveva replicato che gli sarebbe piaciuto molto andarci. La sua compagna era piú taciturna e si sforzava di mantenere il controllo, ma piú il tempo passava, piú Williams si agitava. Era preoccupato per la sua salute. Parlava di un'operazione che aveva fatto o doveva fare. Solo che le sue medicine erano rimaste in cabina e lui doveva assolutamente recuperarle, non poteva sgarrare: «Se non le prendo rischio di morire». La compagna aveva tentato di calmarlo, ripetendogli che avrebbero trovato una farmacia appena scesi a terra, che anche se avesse tardato un paio d'ore non ci sarebbe stato problema, ormai era troppo tardi per tornare in cabina. Accanto a loro c'era un gruppetto di ragazzi. Alessia mi ha detto di averli sentiti parlare e di aver capito che erano francesi. Poi era comparso un uomo dell'equipaggio. Suggeriva di attaccarsi l'uno con l'altro e formare una catena umana per raggiungere in discesa il lato destro della nave, da cui le persone potevano ancora sbarcare, facilitate dall'inclinazione favorevole. Non avevano molte alternative. La porta che dava sul corridoio interno era già molto inclinata. Erano entrati tenendosi per mano, famigliari e persone appena conosciute, uniti dalla paura e dal bisogno di farcela.

Il primo della famiglia di Portoscuso a varcare la soglia era stato Giovanni Masia, seguito dal figlio Claudio e da Peppuccia. Claudio voleva stare in mezzo a loro due per sorreggerli. Prima di entrare, Giovanni si era raccomandato col figlio: «Castía mamarua». Stai attento a tua madre. Dietro di loro c'erano i figli di Claudio e sua moglie Sonia, e in fondo Alessia Sirigu, che teneva la mano di Williams. Appena si erano addentrati in quel tunnel obliquo,

Alessia si era però sentita a disagio. C'era troppa instabilità. Sulla destra c'era un corrimano a cui attaccarsi, ma si sarebbe sentita piú al sicuro sedendosi sulla moquette e spingendosi in avanti con le mani. D'un tratto, Williams si era portato al centro del corridoio e aveva cominciato a superare il gruppo, senza aggrapparsi a nulla, come se avesse fretta di arrivare in fondo. Sua figlia Dayana era con lui. Un attimo dopo, un altro scossone aveva fatto tremare di nuovo tutto.

L'uomo dell'equipaggio che aveva invitato i passeggeri a seguirlo lungo il corridoio per formare una catena umana era il direttore dei servizi della *Concordia*, Lorenzo Barabba. Sapeva che stava lottando contro il tempo. Aveva passato le ultime ore a correre su e giú, nel vano tentativo di coordinare i soccorsi.

Dopo l'abbandono nave arrivato all'ultimo, lui e il suo capo, l'hotel director Manrico Giampedroni, avevano raggiunto le postazioni dei ruoli d'appello, pronti a seguire i protocolli. Ma ormai erano saltati tutti gli schemi. Quell'ora e passa di attesa della plancia di comando aveva azzoppato qualsiasi piano di evacuazione. Barabba aveva visto vassoi e carrelli rovesciarsi, persone cadere. Il suo compito era stato quello di supervisionare una sezione del ponte 4 e coordinare l'evacuazione degli zatterini. I passeggeri erano già in fila lungo il ponte, sempre piú agitati. Alcuni di loro si erano tolti le scarpe e avevano cercato di scavalcare le balaustre per buttarsi in mare. Barabba li aveva dovuti trattenere. Continuava a chiedere a tutti di mantenere la calma, ma nessuno lo stava a sentire. Non poteva dimenticare il rumore dell'acqua scrosciante che aveva sentito nei locali macchine chissà quanti minuti o ore prima. Ormai aveva perso la cognizione del tempo. Aveva provato a rimettersi in contatto con Giampedroni tramite la radio, ma l'hotel director non rispondeva. Infine Barabba aveva trovato il comandante in seconda, Bosio, che gli aveva risposto: «Prendi i passeggeri e portali dal lato opposto». Non sembrava una grande soluzione. Perché portare tutti su un ponte che stava sprofondando? Però il lato sinistro era diventato una trappola, tanto valeva provare. Barabba si sentiva instabile, i suoi mocassini pattinavano pericolosamente in discesa sulla moquette. Una volta inoltratosi nel corridoio, si era bloccato. In fondo a quel tunnel semibuio, con le luci che ormai funzionavano a intermittenza, aveva visto acqua e gorgoglii. Il mare saliva verso di loro. Significava che la nave si stava lentamente piegando. Portare altra gente lí era indubbiamente l'ultima cosa da fare. Doveva immediatamente ricondurli indietro: «Altrimenti facevamo la fine dei topi», mi ha spiegato. Era peggio di quanto immaginasse. Per quanto il lato sinistro fosse inclinato verso il cielo, almeno lí, pensava Barabba, avrebbero potuto trovare maggiore riparo, se non altro appoggiandosi alle pareti dello scafo. Bisognava correre su prima che la nave sprofondasse ancora e che l'acqua li trascinasse con sé lungo i corridoi. Si faceva una fatica tremenda, ma sembrava funzionare. Il problema era che alcune persone piú indietro nella fila stavano ancora scendendo e non avevano capito subito di dover risalire. In quella cordata, oltre agli italiani, c'erano persone di molte nazionalità diverse. Francesi, tedeschi, spagnoli.

A metà, il corridoio si interrompeva, anzi si apriva all'altezza della zona degli ascensori, continuando poi oltre. Era il punto piú pericoloso, perché mancavano i corrimano e bisognava spostarsi per cercare altri appigli. Perdere l'equilibrio significava piombare giú e cadere in acqua. All'improvviso, la

Concordia aveva compiuto un violento scatto verso il basso, schiantandosi sul terrazzamento sotto il livello dell'acqua. Una botta tremenda, un terremoto che aveva fatto vibrare e inclinare ancora di piú il corridoio. Non tutti però erano riusciti a mantenere la presa: Lorenzo Barabba aveva visto con la coda dell'occhio l'ombra di una bambina a un paio di metri da lui che precipitava in fondo al pozzo. Era la piccola Dayana. Il padre Williams, rimasto all'altezza degli ascensori si era bloccato per un attimo, gridando: «La bambina! La bambina!» Le sue urla strazianti rimbombavano nel tunnel, mescolandosi al fracasso dell'acqua che saliva da sotto. Attimi dopo, Williams si era buttato dietro a sua figlia, ed era sparito anche lui in un vortice. Li avrebbero ritrovati oltre un mese dopo, nella tromba di uno degli ascensori di poppa, le cui porte dopo l'incidente erano rimaste aperte a causa di un malfunzionamento.

Quel brusco sobbalzo della nave aveva spezzato la catena umana proprio nel punto in cui Giovanni Masia e suo figlio Claudio si tenevano per mano. Tutto d'un tratto, mi ha spiegato Claudio, suo papà non era piú accanto a lui. Le persone a cui era agganciato piú in basso lo dovevano aver trascinato giú con loro.

Mentre risaliva lungo la parete opposta del corridoio, Barabba aveva visto un signore anziano passargli accanto in caduta, e finire contro un grosso cassettone di metallo che il mare aveva divelto dal ponte esterno, trascinandolo all'interno della nave. L'uomo aveva perso i sensi. Barabba non sa chi fosse, forse Giovanni Masia, forse qualcun altro.

Diciotto persone avevano perso la vita cadendo in quella zona della nave. Piú della metà delle 32 vittime complessive della *Concordia*. Tra di loro c'era Sándor Fehér, il musicista ungherese che la sera prima aveva suonato il violino per i cinquant'anni di matrimonio di Lilli e Ugo

Brolli, e che qualcuno poco prima aveva visto in affanno per recuperare il proprio strumento in cabina. C'era una coppia di fidanzati francesi, Mylene Litzler e Michael Blemand, probabilmente gli stessi che Alessia Sirigu aveva sentito parlare poco prima sul ponte. E anche Pierre e Yvonne Gregoire, fratello e sorella, pure loro francesi. Da un momento all'altro il corridoio si era svuotato ed erano precipitati, finendo risucchiati dal mare che invadeva i vani della nave. Gli altri passeggeri avevano assistito alla scena con orrore. Sarebbe toccato anche a loro? Quanto mancava alla fine?

Barabba era atterrito. Si sentiva la bocca secca, la paura gli aveva azzerato la saliva. Sembravano scalatori in mezzo a una tempesta di neve. Stava guardando la morte negli occhi, ma non poteva intervenire, non poteva nemmeno provare a salvare chi era in difficoltà. Quando la piccola Dayana gli era passata accanto nel suo volo verso il basso era stato tentato di aiutarla, ma avrebbe spezzato la catena e fatto precipitare altre persone attaccate a lui. Dovevano continuare a salire.

Lo stesso aveva pensato Claudio Masia. A suo padre avrebbe pensato dopo, non poteva occuparsene ora. Aveva madre, moglie e figli da portare in salvo. Ci era voluta una forza disumana, che non pensava di avere. Poco piú su, anche Alessia era sotto choc. Appena entrata aveva visto Williams e Dayana superarla e sparire dalla fila. Forse si erano lanciati nella speranza di arrivare prima, forse erano scivolati, poi erano stati inghiottiti dall'oscurità. L'acqua laggiú in fondo al corridoio continuava a salire impetuosa. In fondo al pozzo le luci di sicurezza si rifrangevano sulle onde come piccoli lampi e l'aria era piena dell'odore acre di circuiti elettrici fulminati. In quel tunnel non c'era salvezza. Era l'anticamera della morte. Bisognava tornare indietro.

Mentre cercava di rifiatare, Lorenzo Barabba era riuscito a risalire il corridoio aggrappandosi dove poteva, raggiungendo di nuovo la porta del ponte di sinistra da dove era partita quella sciagurata spedizione. Fuori dalla porta c'erano due uomini. Uno lo conosceva. Era il dottor Cinquini, il medico di bordo. L'altro non lo aveva mai visto. Era Mario Pellegrini, vicesindaco del Giglio. Era salito su quella nave poco prima da una biscaggina calata da prua, incurante della stanchezza, del fuso orario e del pericolo a cui si stava esponendo. Aveva cercato qualche ufficiale con cui parlare e a cui chiedere spiegazioni. Dal ponte potevano sentire le urla di chi era rimasto bloccato nel corridoio. Erano ancora vivi, ma l'acqua era ghiacciata e continuava a salire. Non c'era tempo da perdere: Pellegrini aveva recuperato una cima e insieme al medico e al direttore dei servizi l'aveva calata nel corridoio. Una alla volta avevano aiutato le persone intrappolate a riemergere dalle profondità della nave, issandole con fatica, mentre le mani si riempivano di tagli profondi, che bruciavano ancora di piú al contatto con l'acqua salata. Erano stanchi morti, ma non potevano mollare. Uno dopo l'altro i naufraghi li raggiungevano all'inizio del corridoio. Erano bagnati, sconvolti.

Alessia, dal basso, aveva visto calare la cima. Il freddo mordeva la pelle, e lo spettacolo che le si parava davanti era anche peggio dell'inferno che aveva appena lasciato dentro a quel pozzo. Uomini e donne si ammassavano con violenza, come animali selvatici. Si facevano largo a pugni e gomitate, cercando di montare su. «Perché lo fanno? Non siamo animali!» continuava a pensare Alessia chiedendosi cosa ne fosse stato del principio «prima le donne e i bambini». Clelia, la sua cuginetta, figlia di Claudio, aveva perso i sensi e l'avevano spinta su, dove un braccio l'aveva afferrata, sollevata di peso per il giubbotto di salvataggio e tirata sul ponte. Vedere dal basso la bambina svenuta tenuta quasi per il collo le aveva fatto prendere un colpo. «Io avevo il terrore di vedere i miei cari morire sotto i miei occhi quindi questa cosa non la volevo assolutamente... avrei preferito che mi avessero sparato», mi ha raccontato.

Mario Pellegrini continuava a vedere gente che spingeva e sgomitava. Qualcuno aveva tirato su una bambina, ma nella ressa aveva perso la presa su di lei e ora la piccola rimaneva appesa, con il salvagente intorno al collo che rischiava di strozzarla. Mario non ci aveva visto piú. Si era buttato nella mischia come una furia, spingendo a sua volta, scrollandosi di dosso quelle anime in pena. «Bestie, animali!» aveva detto al vento mentre raggiungeva la bambina sospesa e la prendeva tra le braccia. Ma da dietro le spalle una voce calma lo aveva sorpreso: «Non faccia cosí, non li tratti male. Hanno solo paura». Un uomo robusto con la barba bianca lo guardava con occhi buoni e stanchi. Era il dottor Sandro Cinquini, il medico di bordo. Non si erano ancora rivolti la parola. Mario Pellegrini aveva le lacrime agli occhi, mentre mi raccontava questa scena. Eravamo nel suo pick-up parcheggiato nelle campagne del Giglio, non lontano dal faro di Capel Rosso. Quelle parole del medico, arrivate in un momento cosí concitato, lo avevano scosso nel profondo, gli avevano fatto cambiare prospettiva. Per quanto avesse le sembianze di una bestia, quella disperazione era anche figlia del forte attaccamento alla vita di ogni essere umano, che se da un lato divideva, allo stesso tempo legava tutti i presenti a bordo, accomunati da un unico, grande timore. Quello di smettere di esistere, di non tornare piú a casa, di non vedere piú i propri cari.

Si era dannato l'anima per tirare fuori i naufraghi da quel pozzo. E ora si era ritrovato faccia a faccia con uno degli istinti primari che governano la specie a cui lui stesso apparteneva. Era rimasto sconvolto alla vista dei bambini che piangevano in silenzio: «Ecco, è questo quello che mi rimane piú impresso, se penso a quel ponte 4. Gli occhi dei bambini. Il terrore negli occhi dei bambini».

Alla fine, con enorme fatica, Alessia stava risalendo sul ponte. Prima di lei suo zio era riuscito a issarsi fino a su con la mamma Peppuccia e ora da sopra chiamava proprio lei, la incitava. Alessia si era quasi risvegliata. Se voleva salvarsi, non aveva scelta. Come in trance, quasi posseduta, si era arrampicata con le ultime energie che le rimanevano in corpo, ed era riemersa dove tutti ora si stavano riposando per riprendere fiato. I suoi zii erano seduti poco piú in là, insieme alla piccola Clelia, avvolta in una coperta termica. Gli elicotteri dei soccorsi giravano sopra di loro. Tutti battevano i denti dal freddo. Non erano ancora arrivati a terra, ma per il momento erano salvi. Se poco prima era sicura che non ci fosse piú speranza per nessuno di loro, ora Alessia ne intravedeva il debole barlume. Claudio invece non si dava pace. Dopo aver lasciato la madre al sicuro voleva scendere di nuovo a cercare il papà. Ma sarebbe stata una follia, un suicidio. Alcuni uomini dell'equipaggio lo avevano visto, bloccato e redarguito. «C'è mio padre là sotto!», aveva gridato lui come un ossesso. Poi aveva dovuto rinunciarci. Aveva il resto della famiglia da mettere in salvo. Il ponte era ormai completamente rovesciato, la nave era inclinata di 80 gradi, il mare non si vedeva neanche piú. C'era solo la luna, accesa come un faro davanti a loro. Alessia si era ritrovata rannicchiata su quel ponte sottosopra, a farsi con frenesia il segno della croce, ancora e ancora, per darsi un coraggio che tardava ad arrivare.

L'intera paratia sinistra della nave sembrava un enorme altare a cielo aperto, una lunga processione di fedeli con i catarifrangenti sui giubbotti di salvataggio che riflettevano la debole luce della luna. Mentre aspettava che qualcuno arrivasse a salvarla assieme ai genitori, Antonella Folco aveva udito un gruppo di donne spagnole accanto a loro recitare «Dios te Salve, María, llena eres de gracia...» Una donna anziana guidava l'ode sgranando un rosario. A quel coro di voci se ne era aggiunta una tedesca, poi americana, poi italiana. Ognuno pregava nella propria lingua, come avevano fatto i passeggeri del *Titanic*, che dopo la partenza dell'ultima scialuppa, quando ormai non c'era piú nulla da fare, avevano ricevuto la benedizione del prete inglese, padre Thomas Byles.

Anche Safaa Sikri pregava. Recitava la prima sūra del Corano che aveva imparato da piccola, «Bismillāhi al-Rahmān al-Rahīm, al-hamdulillāhi Rabbi l-ālamīn...» In nome di Allah il compassionevole, il misericordioso, la lode appartiene a lui, Signore dei mondi... In quel momento di incertezza, di solitudine, di lontananza, come tanti sentiva il bisogno di cercare conforto nelle sue radici.

Aveva chiamato di nuovo la sua famiglia. Dall'altra parte la voce del fratello le ripeteva solo: «Salvati, salvati». Safaa gli aveva risposto con una frase di rito in arabo: «Perdonatemi per tutte le cose brutte che vi ho fatto».

«Invoca Allah, ce la farai», le aveva risposto lui. Erano state le loro ultime parole, dette tra le lacrime.

Non sapeva se sarebbe mai riuscita a scendere da lí. La speranza li stava abbandonando. C'erano persone svenute in terra e quel senso di fine imminente stava prendendo il sopravvento sulle poche ancora in grado di razionalizzare. La nave scricchiolava, si smembrava sotto i loro occhi. Alcuni bulloni e altri pezzi cominciavano a saltare. Safaa sentiva quel rumore come di piccoli petardi che scoppiavano intorno a lei. Aveva pestato una sporgenza affilata con un piede nudo, accorgendosi solo in quel momento di aver perso una scarpa chissà da quanto tempo. L'aveva soccorsa uno dei camerieri, che si era tolto le scarpe da ginnastica e gliele aveva lasciate. La superficie del fianco della nave, il nuovo piano d'appoggio dove lei e centinaia di altre persone attendevano l'arrivo dei soccorsi, era umida e scivolosa. Alcune delle scialuppe che si erano ribaltate avevano sversato carburante, e ora si rischiava di scivolare, di sbattere, di cadere di nuovo chissà dove. Già cosí, Safaa sembrava reduce da un violento pestaggio. Aveva battuto la testa, la schiena le sembrava trafitta da mille coltelli. L'ultimo tentativo di calarsi giú sulla zatterina rossa era finito malissimo. Il mezzo si era ribaltato tra il ponte 4 e il ponte 3 e tutti i passeggeri le erano piombati addosso. Quanto facesse male lo avrebbe scoperto solo piú tardi, una volta passato l'effetto anestetizzante di freddo e adrenalina, ma in quelle ore si era già procurata tre protrusioni cervicali e due ernie, oltre alla ferita sotto al piede di cui avrebbe conservato sempre la cicatrice. Il mal di schiena non le sarebbe piú passato. Ancora oggi, dopo una giornata di lavoro in piedi nel suo salone, l'infiammazione torna a ricordarle quella notte. Le succede spesso, ogni due, tre mesi. Ha imparato a conviverci, come ha imparato a convivere con quei ricordi traumatici. Le è rimasta la rabbia per tutti i soldi di terapie che questo continua a costarle, e che ormai da tempo hanno superato il risarcimento di poche migliaia di euro che dice di aver ottenuto dalla Costa Crociere.

17.

Coraggio

Per quanto la tensione tra i passeggeri fosse ancora molto alta, la notte all'improvviso sembrava tornata calma e la nave pareva essersi fermata definitivamente. Se ne stava lí, come un'immensa balena spiaggiata che aveva esalato l'ultimo respiro, mentre nell'acqua tutt'intorno si muovevano sempre piú numerosi i mezzi di soccorso. Giovanni Iaccarino ne guidava uno, pronto ad aiutare chi fosse caduto in acqua.

Dopo aver abbandonato i ponti inferiori allagati, aveva subito preso la guida di una delle scialuppe dal lato di destra e portato i primi passeggeri in porto al Giglio. Appena arrivato aveva chiesto a tre marinai dell'isola se potevano salire a bordo con lui, perché non aveva intenzione di fermarsi lí. Voleva tornare indietro a recuperare piú persone possibile. I tre non se l'erano fatto ripetere e si erano subito detti disponibili, nonostante l'enorme rischio che comportava avvicinarsi a una nave da oltre centomila tonnellate che si stava inabissando e che avrebbe potuto schiacciarli. Iaccarino era sollevato. La disponibilità di quegli sconosciuti avrebbe fatto da contraltare a ciò cui avrebbe assistito dopo, avvicinandosi al ponte 3, ormai a contatto con l'acqua: «Non ho visto scene di umana bellezza tra i passeggeri, sinceramente». In piú di un'occasione, mentre faceva la spola tra la nave e il Giglio, aveva rischiato di incagliare la scialuppa tra i bracci sporgenti che erano serviti a calare i mezzi di soccorso. Tra le persone in attesa aveva notato anche un uomo con un giubbotto e lo aveva cercato con lo sguardo per invitarlo a bordo della lancia. Ma appena lo aveva riconosciuto Iaccarino si era girato dall'altra parte. Era Francesco Schettino. Il suo comandante. Che ci faceva lí? Perché non era altrove? «Il ponte 3 in quel momento era il ponte di abbandono cioè chiunque andava al ponte 3 aveva l'obiettivo di salvarsi», mi ha raccontato.

Schettino lo avrebbe rivisto dopo, sul molo del porto: «Il comandante è comandante sulla nave. Una volta che è sceso, stare vicino a lui non aveva nessuna importanza. Era diventato una persona, non piú un comandante. Guardava la nave e mi disse: "Secondo te ci sono delle vittime?" Io dissi: "Penso di sí. Ci sono ancora troppe persone secondo me a bordo". Però lui sembrava quasi che non credesse che ci fossero delle vittime in quel momento... Strano, eh?»

Anche il primo ufficiale ai motori bulgaro, Petar Petrov, dopo essere rimasto a lungo a sorvegliare e a far ripartire fino all'ultimo il generatore diesel d'emergenza, si era recato nella zona delle scialuppe e ne aveva cercata una da guidare a riva, ma non prima di essersi imbattuto in una famiglia texana molto spaventata. Genitori, nonni, una bambina piccola. Tutti già in pigiama. Ora il giovane padre era a piedi nudi in giro per la nave a cercare un modo per mettere in salvo la sua bambina. Petrov aveva rimediato un salvagente e gli aveva detto di non preoccuparsi, se non avessero trovato un'imbarcazione avrebbero potuto metterci su la piccola e nuotare fino a riva. Era disposto ad accompagnarli personalmente, se fosse stato necessario.

Era in imbarazzo, mi ha detto. Per la compagnia, per l'equipaggio, per la figura che ci faceva la sua categoria, per tutti. Sperava almeno di riuscire a ripulire l'immagine di Costa agli occhi di quelle persone. Mi ha stupito. Ma Petrov non scherzava e non esagerava. Era una di quelle persone che prendono molto sul serio il proprio lavoro e il proprio ruolo nella società. «A shameful situation», una situazione vergognosa, me l'ha definita con il suo inglese impeccabile mentre era collegato via Skype dalla sua casa a Varna. «Siamo uomini di mare da molti anni, siamo addestrati a lavorare in mare, sulle navi, siamo preparati a condizioni estremamente difficili. Le persone normali non sono preparate». Quindi il dovere di aiutarle andava oltre qualsiasi altra esigenza personale. La scialuppa poi l'avevano trovata. Petrov ci aveva fatto salire la famiglia texana e l'aveva portata a riva assieme a tanti altri.

Sulla lista dei passeggeri presenti a bordo della *Concordia* figuravano 127 cittadini americani. Rintracciare quella famiglia non mi sarebbe stato semplice. Petrov non sapeva come si chiamassero. Un gruppo di loro però aveva lo stesso cognome, e tra questi figurava una bambina nata nel 2010. Quando ho rintracciato Megan, la madre della bambina, mi ha raccontato di essere cosí grata a Petrov che per i due anni successivi al naufragio lei e i suoi familiari avevano cercato senza successo di capire chi fosse e come si chiamasse, per contattarlo e ringraziarlo.

Una volta arrivato al Giglio, Petrov aveva detto a tre membri dell'equipaggio – due filippini e un indiano – che se volevano potevano scendere, ma lui sarebbe tornato indietro. Tutti e tre erano rimasti con lui. Avevano recuperato dei giubbotti di salvataggio lasciati sul molo dai passeggeri e avevano raggiunto di nuovo la nave. Petrov era addirittura risalito a bordo ed era ripartito ancora, e ancora, e ancora, con la sola missione di salvare vite umane. Per il suo coraggio, nell'autunno di quello stesso anno, avrebbe ricevuto il premio di Cittadino europeo dell'anno dal Parlamento europeo.

Come lui, tante persone del suo equipaggio hanno dato esempio di coraggio, con gesti e azioni che spesso non hanno avuto l'eco mediatica che avrebbero meritato. È il caso di Giuseppe Girolamo, uno dei musicisti del *Grand Bar Berlino*, che aveva trovato posto in una lancia ma si era poi accorto che una mamma di Palermo, Antonella Bologna, si aggirava sul ponte disperata non sapendo come mettere in salvo i suoi due figli piccoli. Cosí l'aveva fatta salire al posto suo, salvando la famiglia di quella donna, ma morendo annegato poco dopo, quando la *Concordia* si era inabissata.

Sulla *G. 104 Apruzzi* della Guardia di Finanza, il luogotenente Igor Volpini e i suoi uomini erano stati testimoni del naufragio fin dall'inizio. Avevano visto il progressivo inclinarsi della nave e sentito le voci provenienti dai ponti diventare urla mano a mano che quella città galleggiante si piegava verso il mare. Per quanto il loro arrivo e le loro insistenti chiamate e comunicazioni con la Capitaneria e la *Concordia* avessero probabilmente avuto un ruolo nella pur tardiva decisione di Schettino di dare l'allarme generale, da lí sotto per lunghi minuti non avevano potuto fare altro che guardare, non senza frustrazione. E ora, a notte inoltrata, si trovavano a rimorchiare le zattere di naufraghi che necessitavano di essere agganciate e portate a riva. A un tratto, Volpini aveva visto passare davanti a loro una scialuppa dalla quale sporgeva una cima a cui una donna era appesa con un braccio. Con l'altro, il sinistro, sorreggeva un uomo esanime. «Purtroppo questa persona si vedeva chiaramente che non era cosciente, aveva la testa completamente abbandonata e si abbatteva da una parte all'altra andando anche sott'acqua, – mi ha raccontato Volpini, visibilmente commosso. – E qui abbiamo proprio visto la morte. C'erano persone che stavano morendo».

La donna era una passeggera francese, si chiamava Nicole Servel. Era già in stato di ipotermia, ma sarebbe sopravvissuta. L'uomo, Francis, era suo marito e non ce l'aveva fatta. Le aveva appena lasciato l'unico giubbotto salvagente che avevano, perché Nicole non sapeva nuotare.

Sulla paratia ormai orizzontale della *Concordia* il vicesindaco del Giglio, Mario Pellegrini, era stremato. Con lui ora c'era Simone Canessa, primo ufficiale e cartografo, che uscendo dalla plancia di comando dopo l'impatto con le Scole era andato spedito a sinistra, dove sapeva ci sarebbe stato bisogno di lui. I due si erano presentati in mezzo al caos e avevano stretto un patto tacito, che li avrebbe visti l'uno accanto all'altro fino all'ultimo. Canessa stava cercando di organizzare la discesa tramite una biscaggina di poppa e Mario, ormai del tutto votato alla causa, l'aveva affiancato immediatamente. Dovevano condurre i naufraghi dal ponte 3 oltre la paratia e aiutarli a calarsi lungo la scala di corda da una cinquantina di metri d'altezza. Sotto li aspettavano i soccorsi, ma arrivare anche solo al primo piolo della scala non era scontato. Il pavimento era bagnato e scivoloso, il freddo faceva tremare gambe e braccia. I passeggeri piú giovani riuscivano a issarsi senza troppa fatica, ma gli anziani – come i genitori di Antonella Folco, o la signora Peppuccia, mamma di Claudio Masia – andavano aiutati. Si dovevano tutti improvvisare funamboli e dovevano farlo nelle peggiori condizioni possibili, passando da una superficie instabile all'altra, attraversando spazi minuscoli sospesi nel vuoto. Mario e Simone continuavano a dirigere il traffico, l'ultima cosa che volevano era che si creasse troppo affollamento intorno alle scalette. Il passaggio doveva rimanere ordinato.

Mentre coordinavano la discesa, prendendo bambini dalle braccia di madri riluttanti per poi ripassarglieli e aiutarle a scendere, molte delle persone intorno a loro avevano cominciato a perdere le forze e a cedere alla fatica. C'erano feriti ovunque e il dottor Cinquini si era subito messo al lavoro. Una ragazza coreana si era rotta una gamba scivolando. Il medico l'aveva tenuta stretta a sé, perché tremava come una foglia e le aveva dovuto fare un'ingessatura di fortuna con la plafoniera di un neon. Era facile cadere su quel pavimento coperto dalla nafta delle scialuppe. Ci si spostava da seduti, e i vestiti si impregnavano di acqua salata e di carburante, creando una miscela che a molti sopravvissuti sarebbe rimasta impressa nella memoria come l'odore della paura. Di lí a poche ore le immagini a infrarossi di quella fila di formiche che si spostava con lentezza lungo la pancia della balena inabissata, riprese dagli elicotteri, avrebbero fatto il giro del mondo.

Nelle prime ore della mattina, Canessa e Pellegrini assieme agli altri soccorritori erano riusciti a svuotare il ponte: non c'era piú nessuno da salvare. Avevano fatto un ultimo giro di perlustrazione, cercando di aprire le porte dei corridoi che però, trovandosi in orizzontale, pesavano troppo. Su quella parte della nave, oltre loro due, sembrava essere rimasta solo la ragazza coreana con la gamba rotta, che non poteva calarsi da sola su una scala traballante. Insieme a due pompieri, il cartografo e il vicesindaco avevano caricato la ragazza su un telo con quattro corde agli angoli e l'avevano trasportata lungo tutto il ponte 4, sempre strisciando bassi sul sedere. A prua avevano aspettato l'arrivo di altri pompieri che avrebbero poi predisposto una barella per la donna ferita e uno scivolo per farla scendere piú facilmente. A quel punto anche l'ultima passeggera era salva. O almeno, cosí credevano.

«Voi siete pronti a venire giú?» avevano chiesto a Canessa e Pellegrini. Mario era pronto, ma Simone sembrava piú restio a mollare il colpo. Voleva controllare ancora, fare un ultimo giro, nonostante battesse i denti dal freddo e stesse lavorando senza tregua da ore. Alla fine Pellegrini l'aveva convinto. «Scendiamo che ti offro un cappuccino». L'inizio di un legame che sarebbe durato negli anni a venire.

18.

Terra

Al Giglio non si era mai vista una scena del genere. Migliaia di naufraghi erano ammassati in un porticciolo che sarebbe sembrato pieno di gente già solo con duecento persone. A breve, gli occhi di tutto il mondo avrebbero visto quello spettacolo apocalittico. Giorgio Fanciulli, Matteo Coppa e gli altri isolani correvano da una parte all'altra per dare una mano a chi ne aveva bisogno. C'era chi si trovava in stato di ipotermia, chi era sotto choc, chi aveva attacchi di panico, chi cercava qualcuno tra la folla.

Omar Brolli si era assicurato che i nonni fossero al sicuro e si era lanciato nella ricerca degli altri. Correva per il porto facendosi largo tra i volti di quegli sconosciuti, urlando il nome delle sorelle e della mamma, gridando «Papà!» e realizzando solo successivamente che urlare quella parola nel caos non aveva senso. Avrebbe dovuto chiamarlo con il suo nome, Arnaldo. Chissà quante persone stavano cercando il padre. Il volto di Federica gli era apparso in lontananza. I loro occhi si erano incrociati, colmi di sollievo, e i due fratelli si erano corsi incontro e si erano stretti forte in mezzo alla folla. Neanche si ricordavano l'ultima volta che si erano scambiati un abbraccio. «Stiamo tutti bene, – aveva detto lei. – Ci siamo tutti. Tranne papà».

Sentendo quelle parole, Omar si era sentito mancare. Aveva avuto l'istinto di buttarsi in mare. La nave era vicina, sarebbe tornato sopra a nuoto, avrebbe ritrovato suo padre. Avevano dovuto trattenerlo, un poliziotto l'aveva fermato prima che potesse tuffarsi. Doveva fermarsi, ragionare. Arnaldo aveva il cellulare con sé, valeva la pena fare prima un tentativo al telefono. Il padre gli aveva risposto quasi subito. «Dove sei? Dove cavolo sei?» aveva urlato suo figlio al telefono, arrabbiato. «“Com'è che non sei sulla costa? Ci sono tutti e te non ci sei?” Lui mi disse: “Omar, sono nella zona del bar. Sono appoggiato contro il bancone, qua è tutto buio. C'è poca gente attorno a me e, ti devo dire la verità, non mi sento bene”».

Gli faceva male il petto e non sapeva come scendere dalla nave. I figli a terra erano disperati. La nave era davanti al porto, si vedeva bene, e lui era lí dentro e sembrava aver rinunciato a tutto. Era stanco, Arnaldo. Era emotivamente a pezzi. Quel periodo di difficoltà sembrava perseguitarli ovunque andassero, come una nuvola sopra la testa. Il fallimento, i problemi economici, la depressione. La vacanza offerta dai nonni doveva essere una piccola parentesi felice, invece nascondeva una voragine che li aveva fatti precipitare ancora di piú. Come già gli era successo negli ultimi mesi, Arnaldo non riusciva a trovare la motivazione per andare avanti. Gli bastava sapere che i suoi erano tutti in salvo. Federica ricorda che, quando Omar gliel'aveva passato, suo papà aveva provato ad alleggerire il tono della telefonata dicendo che sarebbe andato al casinò a ritirare la sua vincita, cosí non sarebbe tornato da loro a mani vuote, ma si capiva che scherzava solo per tranquillizzarli. Arnaldo aveva voluto salutare ciascuno dei suoi figli, ma quando Omar lo aveva implorato di venire via, il padre aveva risposto: «Non so assolutamente come uscire da qui». E su quella frase la telefonata si era interrotta, lasciando il resto della famiglia Brolli nel panico. Omar piangeva in terra, ancora convinto di dover tornare a bordo. Monica aveva lo sguardo perso nel vuoto. L'ennesima beffa. Erano tutti lí, si erano salvati, potevano gioire, ma su quattordici persone mancava solo lui. Dopo un tempo interminabile, mentre continuavano a scrutare il mare, cercandolo tra i volti dei naufraghi in arrivo con le scialuppe, Arnaldo era comparso a bordo di una zattera insieme ad altre pochissime persone. Era stato tra gli ultimi a sbarcare, ma ce l'aveva fatta.

I figli e Monica gli erano saltati al collo, stringendosi l'uno all'altro, attraversati da una felicità mai provata fino ad allora. Era come aver sconfitto una forza di gravità che li voleva separare, come aver vinto una scommessa impossibile. «Ti voglio bene», aveva detto Federica al padre per la prima volta nella sua vita, tra lacrime di gioia.

Si erano ritirati in buon ordine nella chiesa che accoglieva i naufraghi, ma nessuno sarebbe riuscito a dormire. Nessuno a parte Arnaldo che, sfinito da quelle ore, si era appoggiato un attimo ed era crollato come un sasso. Il silenzio adesso era rotto dal suo respiro fragoroso. I loro bagagli, le loro scarpe, i loro vestiti migliori erano rimasti su quella nave. Avevano perso tutto, per la seconda volta. Ma ora non importava. Erano di nuovo insieme.

Nella chiesa, a pochi metri da loro, rannicchiata su una grande sedia dorata rivestita di damasco rosso, Mara Parmegiani cercava di riprendersi da quell'esperienza drammatica. Sapeva che c'erano delle vittime ed era grata al cielo per il fatto di essere viva, ma i suoi vestiti erano tutti su quella maledetta nave rovesciata. E quegli abiti erano il suo lavoro, la sua vita. Un tesoro che prima di scendere al ristorante *Milano* aveva disposto con cura nell'armadio della suite 1003, al decimo ponte, ed era finito sott'acqua, come l'oro, l'argento, gli zaffiri e i diamanti affondati con il *Titanic* nell'Atlantico cento anni prima. Non c'era speranza di recuperare nulla. L'acqua del mare è come acido che agisce lentamente, cancellando i colori, distruggendo i tessuti e sicuramente stava già maltrattando e sciupando quei capi cosí delicati. Mara sentiva lo stomaco chiudersi. Sapeva che stava per provare un lungo e profondo dolore.

Nel suo libro la donna racconta che mentre aspettava di capire quando li avrebbero rimandati a casa, il suo sguardo si era posato su un signore molto alto, tedesco, che si aggirava per la chiesa in cerca di qualcosa per ripararsi dal freddo, era passato in sacrestia e aveva aperto un armadio che conteneva dei paramenti sacri. Non trovando di meglio, aveva preso una mantella rossa ornata di frange d'oro e se l'era messa sulle spalle, strappandole un sorriso. Quel travestimento da prete indossato con nonchalance le era sembrato paradossalmente *di moda*.

Vilma, la sorella minore, mi ha raccontato che un mese e mezzo dopo essere tornata a casa sua a Roma, Mara aveva cominciato a scivolare in una depressione da cui non sarebbe piú riemersa. Quella perdita per lei era stata troppo grande. Si era trasferita a casa di Vilma, per trovare un po' di conforto e perché non si sentiva molto bene. Per quegli abiti aveva chiesto un risarcimento da 1 200 000 euro, ma secondo la sorella la Costa gliene avrebbe offerti 70 000. E quando, due anni dopo, la nave era stata risollevata e la suite 1003 aperta, un avvocato l'aveva chiamata annunciandole che i vestiti erano stati ritrovati. «Cosa me ne dovrei fare?» aveva chiesto Mara. Sarebbe morta nel 2016, a causa di un brutto male.

La mattina del 14 gennaio, ore dopo il naufragio, era salita sul traghetto che aveva iniziato a fare la spola tra Giglio e Porto Santo Stefano. La grande balena d'acciaio era lí, sulla sinistra, candida come la neve, con la scritta in azzurro «Costa Concordia» ancora visibile sul lato sinistro della prua, e con i soccorritori in divisa rossa e arancione che come insetti entravano e uscivano dalla sua carcassa. Mara avrebbe poi scritto che non si era girata a guardarla, mentre le sfilavano davanti. Ormai era solo concentrata sul fatto di essere viva. Naufragare era come vivere un terremoto. Faceva sobbalzare la quotidianità, risvegliando timori ancestrali e un fondamentale istinto di difesa. Non sarebbe stato possibile difendersi dall'onda lunga della paura, che incide l'anima per sempre.

Aveva dedicato parole di gratitudine agli isolani del Giglio, che si erano riversati sul molo per portare coperte e lenzuola, calzini, scarpe e pantofole, acqua, arance, carta igienica e assorbenti. Nel cuore della notte avevano aperto a tutti le loro case, le cucine, i bagni, le camere da letto.

Proprio davanti a uno dei moli c'è una casetta a due piani color verde pastello chiaro, dove da quasi un secolo vive Nunziatina, una delle istituzioni del Giglio. Quando sono salito a trovarla mi ha subito indicato il tavolo che occupa gran parte della sua cucina lunga e stretta, la cui finestra si affaccia sul mare. «Qui, qui, erano tutti seduti qui», mi ha detto. Si ricordava la paura sui volti degli sconosciuti a cui aveva prestato il bagno, o il letto in camera. Si ricordava di una donna salita a casa sua fradicia e infreddolita, e di una bambina in lacrime a cui aveva preparato il caffellatte. Per anni ha ricevuto lettere di ringraziamento da persone di cui nemmeno ricordava il viso, ma a cui aveva regalato vecchi pantaloni o camicie del marito che conservava in qualche mobile.

Anche Alvaro Andolfi, che abita in un appartamento sopra gli scogli delle Scole, aveva accolto in casa delle persone con bambini piccoli. Il suo salotto era pieno. E la preoccupazione di molti, mi ha spiegato, era che di lí a poco sarebbero dovuti risalire su un'altra nave – il traghetto che dal Giglio li avrebbe riportati sulla terraferma. Non erano psicologicamente pronti ad affrontare di nuovo il mare, subito dopo essere scampati a un naufragio. Una donna che aspettava di salire a bordo tremava come una foglia, e lui l'aveva abbracciata, tenendola stretta per alcuni minuti e confortandola.

Alvaro è anche il cognato del maître Antonello Tievoli, di cui ha sposato la sorella, e la cui madre abita in una casetta proprio accanto alla sua. La famosa casa sopra le Scole della mamma del maître. L'ho guardata con attenzione. Si trova su una sorta di grosso rialzo roccioso, ma non si affaccia direttamente sul mare. Per arrivare nel punto da cui si vedono le Scole bisogna percorrere un vialetto di qualche decina di metri. *Da lí* si sarebbe vista la *Concordia*. Ci era andata in quel punto, la signora, quella sera? Non so perché, ma da quando ho iniziato a occuparmi di questa vicenda, ho sempre avuto la forte curiosità di saperlo. In fondo, tutto era nato da quello. Da un figlio che voleva fare contenta la madre passando con la nave. Volevo bussare alla sua porta e chiederlo direttamente a lei, ma Alvaro mi ha chiesto di lasciar perdere, perché sua suocera è molto anziana. E comunque «no», mi ha detto, la signora quella sera non era uscita di casa per vedere la nave. Era freddo, era tardi, era buio. Aveva preferito restare dentro al caldo. Quell'inchino avrebbero potuto anche non farlo.

19.

Fantasmi

La mattina di sabato 14 gennaio, Fabio Paoletti aveva acceso la televisione appena sveglio, intorno alle 7.00, ancora assonnato. Lo faceva sempre, era il suo rituale mattutino. Rai News 24. Le sue giornate iniziavano tutte cosí: lasciava in sottofondo le notizie, voci distanti che animavano la casa e che lo riconnettevano al mondo, mentre il caffè borbottava nella moca in cucina e lui si preparava mentalmente per la giornata lavorativa. Come speleosub del nucleo sommozzatori dei Vigili del fuoco di Viterbo, il suo calendario era determinato da avvenimenti decisi dal caso e dalle chiamate di emergenza, che lo potevano portare all'improvviso tra le acque di un fiume a recuperare una macchina precipitata, o in una grotta sottomarina per cercare qualche sfortunato esploratore. Era nei Vigili del fuoco da una decina d'anni e di catastrofi ne aveva già viste piú di quante un uomo comune fosse disposto ad accettarne in una vita intera. Incidenti in mare, nei laghi, nei condotti, veicoli finiti nei fiumi, corpi umani trascinati dalle correnti. Tutte le declinazioni piú drammatiche della forza dell'acqua lo riguardavano direttamente. In quegli anni aveva imparato che era il piú complesso degli elementi. Sapeva dare la vita, come toglierla, e il suo potere poteva essere subdolo, meno platealmente pericoloso di un incendio o di una frana, ma spesso molto piú letale. Era una forza – *la* forza – inesorabile che l'uomo non avrebbe mai imparato a contrastare.

In genere, prima di dare inizio a una delle sue giornate, sempre piene e intense, Fabio si godeva la calma dell'alba ascoltando anche solo distrattamente il telegiornale. Ma quella mattina faceva eccezione. Sullo schermo acceso in sala c'era un'immagine strana: un'enorme nave da crociera coricata su un fianco, come un giocattolo rotto. La telecamera a infrarossi riprendeva il bianco compatto della fiancata, su cui si stagliava quella che sarebbe potuta sembrare una linea di formiche, e che era in realtà la catena umana dei naufraghi che cercavano di sbarcare come potevano. Il ventre della nave, ormai ben visibile dalle riprese aeree, era squarciato come un guscio di noce. Quelle immagini sembravano chiamare proprio lui. Era proprio il suo mondo, quello in cui comandavano le leggi della fisica, dove bisognava costantemente trovare un compromesso che mettesse d'accordo tempo, spazio, temperatura, resistenza, pressione, coraggio. Fabio aveva subito realizzato che presto, oltre quello schermo, ci sarebbero stati lui e il suo reparto, anche se ciò che vedeva era surreale persino per uno con la sua esperienza. Il telefono aveva cominciato a squillare pochi attimi dopo. Colleghi. Anche loro col caffè davanti alla tv.

«Oh, hai visto?»

«Che disastro».

«Passa a prendere la roba».

«Argentario».

«Giglio».

«A dopo».

Era corso in caserma, aveva caricato al volo le attrezzature necessarie sul pick-up e si era messo in viaggio. Nella testa cercava di prepararsi alle ore successive, immaginare scenari, prevedere problemi.

Sapeva cosa avrebbe dovuto fare, ma per la prima volta nella sua carriera non aveva un'idea chiara di cosa lo aspettasse davvero. La tragedia, in qualche modo, gli veniva già incontro. Lungo l'Aurelia aveva incrociato i primi pullman di naufraghi, che procedevano in direzione contraria alla sua. A Porto Santo Stefano, il comune sul promontorio dell'Argentario da cui ci si imbarca per il Giglio, regnava il caos. Centinaia di persone sfinite, sconvolte, con indosso maglioni prestati o regalati, prive di documenti, che poche ore dopo il naufragio avevano dovuto affrontare la paura di salire su un traghetto per lasciare l'isola. Un'ora di traversata. L'ultima cosa che avrebbero voluto fare, dopo una fuga piena di traumi dalla città ribaltata della *Costa Concordia*. Fabio intanto era già sul traghetto che andava nella direzione opposta e che lo portava sull'isola assieme a colleghi in arrivo da tutte le regioni.

Ed ecco apparire da lontano l'enorme corpo bianco della *Concordia* che poche ore prima aveva riempito lo schermo del suo televisore, e che ora svettava come un grand hotel in mezzo al mare. Piú si avvicinavano piú la ferita di 53 metri che l'aveva sfregiata sul fianco sinistro pareva immensa. Al suo interno si vedeva chiaramente il pezzo di scoglio che la nave si era trascinata dietro. Sopra di loro, le pale degli elicotteri degli altri reparti di soccorritori fendevano l'aria, riempiendo il cielo di un frastuono assordante. I soccorsi arrivavano da ogni parte, ma ciascun mezzo che gravitava intorno a quell'enorme balena di acciaio arenata ed esanime a pochi metri dall'isola sembrava un modellino. La tv non rendeva neanche lontanamente le proporzioni del disastro: nessuno tra quegli uomini in divise arancioni e giallo fosforescenti, abituati a calarsi in scenari sempre nuovi e pieni di insidie, aveva mai visto niente di simile. Un naufragio da 114000 tonnellate.

Il piú grande, per stazza, della storia delle navi passeggeri. Se si escludono poche petroliere, sopra la *Concordia*, nella lista delle mega-masse affondate dall'epoca in cui gli esseri umani hanno cominciato a solcare i mari, c'erano solo isole e vulcani. Quanto avrebbe retto ora la nave in quella posizione, con due terzi della propria massa emersa sul lato sinistro? Su cosa poggiava invece quello destro? E *dove* era poggiato? Le navi sono progettate per stare lungo un asse verticale. Non inclinato. Quanto tempo sarebbe trascorso prima che le onde e il vento la spostassero? Le prime ispezioni subacquee andavano studiate fin nei minimi dettagli, i sommozzatori dovevano capirne la geografia e stabilire dove e cosa cercare. La priorità erano i vivi. Ormai tutti gli ambienti erano diventati inagibili, ma qualcuno poteva essere rimasto intrappolato sopra il livello dell'acqua, tenuto a galla dai giubbotti di salvataggio o in qualche angolo del fianco emerso, bloccato in un labirinto senza via d'uscita.

Intorno alla nave gli artificieri della Marina militare creavano dei varchi da cui lasciar passare i soccorritori facendo saltare gli oblò con le cariche esplosive. Fabio era entrato da uno di quelli sul lato sinistro, il lato emerso. Una nave di quelle dimensioni non era solo una nave. Era un paese. Un paese capovolto dentro cui ci si sarebbe dovuti muovere a rallentatore, sia sopra che sotto l'acqua, e che andava esplorato palmo a palmo, porta dopo porta, cabina dopo cabina, ponte dopo ponte. Sarebbe stato un lavoro di settimane, di mesi. Una lunga, pericolosa partita a scacchi con la morte.

La *Concordia* era appoggiata su una specie di terrazzamento di roccia sott'acqua, leggermente inclinato, al termine del quale c'era uno strapiombo di svariate decine di metri. Se all'improvviso la sua struttura avesse ceduto, se fosse andata a fondo, Fabio e gli altri sommozzatori e soccorritori sapevano che si sarebbero subito formate correnti interne che li avrebbero risucchiati, seppellendoli sotto quintali di detriti. Se fossero poi sopravvissuti a quegli tsunami sottomarini, restando intrappolati nella nave che si inabissava, sarebbero comunque andati incontro a una fine terribile. Sotto i 50 metri di profondità, l'ossigeno presente nella miscela d'aria contenuta nelle bombole diventa una sostanza tossica, che insieme all'azoto porta a narcosi e alla perdita della ragione.

Con questa consapevolezza, Fabio entrava nel ventre della *Concordia* scivolando sul pelo dell'acqua. I suoi movimenti erano lenti e teneva gli occhi ben aperti per cercare qualsiasi traccia di vita. Non era abituato a relitti *nuovi*. Quando in passato si era trovato in situazioni simili aveva sempre avuto a che fare con vecchie navi sul fondo del mare, incrostate dalla ruggine e dal tempo. Ma questa era ancora splendente, candida come un dente da latte. Solo poche ore prima c'era della gente lí dentro, che mangiava, beveva, rideva, scattava foto.

Ora, invece, solo silenzio. Le onde brillavano sulle fiancate interne che delimitavano un mondo capovolto. Data l'inclinazione era impossibile percorrere gli ambienti asciutti semplicemente camminando da una stanza all'altra. L'angolo che segnava il confine tra pavimento e pareti era diventato il nuovo piano di camminamento. Era un po' come cercare di stare in equilibrio su una *v*. Bisognava fare attenzione a non sbilanciarsi, perché le pareti in diversi punti erano di semplice cartongesso, o comunque di materiali che non reggevano il peso di una gamba. Fabio e i colleghi erano ricorsi a tecniche alpine, calandosi con un sistema di funi come per una ferrata in montagna. Quella, dopotutto, era la *Concordia*. Una *montagna* nell'acqua. Occorreva sbrigarsi. Lo sapevano, ma quel posto si era trasformato in un labirinto disegnato da un pazzo. I ponti numerati, che il giorno prima si trovavano uno sopra l'altro in sequenza verticale, ora erano diventati corridoi paralleli inclinati. Le porte erano botole. I corridoi, tunnel verticali di cui non si vedeva il fondo. Verso metà pomeriggio, il buio di gennaio era di nuovo calato sulla nave, e i soccorritori non avevano ancora trovato nessuno. Le luci di emergenza si spegnevano poco alla volta e piú passava il tempo piú il buio inghiottiva ogni cosa. Chiunque lí dentro respirasse ancora stava vivendo in un incubo. Della fuga c'erano segni ovunque. Chi aveva perso le scarpe correndo, si era poi ferito sui detriti. Chi si era aggrappato alle ringhiere con le ultime forze che gli rimanevano si era tagliato una mano o un fianco, lasciando cosí impronte di sangue raggrumato lungo i muri come bizzarre pitture rupestri. I Dna mescolati di una folla nel panico.

L'elenco dei dispersi era lungo, anche se mano a mano la lista si accorciava perché qualcuno tra chi era già sulla terraferma aveva risposto in ritardo all'appello. Mancavano comunque ancora decine di persone. Dove erano finite? Possibile che nemmeno una di loro rispondesse alle urla di chi le cercava dentro quel gigantesco rottame?

Dall'altra parte della nave rispetto al gruppo di Fabio Paoletti, un altro gruppo di vigili, tra cui personale Saf, acronimo di Speleo-alpino-fluviale, si occupava da ore di armare i corridoi con cime e scale antincendio disposte sui pavimenti a *v* per creare una base di appoggio piú semplice e sicura.

Insieme a loro c'era Fabio Bargagna, quarantanovenne del comando provinciale di Pisa, con una lunga esperienza sul campo. Il suo curriculum era pieno di interventi in zone di catastrofi: tre alluvioni, quelle del '92 in Versilia, del '94 in Piemonte e del 2000 in Emilia Romagna; due terremoti – Umbria '97 e Abruzzo '09 – e ancora la frana da 16 000 000 di tonnellate dello Stromboli nel 2002. Aveva persino partecipato alla missione di soccorso internazionale intervenuta dopo lo tsunami del 2004, dove erano morte quasi 230 000 persone.

Ma *qui*.

Qui faceva tutto molta piú paura. La nave era vuota e spettrale, e quando gli elicotteri si allontanavano ripiombava un silenzio di tomba, rotto a tratti dai cigolii e dai lamenti sinistri dell'acciaio intorno a loro. Bargagna e i suoi ogni tanto si fermavano pietrificati. La balena d'acciaio dentro la quale camminavano si stava deformando e sembrava potesse collassare da un momento all'altro. Ogni ora che passava si assestava di qualche centimetro, come per ricordare a tutti che era ancora viva. Tuttavia le operazioni non potevano fermarsi, i sommozzatori dovevano spingersi sempre piú dentro e scendere sempre piú a fondo. Avevano i nervi tesi, le mascelle serrate, il cuore a mille, gli occhi pronti a individuare in ogni momento una via di fuga. Piú avanzavano, piú sapevano che scappare da lí avrebbe richiesto minuti interminabili. Un tempo che nessuno avrebbe avuto. Sapevano che là dentro, tra quei corridoi, da qualche parte c'erano dei morti. «C'è nessuno?» urlavano gli uomini del Saf, battendo l'acciaio e tendendo l'orecchio verso i corridoi. Diverse ore dopo il naufragio, la sera di sabato 14 gennaio era arrivato un lamento in una lingua incomprensibile. Il vero dilemma era capire da dove arrivasse. E come arrivarci. Ci era voluto un tempo infinito. Poi nelle tenebre della balena le luci dei soccorritori avevano illuminato i volti atterriti di due coreani. Moglie e marito. Hye Jim Jeong e Kideok Han, due insegnanti di Fisica e Chimica di Seoul. Erano sulla *Concordia* in viaggio di nozze. Si erano imbarcati a Civitavecchia, ma non avevano trascorso nemmeno una notte a bordo. Si erano ritirati in cabina a dormire subito dopo cena, forse stravolti a causa del fuso orario. Nel sonno profondo non si erano accorti dell'urto della nave, né delle voci provenienti dai corridoi. All'improvviso, la cabina si era ribaltata e si erano ritrovati con i piedi in aria, e con bagagli e mobili che gli cadevano addosso. Nel buio erano riusciti a trovare la porta e si erano calati nel corridoio, esplorandolo palmo a palmo. Poi avevano realizzato. Due corridoi perpendicolari che incrociavano il loro poco prima e poco dopo la cabina erano diventati pozzi bui che li intrappolavano ora in quel piccolo segmento. Disorientati, confusi e spaventati a morte, si erano rannicchiati uno contro l'altro per far fronte al freddo in una nave ormai quasi del tutto vuota. Tornare in cabina a cercare un maglione non era piú un'opzione. La porta era ormai sopra di loro, troppo in alto. Non potevano fare altro che trovare un punto asciutto nel corridoio, sedersi e pregare.

Quando i soccorritori li avevano raggiunti, gli sposini coreani avevano completamente perso la cognizione del tempo. Li avevano imbracati e con uno sforzo immane tirati su. Uno degli uomini aveva cinto la ragazza da dietro col braccio per calmarla. «Don't worry. Sit down and relax. Are you injured?» Sei ferita?

La donna ci aveva messo un po' a rispondergli. Sembrava completamente disconnessa. Aveva il fiatone. «Injured? No, no».

Fuori dalla *Concordia*, Fabio Paoletti, il sommozzatore di Viterbo, si caricava ora sulle spalle le bombole per immergersi. La sua perlustrazione nella zona emersa si era conclusa. Adesso si sarebbe calato nel mondo sommerso. Centinaia, migliaia di scarpe ricoprivano il fondale su cui poggiava la nave, assieme a giacche, borse e telefoni. Fabio aveva legata a sé una sagola, il filo d'Arianna che nel suo lavoro si usa per ritrovare la via d'uscita quando ci si immerge in ambienti chiusi. Sul casco era montata una torcia. In mano aveva una cartina della *Concordia* plastificata su cui erano segnati gli ingressi, i corridoi, le cabine. Bisognava mappare la nave, segnarsi i punti già ispezionati, individuare quelli ancora da perlustrare. Ormai si sapeva con certezza che tutti i dispersi, una trentina almeno, si sarebbero trovati lí sotto. I corridoi gli si stringevano addosso, i 40 chili di bombole e attrezzatura con cui era abituato a operare gli sembravano improvvisamente troppo pesanti. Nelle ore di luce, dalle finestre sott'acqua era possibile scorgere gli interni della nave abbandonati ai flussi del mare. Gran parte delle stanze aveva delle serrature elettroniche che andavano forzate: servivano paletti di ferro, mazze e cacciaviti come passe-partout. Ma sott'acqua, per giunta con quel peso addosso, era tutto faticosissimo. Ci si muoveva al rallentatore, nel buio, senza punti di riferimento, col cammino pieno di ostacoli da rimuovere e le pause obbligate per sostituire le bombole. Una dopo l'altra, le cabine rivelavano microcosmi di caos galleggiante. Sembrava che all'interno di ognuna fosse esplosa una bomba. Dentro non c'era piú niente che fosse rimasto al proprio posto. I muri stessi – fatti di un cartongesso che non era certo stato pensato per affrontare le profondità marine – cominciavano a sciogliersi e a disfarsi, riempiendo l'acqua di migliaia di granelli di pulviscolo bianco che rifrangevano la luce della torcia sul casco di Fabio, costretto a procedere a tentoni con la visibilità ridotta a pochi centimetri dalla sua maschera. Dietro quella cenere ondeggiante c'era il buio della *Concordia*. Dentro le cabine, le tende oscillavano come mosse da un vento invisibile e le lenzuola e i materassi vagavano placidi, nascondendo quello che era ammucchiato dietro. I corpi delle vittime del naufragio avrebbero potuto trovarsi ovunque. Bisognava guardare sotto ogni mobile ribaltato, aprire ogni anta, scandagliare ogni soffitto. Sicuramente molti tra quelli che non erano usciti vivi dalla nave avevano i giubbotti salvagente, che li avrebbero spinti verso l'alto.

Mentre Fabio perlustrava le cabine, facendosi largo tra cuscini, piumoni, camicie, giacche, gonne, grucce e asciugamani, le sue pinne per tenerlo a galla creavano piccoli vortici e mulinelli che facevano volteggiare i vestiti attorno a lui come spettri. L'unica colonna sonora di quel film dell'orrore, a parte qualche gorgoglio dell'acqua, era il rumore ritmato del suo respiratore. Alla paura di non risalire piú a galla, si era unita la profonda angoscia provocata dalle sagome che nei giorni avevano cominciato a popolargli i sonni agitati nella sua stanza al Giglio.

Il primo corpo l'aveva trovato in una delle sale ristorante. Era lassú, sospeso sopra di lui. Fabio l'aveva identificata come «la donna con la sciarpa». I suoi capelli lunghi fluttuavano nelle correnti come alghe marine. L'acqua era spietata, Fabio lo sapeva bene. Dopo qualche giorno elimina i colori, cancella i lineamenti, rende irriconoscibili i corpi.

Molti degli altri dispersi li avevano trovati in galleggiamento tra le pareti e i soffitti. Le balconate si erano trasformate in gabbie mortali, gli ascensori in bare. Nel vano di uno di questi, un palombaro veneto aveva individuato cinque persone che lí non ci sarebbero neanche mai dovute arrivare: gli ascensori si sarebbero dovuti chiudere automaticamente subito dopo il black-out causato dall'impatto della *Concordia* contro gli scogli. Ma qualcosa era andato storto, il meccanismo non aveva funzionato e avevano continuato a fare su e giú. Le porte erano rimaste aperte, e l'acqua era arrivata a riempire ogni spazio, trascinando le persone nei paraggi, risucchiandole e intrappolandole dentro a quelle colonne senza via d'uscita. Due dei corpi erano ancora abbracciati. Un altro gruppo di cinque sarebbe stato individuato tre mesi dopo, tra le ringhiere bianche di una balconata. Tra questi c'era il corpo di Giuseppe Girolamo, il musicista che aveva lasciato il proprio posto sulla scialuppa alla famiglia di Palermo.

A turno, Fabio e gli altri sommozzatori li liberavano delicatamente da cinghie e tessuti e li riportavano a galla. Nei mesi successivi al naufragio avrebbero ritrovato quasi tutti i corpi delle 32 vittime. 12 tedeschi. 6 italiani. 6 francesi. 2 peruviani. 2 statunitensi. 1 spagnolo. 1 ungherese. Donne e uomini di tutte le età. Una bambina di cinque anni.

Quando chiudeva gli occhi, Fabio li vedeva tutti. Le immagini di quelle immersioni sarebbero rimaste con lui per sempre, impresse a fuoco nella memoria, e sarebbero tornate a trovarlo come fantasmi ancora per molto tempo.

20.

L'ultimo sopravvissuto

L'invasione del Giglio era durata poco. Le 4000 persone sbarcate tra le 11 di sera e le 5 di mattina erano state evacuate dall'isola nel giro di alcune ore, mentre dall'Argentario arrivavano, in direzione opposta, le telecamere di tutto il mondo. Dopo il lungo e difficile recupero della coppia di coreani la sera successiva al naufragio, sembrava che dentro la *Concordia* non ci fosse piú nessuno ancora in vita. Non era cosí. In un ampio salone della zona di poppa, l'hotel director Manrico Giampedroni aveva riaperto gli occhi e si era ritrovato all'improvviso con l'acqua alla gola. Non aveva idea di quanto tempo fosse passato. Né se fosse ancora vivo. Nel buio pesto era difficile stabilirlo. Sapeva che sentiva freddo. Sapeva che la gamba sinistra non rispondeva piú agli stimoli. Era rotta. Piano piano aveva cominciato a ricostruire il mondo intorno a sé. Sí, era vivo, ma forse non lo sarebbe stato ancora per molto. I ricordi erano riaffiorati come lampi.

Dopo aver lasciato assieme a Lorenzo Barabba la zona macchine allagata aveva percorso diversi corridoi per avvisare i passeggeri che dovevano lasciare le cabine, ed era anche corso velocemente nella sua a cambiarsi le scarpe con cui scivolava, e a prendere una giacca per il freddo. Poi aveva guardato per l'ultima volta le sue cose e aveva chiuso la porta dicendo «arrivederci». Era stato a lungo sul ponte 4, aveva aiutato molte persone a spostarsi dal lato di dritta al sinistro organizzando una catena umana per portare tutti nella parte emersa. Gli era sembrato che non ci fosse piú nessuno da traghettare. Aveva chiuso la fila proprio per accertarsene. Poi, dal nulla, sulla paratia della nave, gli era apparso un ultimo gruppetto di passeggeri isolati, ancora troppo lontani. Da dove erano sbucati? Sembravano pietrificati, non sapevano cosa fare. Manrico non poteva lasciarli lí. Doveva aiutarli. Ogni spostamento ormai assomigliava sempre di piú a uno sport estremo. I pavimenti erano fuori uso da un po', si camminava solo sulle pareti, cercando di evitare le trappole. Le porte e le finestre sotto i suoi piedi rappresentavano il pericolo piú grande. Manrico le aveva saggiate prima con un piede, ma gli era bastato un solo passo falso: una porta si era aperta sotto di lui come una botola segreta ed era sprofondato nel buio, precipitando per 4 metri, svanendo nel nulla.

Appena aveva ripreso conoscenza si era reso conto che nessuno l'aveva visto e che nessuno l'avrebbe cercato. Aveva ancora addosso il telefono, che però si era bagnato ed era inutilizzabile, mentre la radio aveva già smesso di funzionare da un po'. Era isolato dal mondo. In fondo al pozzo c'era solo il silenzio e nel cuore della notte non si vedeva niente. La nave era immensa e lui lo sapeva. Per prima cosa doveva uscire dall'acqua. Con la gamba destra sana in qualche modo toccava sul fondo. Sedie e tavoli del ristorante si erano accumulati sotto di lui e ora poteva usarli, anche se con enorme fatica e non senza farsi molto male, per inerpicarsi e cercare un punto asciutto in cui mettersi al riparo. La prima notte l'aveva passata cosí: avvolto nel buio piú nero, appoggiato su un tavolo sopra il livello dell'acqua, con le gambe inevitabilmente a mollo. Per quanto conoscesse quegli ambienti come le sue tasche, non aveva idea di dove si trovasse esattamente. La pendenza, il caos intorno a lui e l'oscurità toglievano ogni punto di riferimento. Ad accompagnarlo verso il sonno – fragile, frammentato – rimanevano solo i riflessi pallidi e bluastri delle luci dei soccorsi, che se da un lato lo confortavano, dall'altro sembravano non avvicinarsi mai.

Quando aveva cominciato ad albeggiare Manrico aveva finalmente recuperato l'orientamento. Si trovava verso poppa, al ristorante *Milano*. La cattiva notizia era che per provare a raggiungere un riparo migliore avrebbe dovuto attraversare la sala e questo significava immergersi di nuovo nell'acqua ghiacciata, inzuppare di nuovo i vestiti, e nuotare fino al prossimo appiglio. Le sedie ammassate ovunque lo intralciavano e avanzare con una gamba sola era un'impresa estenuante. Questa missione lo aveva tenuto occupato per gran parte della mattina, o forse di piú. Lí dentro non aveva la cognizione del tempo, esistevano solo il giorno e la notte. Si rendeva conto che se qualcuno non l'avesse trovato, con le sue forze non sarebbe mai uscito dalla nave.

Si dice che quando guardi la morte in faccia rivedi il film della tua vita. In quella solitudine Manrico si era ritrovato unico spettatore di brevi flash del suo passato. «Sembra... sembra veramente un film, perché tu hai tutte le immagini della tua vita nitide e chiare», mi ha raccontato nel salotto della sua casa ad Ameglia, appena sotto Sarzana, in Liguria. Le scuole elementari, con il grembiule e il fiocco azzurro al collo. I primi viaggi in mare. Il suo giardino, la luce tra le foglie. La prima volta che aveva navigato. La nave della Costa con cui aveva fatto ben cinque giri del mondo. Il vero viaggio cominciava superate le colonne d'Ercole e dopo la traversata atlantica. I Caraibi, poi Panama, Ecuador, il Perú. E ancora le Galápagos, l'Isola di

Pasqua e l'isolotto sperduto di Pitcairn, dove due secoli prima del suo arrivo si erano stabiliti i marinai dell'ammutinamento del *Bounty*. La nave si avvicinava a quello scoglio in mezzo al Pacifico, si fermava in rada e l'intera popolazione dell'isola – costituita da una settantina di abitanti in tutto – saliva a bordo per un giorno diverso dal solito. Uno strano, breve incontro tra popoli lontanissimi ma in qualche modo affini. E poi Australia e Nuova Zelanda, e l'Indonesia, dove in un'isola molto piccola ai bambini era concesso di saltare un giorno di scuola per ammirare quel colosso che scivolava in mare davanti alle loro coste. Non avevano mai visto niente di simile. E ancora l'India, e il lungo, splendido corridoio del mar Rosso prima di Suez, che sapeva sempre di ritorno casa. Quante migliaia di persone aveva conosciuto in quasi quarant'anni in giro per i mari del mondo, sempre fedele alla stessa compagnia, la Costa, che per la maggior parte della sua esistenza era stata la sua casa. E ora rischiava di essere anche la sua tomba.

Se durante le ore di luce era stato piú facile aggrapparsi ai ricordi, mentre calava la seconda notte lo sconforto aveva preso il sopravvento, perché assumeva le sembianze di una condanna definitiva. Manrico non poteva fare altro che tenere d'occhio il livello dell'acqua e pregare che rimanesse stabile. Piú le ore passavano piú temeva che sarebbe andato a fondo con la *Concordia*. Il freddo era ormai insopportabile: i denti gli battevano fuori controllo, ticchettando nel silenzio. Si era strappato la camicia di dosso, perché avere il tessuto bagnato a contatto con la pelle era anche peggio che stare a torso nudo. Cercava di conservare un residuo di calore corporeo rannicchiandosi in posizione fetale, ma non c'era piú nessuna difesa contro le ore notturne di gennaio. Un paio di provvidenziali lattine di coca-cola che aveva trovato allungandosi tra i detriti gli avevano alleviato temporaneamente la sete e addolcito la bocca. Aveva anche trovato i resti di un sandwich, ma era inzuppato dall'acqua di mare. Alternava sonni brevi e irrequieti, si assopiva a intermittenza per dieci o quindici minuti alla volta. Non era possibile dormire piú di cosí. Ogni risveglio era traumatico. Era come riaprire gli occhi per la prima volta in quell'inferno gelido, ricominciare da zero e realizzare di nuovo. A volte con il filo di voce che gli restava in corpo gridava per chiedere aiuto, nella speranza che là fuori ci fosse qualcuno a sentirlo. Aveva provato anche a percuotere le superficie con una padella, per far risuonare i colpi nel silenzio della nave, ma la moquette sopra la quale si trovava attutiva i rumori.

Intorno alle 3 del mattino, mentre scivolava nel dormiveglia, un flash lo aveva abbagliato. Provato com'era poteva essere un'allucinazione, un sogno, una visione dettata dal delirio. Si era scosso dalla stanchezza e aveva raccolto le forze per lanciare un ultimo urlo. «Aiuto». E per la prima volta qualcuno gli aveva risposto. «Stai tranquillo, adesso organizziamo una squadra e ti veniamo a prendere».

C'erano volute ore prima che i soccorritori riuscissero ad aprirsi un varco per raggiungerlo. Era stata un'attesa infinita durante la quale Manrico aveva davvero pensato che sarebbe morto in modo cosí beffardo, tra le braccia di chi era finalmente arrivato lí per salvarlo. Quando era stato portato in ospedale la sua temperatura interna era scesa a 33 gradi.

Una volta ripresosi, Giampedroni aveva scoperto che nonostante i suoi sforzi per salvare gli altri naufraghi fossero stati riconosciuti e apprezzati – in fondo era stato lui a lasciare per ultimo la nave – si sarebbe ritrovato sul banco degli imputati assieme a tutta la catena di comando, nel suo caso per non aver svolto le operazioni di evacuazione della nave in modo appropriato. L'hotel director avrebbe poi patteggiato la pena a due anni e sei mesi, per quanto continui a ribadire di sentirsi lontano da ciò che è scritto in quella sentenza e ritenga di essere finito a processo solo per il ruolo che ricopriva. E questo anche se il grado che aveva non gli conferiva poteri decisionali sulle procedure di salvataggio. Gli ordini non li dava lui, bensí il comandante, e se qualcuno aveva comunicato ai passeggeri di rientrare nelle cabine subito dopo l'impatto con le Scole, lui invece aveva fatto di tutto per svuotarle, prima ancora che fossero dati l'allarme generale e l'ordine di abbandono nave. Cosa poteva fare, mi ha chiesto, in mezzo al caos generato da quel ritardo esasperante? Che colpe aveva lui dei silenzi con i passeggeri e l'equipaggio? Cosa facevano invece gli ufficiali in plancia di comando? Perché non erano intervenuti?

Sulle navi il comandante è equiparabile alla figura di un monarca. Il comandante comanda. Decide. Dà ordini. Impone divieti. Lo dice chiaramente il codice della navigazione: «Tutte le persone che si trovano a bordo sono soggette all'autorità del comandante della nave». Ma in questo caso – se lo è chiesto chi nei processi che ne sono derivati ha visto la ricerca insistita di un unico responsabile cui addossare gran parte della colpa, ovvero l'imputato Francesco Schettino – perché nessuno tra gli ufficiali presenti in plancia era intervenuto *prima*? Non c'era qualcuno disposto a fare qualcosa di piú che attendere ordini che non arrivavano, piuttosto che rendersi partecipe delle omissioni o delle bugie trasmesse alla Guardia costiera quando si parlava di un semplice black-out a bordo? Qualcuno che tra le 21.51 e le 22.54, conscio della situazione in sala macchine, avrebbe dovuto correre invece un rischio maggiore, ovvero quello di ignorare i ritardi di Schettino e di fatto disobbedire, dando subito gli ordini giusti ai passeggeri e a tutto l'equipaggio? Non c'era nessuno disposto a fare questo, nonostante le gravi conseguenze che avrebbe comportato?

21.

Cuore debole

Il rientro a Misano Adriatico per la famiglia Brolli era stato molto difficile. I primi giorni, Omar, Federica e Arnaldo li avevano passati a cercare di evitare l'assalto dei giornalisti fuori da casa loro. Poi, ai problemi economici che già li schiacciavano prima della partenza, si era unita la coda del profondo trauma per quello che avevano visto e vissuto sulla nave. Vanessa sembrava la piú fragile. Andava alle medie ed era troppo piccola per metabolizzare tutto ciò che le era passato davanti. Appena aveva riaperto Facebook si era ritrovata decine di messaggi, anche di persone sconosciute. Si vergognava terribilmente di tornare a scuola, dove tutti, dalle professoresse ai compagni, le avrebbero fatto mille domande su un argomento di cui non voleva assolutamente parlare. Si sentiva ancora il sale addosso, il pavimento che si inclinava sotto i piedi. Aveva salutato suo padre due volte nel giro di due ore, temendo entrambe le volte di non rivederlo piú. E come gli altri naufraghi si portava dentro delle immagini che sapeva di non poter cancellare.

Mentre riabbracciava Arnaldo sulla banchina del Giglio, aveva visto una bambina seduta e attorno a lei alcuni stranieri che cercavano di consolarla perché non trovava piú i suoi genitori e piangeva disperata. Poi aveva rivisto suo fratello, anche lui fradicio come lei, e si erano abbracciati forte. Quella scena non le usciva piú dalla testa, mi ha detto. Tornava in continuazione. Era come se una mano crudele la costringesse a rivederla decine di volte, riavvolgendo il nastro e rimettendola in play su uno schermo che solo lei poteva vedere. Succedeva soprattutto la sera, quando Vanessa si ritrovava sola nel letto, con i ricordi che le tendevano agguati e la obbligavano a chiudersi in bagno in lacrime per non farsi sentire dagli altri. Federica, sua sorella piú grande, se n'era accorta.

«È entrata in bagno e mi ha chiesto che cosa avessi e io non riuscivo a smettere di piangere perché ogni volta che dormivo mi ritornavano quelle immagini di quella bambina che aveva perso i genitori. Pensavo: "Se succedesse a me? Se fosse successo a me, che cosa avrei fatto?"» Le parole di suo padre chiuso dentro la *Concordia* con il cuore affaticato le risuonavano ancora in testa. «Ripensavo a tutto e dicevo: "Perché ci è successo a noi?"»

Ansia e attacchi di panico erano all'ordine del giorno. Una settimana dopo il rientro, Vanessa era andata da sola in spiaggia a fare una passeggiata e si era accorta che il suo Adriatico, il mare benevolo dentro il quale aveva sguazzato fin da bambina, ora le faceva paura.

In famiglia tutti erano ancora sconvolti da quella vicenda e nel frattempo le finanze continuavano a rappresentare un grande problema. I debiti si accumulavano e il padre non riusciva a porvi rimedio. Con la stagione piú calda, Arnaldo aveva chiesto a un amico in Spagna se potesse farlo lavorare nel suo ristorante a Marbella, dov'era andato per un periodo assieme a Omar, mentre Monica e le figlie erano rimaste a Misano. Ma il suo cuore debole non aveva retto a quell'enorme stress. Una sera, dopo un turno di lavoro, si era accasciato a terra e lo avevano portato all'ospedale della città spagnola, dove era stato ricoverato d'urgenza e dove gli avevano installato un bypass.

Un giorno, durante la convalescenza, due carabinieri avevano suonato alla porta della loro abitazione di via Garibaldi a Misano, dove avevano trovato Federica e la mamma. Le avevano avvisate che dovevano lasciare subito l'appartamento. Sarebbe finito all'asta. Prima il fallimento dell'azienda di Arnaldo, poi il naufragio, l'infarto, e ora lo sfratto. Chissà per quanto ancora il destino se la sarebbe presa con loro.

I risarcimenti di Costa Crociere erano stati una boccata d'aria. Quei soldi non cambiavano la vita, ma erano quanto bastava per aprire un'attività e ricominciare daccapo. Arnaldo aveva già deciso. Era inutile restare in Italia. Si sarebbero trasferiti a Dresda, in Germania, dove abitavano i nonni, e lí avrebbero aperto un ristorante. Lui aveva esperienza nel settore, avendoci lavorato per diversi anni. La famiglia non era affatto contenta. Vanessa detestava l'idea di doversi trasferire, lasciare la riviera e gli amici, imparare il tedesco ed essere catapultata in un mondo che non conosceva. Suo padre non avrebbe cambiato idea. Una volta lí, aveva trovato un locale e cominciato i lavori. E pazienza se c'era qualche muso lungo. Il naufragio della *Concordia* poteva – doveva – essere trasformato in un'opportunità. Quella nuova città e quel ristorante lo sarebbero diventati per tutti loro. Ma la depressione degli ultimi anni lo aveva raggiunto anche lí. Arnaldo aveva ricominciato a non dormire la notte e a stare a letto di giorno, a trascinarsi con pigrizia tra un impegno e l'altro. Aveva smesso di lottare.

Quell'arrendevolezza per Omar era inaccettabile. Il padre, che lui era abituato a vedere come la sua roccia, il suo punto di riferimento, ora gli sembrava l'ombra di sé stesso. Voleva aiutarlo, ma a volte era difficile trovare le parole per comunicare. C'erano recriminazioni esplicite e altre sottese, durante litigi da cui nessuno dei due usciva mai vincitore. Omar mi ha raccontato di essere stato cattivo con le parole, a volte, pur di pungolare in qualche modo quell'omone. Tuttavia nemmeno la cattiveria sortiva l'effetto sperato. Si era ritrovato ad arredare il ristorante da solo e a occuparsi degli ordini, con Arnaldo sempre piú assente.

Una sera di primavera del 2013, a tre giorni dall'inaugurazione del ristorante, Omar aveva chiesto al padre di accompagnarlo in macchina dalla sua ragazza dell'epoca, un po' fuori Dresda. Durante il tragitto Arnaldo, sempre stanco a causa dell'insonnia, si era assopito al volante, sfiorando un frontale. Omar era furioso. Aveva urlato senza avere riuscire a trattenere l'ennesima sfuriata che il padre aveva subito in silenzio. Una volta arrivati, Omar era sceso, ancora arrabbiato. «Quando ti vengo a prendere?» aveva chiesto il padre. «Vaffanculo, prendo un taxi», gli aveva risposto Omar entrando nel portone. Venti minuti dopo aveva ricevuto sul cellulare una telefonata da un numero sconosciuto.

«Signor Brolli?»

«Sí?»

«Polizia. È meglio che si sieda, – gli aveva detto una agente dall'altra parte. – Suo padre è morto». Omar si era sentito mancare. In ospedale aveva trovato il papà in un letto, gli occhi chiusi, l'aria serena. Aveva provato a svegliarlo, era convinto che dormisse, ma il cuore che l'aveva risparmiato la sera del naufragio ora aveva smesso di battere.

Fuori dalla stanza, in corridoio, si erano ritrovati tutti. Omar aveva visto le sue sorelle correre verso di lui.

«Papà non c'è piú», aveva detto sottovoce, sapendo che una volta pronunciate quelle parole sarebbe stato tutto troppo reale.

Quella notte, a casa, c'era un silenzio strano, pesante, e si potevano quasi sentire i pensieri di tutti. Dormire era impossibile, proprio come la notte del 13 gennaio. Stavolta il respiro rumoroso di Arnaldo non avrebbe piú tenuto compagnia a nessuno. Il papà oltretutto era l'unico con l'esperienza e le conoscenze per mandare avanti un ristorante, per giunta in quella che per loro era una terra straniera. I soldi del risarcimento erano finiti in un'attività che non avrebbe mai aperto. Per la terza volta in poco piú di un anno, la famiglia Brolli aveva perso tutto.

I tre ragazzi si sarebbero risollevati. Se la vita in quel breve lasso di tempo li aveva presi a schiaffi, li aveva anche temprati. E, soprattutto, aveva insegnato loro a essere forti e ad avere speranza. Solo pochi giorni dopo il funerale Federica aveva scoperto di essere incinta di una bambina. Con il tempo sarebbero riusciti a lasciarsi tutto alle spalle. Compresa la *Concordia*. Sarebbe stata dura, e ancora oggi il ricordo di quella nave torna a trovarli, ma hanno imparato a conviverci.

Pochi mesi dopo la morte di Arnaldo, a fine estate del 2013, la *Concordia* era stata risollevata dai fondali della Gabbianara, al termine di una complessa operazione di parbuckling senza precedenti, celebrata in Italia e nel mondo. Il mese successivo, nel locale stoviglie al ponte 3, erano stati ritrovati i resti di Maria Grazia Trecarichi.

22.

L'attesa

Non si trattava di un funerale vero e proprio, ma almeno era qualcosa. Un saluto, un omaggio che purtroppo non sarebbe mai bastato a colmare il vuoto. A differenza di suo padre Elio, per Stefania Vincenzi seppellire o meno quello che restava della madre cambiava poco. Non sarebbe servito ad alleggerire il peso della mancanza che si portava dentro da oltre seicento giorni. Erano tutti riuniti nella chiesa Madre di Leonforte, dove si era riversato il paese intero, anche se Stefania avrebbe voluto essere lí da sola con lei.

Sembrava trascorsa una vita, da quella notte. L'ultima volta che aveva sentito la sua voce compressa uscire dal telefono, mentre la cercava con gli occhi sul molo del Giglio, Maria Grazia le aveva mentito. Le aveva detto che lei e Luisa si trovavano su un'altra scialuppa, che si sarebbero riviste a terra entro pochissimo. Stefania e Andrea le avevano cercate vicino alla chiesa, dove molti naufraghi erano stati accolti dai gigliesi. Delle due donne, però, non c'era traccia da nessuna parte.

Il tempo passava, scandito dal progressivo cedimento della *Concordia* che ora era quasi completamente adagiata sul fianco. L'isola era ormai piena come non lo era mai stata: c'era gente ovunque, per le strade, nei vicoli, sui marciapiedi, avvolta in coperte termiche oro e argento che crepitavano rumorosamente e brillavano nella penombra riflettendo la luce giallastra dei lampioni. Ania e Andrea non sapevano bene cosa fare. Fino a poche ore prima erano adolescenti spensierati in vacanza. Adesso erano due giovani naufraghi persi, senza una vaga idea della direzione da prendere. Maria Grazia aveva preparato la figlia a tutto nella vita, ma non a questo.

Al porto stavano iniziando a predisporre i traghetti che avrebbero portato i naufraghi sull'Argentario; poi di lí si sarebbero spostati a Grosseto, dove c'erano delle strutture adeguate a contenerli tutti. Era in corso un censimento dei passeggeri, si stava cercando di raccogliere piú nomi possibile per cominciare a fare ordine in quel fiume di gente. Ania si era avvicinata a un ufficiale della Guardia costiera e aveva provato a chiedere notizie della madre, mentre la speranza si affievoliva, mescolandosi alla stanchezza. Maria Grazia non era ancora registrata da nessuna parte, ma l'uomo con cui Stefania aveva parlato le aveva detto di non preoccuparsi. Alcuni naufraghi potevano essere finiti in ospedale, altri chissà dove. Aveva preso nota dei nomi delle due donne e aveva incoraggiato i ragazzi a imbarcarsi su un traghetto.

A Grosseto li avevano raccolti tutti dentro una grande palestra. Stefania continuava a guardarsi intorno, registrando quelle immagini di sconforto come flash di altre vite diverse dalla sua. Un uomo grande e grosso di mezza età era seduto in terra con le ginocchia al petto, sembrava piccolo, indifeso. Una signora si aggirava con aria persa, in accappatoio; era bagnata e infreddolita, forse si era buttata in mare. Dalla palestra, poi, un pullman li aveva portati in albergo, dove Ania e Andrea avevano fatto colazione in silenzio. Senza dire una parola erano saliti nella camera che gli era stata assegnata per qualche ora, prima di prendere il volo per Palermo. Ania avrebbe dato qualsiasi cosa per vedere sua madre sbucare dal nulla, per sentirla inventare una scusa delle sue mentre si accertava che la figlia e il fidanzato non rimanessero soli in camera. Invece quella sera si erano ritrovati soli come non lo erano mai stati e come in realtà non avrebbero mai voluto essere.

Stefania mi ha detto che c'era stato un momento, lí in albergo, in cui aveva sentito un vuoto improvviso dentro di sé. Qualcosa si era spezzato. Continuava a pensare a sua madre, ripassava mentalmente gli scenari possibili. La sua ultima speranza era che fosse in ospedale. Perché allora non si era messa in contatto con lei? La mattina successiva l'avevano chiamata per dirle che avevano rintracciato sua mamma in ospedale. Stefania era al settimo cielo. Subito dopo, però, era arrivata la smentita. Avevano sbagliato persona, «ci scusi».

Qualcuno nel frattempo aveva detto loro che stavano organizzando i voli per tornare a casa e che l'aereo per Palermo sarebbe partito di lí a poco da Fiumicino. Un altro pullman li avrebbe portati in aeroporto. Sospesi in quella dimensione di incertezza senza via d'uscita, ormai Stefania e Andrea non potevano fare altro che tornare a casa. Cosí, in una manciata di ore, erano di nuovo in Sicilia.

I giorni successivi erano stati una terra di mezzo tra la speranza e il dolore, ma piú il tempo passava piú la prima cedeva il passo al secondo. Ania non sarebbe riuscita a tornare a casa per mesi. Rimanere a Palermo da Andrea e dalla sua famiglia, in un ambiente in cui era abituata a vivere senza la madre, dove le loro giornate non si erano mai intrecciate e ogni oggetto non le parlava di lei, era un debole anestetico in quel momento, ma quantomeno tamponava la sofferenza. L'istinto le diceva di non muoversi da lí. L'ordine naturale delle cose era saltato. Il giorno e la notte si erano invertiti: passava ore insonni e tormentate, senza chiudere occhio, si addormentava con la luce del sole. La madre veniva a trovarla in sogno e non avrebbe mai smesso di farlo, anche a distanza di anni.

In quei primi giorni dopo il naufragio, Elio aveva avviato un giro di telefonate senza tregua: chiamava i carabinieri, gli ospedali, gli hotel che avevano accolto i naufraghi, le autorità. Qualcuno gli aveva detto che Maria Grazia era stata visitata da un medico, lí al Giglio, il suo nome compariva nei registri insieme a quello di Luisa Virzí. Ma allora perché nessuno le aveva sentite? Perché non chiamavano? Elio non si illudeva. Sapeva che sua moglie non c'era piú, lo sentiva. Continuavano a dirgli che il suo nome era stato censito al porto, ma c'era stato un errore: quel nome l'aveva lasciato Ania all'ufficiale della Guardia costiera e ora figurava nelle liste dei superstiti invece che in quelle dei dispersi.

Elio non aveva alcun dubbio. Maria Grazia aveva il tipo di energia che riempiva le stanze e ora che quell'energia si era spenta poteva avvertire la sua mancanza, lo stesso vuoto che aveva avvertito Stefania. Ma continuava a chiamare nel tentativo di dare una forma razionale al suo dolore perché le autorità accettassero quello che neanche lui aveva ancora elaborato. Sua moglie probabilmente era già morta, e ora ai suoi occhi tutti negavano l'evidenza o lo depistavano, rendendo il processo di accettazione sempre piú estenuante. Si trovava davanti a un muro di gomma, ma non si dava pace. Era un modo come un altro per tenersi occupato: faceva di tutto per non fermarsi a pensare e riceveva volentieri le telefonate dei giornalisti, prestandosi a qualsiasi intervista. Continuare a parlare della moglie era l'unico modo che aveva per non lasciarla andare via. Subito dopo la sua scomparsa, aveva trovato in un cassonetto una scatola con dentro nove cuccioli abbandonati «grandi come un arancino. Li ho presi, li ho portati a casa e li abbiamo allevati. Ora ne ho due e ce li ho qua. E grazie a questi cani non ho avuto bisogno di nessuno psicologo perché la dolcezza, la tenerezza e la calma, la tranquillità che mi dànno, guarda, hanno del miracoloso».

Le ultime ore di Maria Grazia e Luisa andavano ricostruite come un puzzle a cui sarebbero sempre mancati alcuni pezzi. Dopo la telefonata con Stefania, la madre aveva provato a chiamare il marito, ma lui era già andato a dormire – una distrazione che Elio non si sarebbe mai perdonato – e subito dopo aveva telefonato a Giuseppe Lombardi, Pippo, l'amico che li aveva accompagnati all'imbarco a Palermo due giorni prima. Gli aveva chiesto se in tv o da qualche parte si parlava di cosa stesse succedendo su quella nave. Pippo aveva fatto il giro dei canali senza trovare nulla, ma su Internet si era imbattuto in una notizia dell'Ansa che parlava di un incidente a bordo della *Concordia*. Si erano risentiti due o tre volte, finché alle 23.15 Maria Grazia lo aveva informato che Stefania e Andrea erano riusciti a salire su una scialuppa, mentre lei e Luisa avrebbero recuperato dei giubbotti di salvataggio in cabina. L'amico le aveva chiesto di non riattaccare e di stare al telefono con lui. La Trecarichi gli aveva detto di trovarsi al ponte 4, dove si scivolava a causa dell'inclinazione della nave. Sul pavimento c'erano parecchie scarpe ammassate. Lei e Luisa non riuscivano tuttavia a salire su nessuna scialuppa. Alle 00.12, Pippo aveva sentito Maria Grazia dire all'amica, preoccupata per il fatto di non saper nuotare, «stiamo scivolando in acqua, aggrappati a me tanto abbiamo il salvagente e non ci succederà nulla!» Poi aveva udito un tonfo, ed era caduta la comunicazione. Maria Grazia Trecarichi aveva compiuto cinquant'anni da dodici minuti.

Cosa voleva dire? Erano state travolte dalla corrente o era solo il cellulare a essere caduto in mare? Il silenzio era l'unica risposta. E con il silenzio, la consapevolezza.

Pochi giorni dopo il naufragio, Stefania ed Elio avevano cominciato a ricevere le condoglianze dai conoscenti, ma lei non le voleva sentire. Il mare non aveva ancora restituito il corpo di sua madre. Luisa era stata ritrovata una settimana dopo l'incidente, nel lato sinistro della nave. Per Maria Grazia ci sarebbe voluto molto piú tempo: sarebbe passato piú di un anno e mezzo prima che l'operazione di rigalleggiamento consentisse ai tecnici di ispezionare anche gli angoli della nave che i sommozzatori non erano riusciti a raggiungere. I suoi resti erano stati identificati proprio grazie alla collanina che le era stata regalata dall'amica per il compleanno.

Era la penultima delle 32 vittime a essere stata ritrovata. Elio in tutto quel tempo non si era mai rassegnato e ora, sebbene il corpo della moglie fosse stato consumato dall'acqua, poteva dirle addio come desiderava. L'anno prima, a luglio 2012, era già andato a salutare sua moglie nei fondali della Gabbianara. Era sceso in immersione accanto al relitto, aveva nuotato verso il basso con addosso una vecchia muta che gli ricordava gli anni delle immersioni al camping Baia del Silenzio, dove si erano conosciuti da giovani, e aveva depositato accanto alla nave una rosa bianca, un rosario e una targa in suo onore.

Quanto all'albero di Natale che la moglie gli aveva chiesto di non toccare fino al suo ritorno, Elio Vincenzi non lo ha piú spostato dal salotto. Dalla sera dell'11 gennaio 2012, quell'albero è ancora lí, per quanto ingombrante, per quanto bizzarro e fuori luogo anche nelle torride serate estive che si sono susseguite. Di rimetterlo in cantina non se ne parla. Elio non ha piú spostato nemmeno il pianoforte in legno marrone di Maria Grazia, che lui non ha mai saputo suonare. È rimasto in sala come piano di appoggio per una piccola galleria di foto della moglie scomparsa.

Il giorno del funerale, la bara era ricoperta da una cascata di calle bianche, da cui spuntava come un fiore anche una foto di Maria Grazia: era sorridente, allegra. Accanto al suo ritratto c'erano altre due foto: quella di Luisa, e quella di un ragazzo dalla carnagione olivastra, con una giacca rossa e un papillon dello stesso colore, che sorrideva reggendo un calice in mano.

Era Russel Rebello. L'ultimo disperso della *Costa Concordia*.

23.

Cicatrici

Quello di Maria Grazia Trecarichi non era il primo funerale a cui Kevin Rebello, il fratello di Russel, partecipava dal giorno del naufragio. Era in piedi, vestito di nero, in prima fila accanto a Stefania e a Elio Vincenzi, che lo teneva abbracciato a sé.

Da quando Russel era stato dato per disperso, Kevin era già stato a quattro riti funebri. Non importava dove fossero celebrati. Non importava quanto fossero distanti da Milano, la sua città ormai da molto tempo. Non importava che fossero all'estero o che bisognasse prendere un aereo. Lui voleva *esserci*. In quell'anno e mezzo di attesa gli era venuto naturale cercare la vicinanza delle famiglie delle altre vittime. Quelle erano le uniche persone al mondo che capivano il suo dolore, che sapevano esattamente cosa stesse passando.

Quando la mattina del 14 gennaio di quasi due anni prima si era svegliato, Kevin aveva acceso il computer per guardare con calma le notizie. Era sabato. Non doveva lavorare. Su Yahoo! News c'era la foto di una nave della Costa rovesciata in mare. «Anche mio fratello lavora per la Costa», aveva pensato ad alta voce. Ma su quale nave? Ci aveva messo un po' a risalire a questa informazione.

Entrambi avevano lasciato l'India per l'Italia da alcuni anni. Kevin aveva trovato la sua stabilità a Milano, mentre Russel aveva deciso di girare il mondo sulle navi da crociera. Erano molto legati, ma i ritmi di vita in mare di Russel spesso impedivano ai due fratelli di sentirsi con regolarità. Cosí quella mattina Kevin aveva cercato il fratello al telefono, che però era staccato. Niente di strano, capitava spesso. Aveva dunque controllato il suo profilo Facebook, senza cavarne niente di utile. Poi si era rivolto al cognato di Russel in India. Nemmeno lui sapeva dargli risposte esatte. Insieme avevano cercato nuove informazioni e alla fine avevano rintracciato un altro ragazzo, da poco sceso dalla *Concordia* e tornato in India per una vacanza. Era stato lui a confermare i loro dubbi peggiori: conosceva Russel, lavoravano insieme su quella nave. Era ancora lí in servizio.

Intanto Kevin aveva iniziato a cercare notizie sui naufraghi. A bordo della *Concordia* c'erano quasi 200 ragazzi provenienti da diverse regioni dell'India e molti di loro avevano allertato i parenti e dato notizie di sé tramite i social o inviando sms appena ne avevano avuto l'occasione. Tra questi, circa 60 erano della stessa zona di Kevin e Russel, il quartiere di Juhu a Mumbai, una zona residenziale vicino alle spiagge del mare Arabico dove abitavano sia famiglie di chi aveva scelto la carriera marittima, sia diversi divi di Bollywood. Era stato un bel posto in cui passare l'infanzia. I due fratelli Rebello erano cresciuti all'aperto, correndo a giocare in spiaggia ogni sera, con il mare a soli 300 metri da casa. La loro era una famiglia discretamente agiata. La madre faceva l'insegnante, il padre era un noto commercialista e i ragazzi si erano assicurati la possibilità di studiare fino all'università. Mumbai poi era sempre Mumbai, una grande città, viva, densa, frenetica, piena di povertà ma anche di opportunità. I ragazzi in India avrebbero potuto ambire a una carriera e una vita dignitosa. Ma la voglia di viaggiare, di conoscere il mondo e di sfidare sé stessi li avrebbe presto portati altrove.

Il primo a partire era stato Kevin, fratello maggiore di cinque anni, che alla fine degli anni Novanta, dopo un periodo in Francia, si era spostato in Italia, dove aveva capito che non era facile integrarsi in un Paese straniero di cui non conosceva ancora la lingua. La sua laurea sembrava valere poco o niente, e si era ritrovato a scendere a compromessi con i propri desideri. Aveva iniziato facendo le pulizie in un ristorante indiano di Milano. Non aveva ancora i documenti in regola e trovare una casa in quelle condizioni era impossibile. Per i primi mesi aveva dormito su un materasso nel soppalco del magazzino del suo capo, che glielo aveva offerto come soluzione provvisoria. Lavava i piatti, aiutava in cucina, stirava i tovaglioli. Ai suoi genitori, in India, non raccontava niente di tutto questo. Era una questione d'orgoglio, e sapeva già che gli avrebbero detto di tornare a casa.

Per imparare la nostra lingua aveva comprato una radiolina e di notte studiava da un libro in inglese, punjabi e italiano, che gli aveva regalato un amico indiano. Dopo un anno era entrato nel mondo dei call center, e piú tardi nel marketing aziendale. Il percorso di Russel invece era sembrato subito molto chiaro. Era il piú giovane dei due, certo, ma fin da quando aveva quattordici o quindici anni diceva che un giorno avrebbe lavorato sulle navi da crociera. Era sempre rimasto affascinato dalle storie di chi tornava a Juhu dopo quei lunghi viaggi in mare. Anche lui voleva navigare, girare il mondo, scoprire Paesi lontani.

Come Alexandar Udhayakumar, *Macedonia Man*, Russel Rebello sperava che la sua vita potesse cambiare con una telefonata al momento giusto. Quella telefonata era arrivata un giorno del 2006. Russel aveva avvisato il fratello.

«Vengo in Italia, passo da Milano Linate e mi imbarco a Venezia». Una bella occasione per ritrovarsi, aveva pensato Kevin, prendendosi un giorno di ferie per accoglierlo all'arrivo. Non si vedevano da molto tempo e chissà quanto ne sarebbe passato dopo. Il tempo era sempre un problema per loro. Anche quel giorno, all'aeroporto, avevano avuto solo cinque minuti da passare insieme prima che Russel salisse sul pullman per Venezia insieme agli altri ragazzi assunti dalla Costa. Kevin aveva fatto giusto in tempo a dargli una sim con un numero italiano, in modo che potessero telefonarsi, e ad augurargli buon viaggio.

Nessuno degli altri ragazzi indiani sembrava avere notizie di lui ora, e Kevin cominciava a preoccuparsi davvero. Si era attaccato al telefono e aveva cominciato a chiamare la Costa e la Protezione civile, ma senza ottenere risultati. A chi altro poteva chiedere? Si sentiva debole, impotente, un nodo di paura gli stringeva la gola. Finché aveva capito che gli rimaneva solo una cosa da fare. Doveva andare al Giglio. Cosí aveva buttato qualche vestito in uno zaino, aveva preso un po' di cibo per Russel, ed era partito con un amico.

Quando erano arrivati all'Argentario nel tardo pomeriggio era quasi buio. Alcuni ufficiali gli avevano detto che i naufraghi erano già stati trasferiti negli alberghi o all'ospedale di Orbetello. Si erano diretti lí. Nell'atrio di ingresso Kevin mostrava a tutti una foto del fratello, sperando che qualcuno lo riconoscesse e lo portasse da lui. Il personale non poteva dargli informazioni riservate, ma dopo molte insistenze avevano controllato il sistema dal computer. Alla voce «Nazionalità» un paziente era stato catalogato come IND e cosí erano andati a controllare. Ma anche quello per Kevin si era rivelato un buco nell'acqua: si trattava di un inserviente indonesiano, non indiano.

Alle 11 di sera passate, Kevin, sempre piú sconfortato, era rimontato in macchina con l'amico e aveva deciso di iniziare il tour degli hotel che gli erano stati indicati come luoghi d'accoglienza. Il primo era un albergo enorme che durante l'inverno di solito rimaneva chiuso, ma che aveva riaperto per l'emergenza e aveva accolto quasi 500 naufraghi. La hall era piena di ragazzi in divisa da lavoro. Venivano dalle cucine e dai ristoranti della *Concordia* ed erano raccolti tutti lí dentro, affranti. Qualcuno piangeva, qualcuno non aveva piú le scarpe, qualcun altro restava seduto in terra con lo sguardo fisso nel vuoto.

Molti tenevano la testa bassa, le spalle incurvate. Con che cuore sarebbe andato lí a chiedere notizie di Russel? In piedi alla reception c'era un ragazzo che sembrava stare meglio degli altri, e gli si era avvicinato. Era uno dei pochi italiani presenti. Dopo aver visto la foto di suo fratello era rimasto immobile per qualche secondo, senza dire niente, senza muovere un muscolo. «Scusa per il disturbo», aveva tagliato corto Kevin, facendo per andarsene. Ma il ragazzo l'aveva fermato: «No, no! Io ero sulla nave, ero con Russel». Il cuore di Kevin aveva saltato un battito. Piú di 4000 naufraghi, 500 in quell'hotel, e la prima persona a cui aveva chiesto informazioni sul fratello era anche probabilmente l'ultima ad averlo visto. «Eravamo sullo stesso ponte ad aiutare le persone a salire sulle scialuppe. Quando la nave si è inclinata di colpo ci siamo persi di vista e siamo caduti in acqua».

Tra i tanti indiani che dalla *Concordia* erano arrivati in quell'albergo c'era anche il migliore amico di Russel, un ragazzo di Mumbai come loro. Gli aveva raccontato che suo fratello era stato tre giorni in malattia, ma il 13 gennaio stava già molto meglio ed era pronto a tornare al lavoro il giorno successivo. Al momento dell'impatto era in cabina.

In pochissimo tempo si era ritrovato con il pavimento allagato e l'acqua che entrava a una velocità impressionante. Era corso fuori cosí com'era vestito, in maglietta e pantaloni corti. Niente calze, niente scarpe.

L'amico gli aveva prestato alcune delle sue cose per coprirsi, prima che entrambi raggiungessero le loro postazioni come da protocollo di sicurezza.

Nei giorni successivi, Kevin si era attrezzato per trasferirsi al Giglio.

Quando ci era arrivato, per le prime due settimane, tutto quello che possedeva lo aveva addosso. La sera lavava la biancheria e la metteva ad asciugare per poterla indossare il giorno dopo. Era rimasto presto senza credito sul cellulare e su Facebook chiedeva l'aiuto degli amici, sperando che qualcuno di loro ogni tanto gli ricaricasse 10 euro. Al Giglio in pieno inverno era quasi tutto chiuso e i pochi posti aperti erano troppo cari per le sue tasche. Si era arrangiato come poteva, almeno finché la Costa non aveva risolto parte del problema pagando gli alloggi a Porto Santo Stefano a lui e agli altri parenti dei dispersi che stavano arrivando da tutto il mondo. Persone sconosciute, con le quali giorno dopo giorno aveva creato un legame e un reciproco bisogno di conforto e condivisione. Con loro aveva percorso quel tragitto – Argentario, Giglio, e ritorno – in qualsiasi condizione, con il mare mosso e i cieli plumbei sopra di loro, con il vento gelido dell'inverno che gli anestetizzava la faccia e gli schizzi d'acqua che li colpivano come spilli. In quell'occasione aveva fatto amicizia con un uomo dai capelli bianchi, siciliano, molto socievole. Elio Vincenzi, vedovo di Maria Grazia Trecarichi.

La sera era il momento peggiore della giornata, quando ognuno si ritirava in camera, restando solo con il proprio dolore. Nei giorni, nelle settimane e nei mesi che erano seguiti al naufragio, i corpi venivano ritrovati in angoli sempre piú remoti della nave, ma uno dopo l'altro ricevevano finalmente l'addio sofferto di chi aspettava di poter mettere la parola fine a quella lunga attesa. Mano a mano che gli altri familiari seppellivano i propri cari e tornavano alle proprie vite, Kevin si ritrovava sempre piú solo.

Gli isolani lo avevano accolto come uno di loro. Erano sempre pronti a dargli un passaggio, a offrirgli un caffè o da mangiare. Piccoli gesti di solidarietà che lo aiutavano a stare un po' meglio. I mesi passavano e Kevin li scandiva facendo avanti e indietro tra il molo rosso e il molo verde, guardando verso il mare il corpo sfiancato della *Concordia*. Era cosí che lo trovavano i gigliesi piú volte al giorno. È cosí che tutti gli isolani con cui ho parlato mi hanno descritto Kevin Rebello: intento a scrutare l'orizzonte, il volto in direzione della Gabbianara. La sua era una forma di meditazione necessaria. Pregava per trovare in sé la forza di accettare la perdita. Come molti dei familiari dei dispersi, aveva bisogno di chiudere quel cerchio. Piú volte lo avevano chiamato dall'ospedale di Orbetello. Aveva visto piú di venti corpi senza vita sperando di identificare quello di Russel e chiudere questo capitolo, ma per piú di venti volte era tornato sul porto a pregare rivolto verso il mare. Da allora, mi ha raccontato, c'è una canzone che non riesce piú a sentire senza piangere. *My Heart Will Go On*. La canzone cantata da Céline Dion nel film *Titanic*.

Kevin avrebbe aspettato piú di un anno e mezzo. Lo avrebbero chiamato a novembre 2013, pochi giorni dopo il funerale di Maria Grazia. La *Concordia* era stata trasferita al porto di Genova, gli abitanti del Giglio avevano dovuto riabituarsi a non vederla piú. Ormai faceva parte del loro panorama, del loro orizzonte, della loro storia. Era strano separarsene, ma necessario.

A Genova erano iniziate le operazioni di stripping, lo smantellamento che avrebbe ridotto il relitto in uno scheletro di ferro. I resti di Russel erano stati ritrovati sotto i mobili in una stanza del ponte 8. Rimaneva da fare il test del Dna, ma considerato che da tempo ormai era l'ultimo disperso mancante all'appello sembrava poco piú di una formalità. Solo quattro mesi dopo Kevin era finalmente riuscito a riportare il fratello in India per i funerali.

Da quel giorno, ogni mattina, nella sua casa di Milano, ha un piccolo rituale che non salta mai: si fa la barba lentamente, passando con calma il rasoio sulle guance e sul mento. Quando arriva sotto il naso, la lama gli scopre dall'alto in basso una vecchia cicatrice bianca che segna il labbro superiore, lontano ricordo di una lite tra lui e suo fratello, che risale a quando Russel era un bambino e gli aveva dato una botta con una sbarra di metallo. Già da piccolo non aveva mezze misure. È una traccia quasi invisibile a chiunque tranne che a Kevin, che ogni mattina la sfiora, e guardandosi allo specchio ripete sempre lo stesso saluto. «Buongiorno, Russel».

Epilogo

Salvatore Loddo era rimasto imbambolato a fissare quel giubbottino di salvataggio della *Costa Concordia* trovato nelle acque basse di Portoscuso per un tempo che nemmeno riusciva a quantificare. Se anche fossero stati minuti, gli erano sembrate ore.

Ore in cui aveva rivissuto l'atmosfera di paura al ristorante *Roma* assieme alla moglie e al figlio Giampaolo, e a tutto il gruppo di compaesani con cui era partito. Aveva rivisto il volto dell'unico di loro che non era tornato a casa. Il suo amico Giovanni Masia. Si conoscevano da una vita. Avevano lavorato assieme nelle miniere del Sulcis, dove Giovanni per un periodo era anche stato un suo supervisore. Era un uomo bravo, dolce, aveva sempre una buona parola per tutti.

E ora quell'affare era spuntato dal mare, finendo lí, su quegli scogli, a quell'ora, nelle sue mani. Non poteva tenere per sé una storia tanto incredibile. Era corso verso casa, irrompendo in sala col respiro affannato. «Guardate cosa ho trovato!» aveva gridato ai figli Andrea e Giampaolo e alla moglie Anna. «Secondo me è uno dei giubbottini che non ci avevano dato a bordo!»

Andrea era l'unico dei quattro a non essere partito per quel viaggio, ma la reazione del padre lo aveva impressionato. Raramente lo aveva sentito esternare le proprie emozioni e i propri sentimenti. Era uno all'antica, Tore.

Non uno da carezze o parole d'affetto. Al limite una pacca sulla spalla e un complimento di circostanza per togliersi dall'imbarazzo. Andrea non lo aveva mai visto commuoversi o piangere. E invece ora era lí, le guance rigate dalle lacrime. Un uomo di ottantuno anni eccitato come un bambino, incredulo, stupito, meravigliato delle sorprese che la vita può riservare.

Anche Anna e il figlio minore piangevano commossi. Giampaolo aveva avuto tanta paura, quella sera. Una tetraparesi spastica lo costringeva a usare le stampelle fin da piccolo, e dopo l'impatto tremendo con le Scole aveva creduto di non farcela. Il pavimento si era riempito dei cocci di vetro di bicchieri e bottiglie, e di quelli di porcellana dei piatti. Temeva di scivolare e farsi male mentre cercava una via di fuga per uscire da lí. L'inclinazione non aiutava. Poi in mezzo alla folla era sbucato un ragazzo che aveva camminato dritto nella sua direzione, l'aveva preso stretto sotto braccio e lo aveva tranquillizzato. «Ti aiuto io, ce la facciamo. Cammina piano piano, con calma». Era robusto, con la carnagione olivastra e i capelli neri. Sorrideva. Era Russel Rebello. Giampaolo Loddo lo aveva riconosciuto. Si era aggrappato a lui e insieme avevano raggiunto un salone. Solo dopo essersi assicurato che fosse seduto comodamente su una poltroncina, non lontano dalle scialuppe di salvataggio, Russel lo aveva salutato ed era sparito tra la gente. Giampaolo non lo aveva mai dimenticato.

Due giorni dopo che il giubbotto di salvataggio gli era finito tra le mani, Salvatore Loddo era andato alla Capitaneria di Portovesme per denunciarne il ritrovamento. Nell'ufficio preposto c'era un ragazzo in divisa. Tore gli aveva raccontato tutta la storia. Il ragazzo aveva sgranato gli occhi. Stentava a crederci. Poi aveva compilato il verbale. «Abbiamo finito?» gli aveva chiesto il naufrago. «Sí, mi dia pure l'oggetto in questione», gli aveva risposto il giovane ufficiale. «Non ci penso nemmeno», aveva replicato Tore, come se fosse la cosa piú ovvia del mondo. L'ufficiale l'aveva guardato storto. «Lei lo deve riconsegnare a noi». Ma per Loddo era un no categorico. In quel giubbino c'era la sua storia. «Guardi che se non lo consegna io lo metto a verbale, eh?», lo aveva ammonito l'ufficiale.

«Metta pure quello che vuole, io non glielo do, – aveva replicato Tore uscendo dall'ufficio. – Se lo volete dovete venire a prenderlo a casa mia».

Nessuno si è mai presentato a reclamarlo. È ancora lí, custodito in fondo a un armadio. Come il ricordo doloroso di una storia che non può essere dimenticata.

Ringraziamenti.

Grazie a Giulia Pilotti – straordinaria compagna di viaggio nella stesura di questo libro – per il suo sguardo, la sua sensibilità, la sua perseveranza e le sue notti insonni.

Grazie a Debora Campanella, perché con grande intuito mi ha aiutato a studiare, costruire e capire questa storia, in alcuni punti cosí complessa e intricata.

Grazie a Francesca Abruzzese per la sua costanza e per la sua preziosa e attenta ricerca e selezione di alcune delle storie piú importanti di questo libro.

Grazie a Stefano Bises, che mi ha insegnato a viaggiare avanti e indietro nel tempo, mi ha arricchito con la sua creatività e soprattutto mi ha chiesto, in una fredda e piovosa giornata di febbraio, di occuparmi della *Costa Concordia*.

Grazie a Mario Calabresi e Chora Media, il motore di questo grande progetto, per la fiducia che hanno riposto in me. Un particolare grazie a Michele Rossi, il primo a capire il potenziale di questa storia anche su carta.

Grazie a Francesca Infascelli, che non è solo il mio avvocato, ma anche una grande stratega e un'amica senza la cui insistenza non avrei mai cominciato a scrivere libri.

Grazie a Roberta Pellegrini, la mia editor, il mio faro, la voce tranquilla che mi motiva nei momenti piú tormentati, la mano che rende bello ciò che è solo grezzo.

Grazie a Francesco Colombo – la prima voce con cui Einaudi mi comunica il suo interesse per un progetto – per il suo entusiasmo, per la sua passione e per i suoi consigli.

Grazie a Paolo Repetti, perché è stato il primo editore a credere nel mio lavoro.

Voglio ringraziare anche tutte le persone che mi hanno regalato ore del proprio tempo, della propria memoria e della propria sofferenza per aiutarmi a ricostruire questa storia: Federica, Omar e Vanessa Brolli. Antonella Folco. Alessia Sirigu. Claudio Masia. Safaa Sikri. Stefania ed Elio Vincenzi. Vilma Parmegiani. Antonella Bologna. Meghan S. Fabio Bargagna. Fabio Paoletti. Igor Volpini. Il comandante Mario Palombo. Giorgio Fanciulli. Alvaro Andolfi. Matteo Coppa. Mario Pellegrini, Sergio Ortelli, Roberto Galli. Ornella Monti in Schiaffino, detta Nunziatina. Kevin Rebello. Salvatore, Andrea e Giampaolo Loddo. Giovanni Iaccarino. Manrico Giampedroni. Lorenzo Barabba. Petar Petrov. Alexandar Udhayakumar, Claudio Bossi, Pietrantonio Cafiero.

Infine, un ringraziamento speciale per mia moglie Debora e i miei figli Yasmine e Sebastian per la meravigliosa pazienza e comprensione con cui ancora una volta hanno accettato la mia lunga, lunga assenza. Spero di avervi resi fieri.

Vi amo.

Fonti.

Questo libro è stato scritto grazie allo studio di atti processuali e di materiale audiovisivo. I documenti consultati comprendono: Procura della Repubblica presso il Tribunale di Grosseto, Verbale di assunzione di informazioni di Giuseppe Pilon del 14/01/2012; Tribunale di Grosseto, Ufficio del Giudice per le Indagini Preliminari, Verbale di Udienza dell'indagato Francesco Schettino del 17/01/2012; sentenza di Primo Grado del Tribunale di Grosseto del 10/07/2015; sentenza della Corte Suprema di Cassazione, IV Sezione Penale, del 12/05/2017, con la quale il processo si è concluso; l'audio del Vdr della *Costa Concordia*, i video girati da una famiglia a bordo, quelli effettuati dalla Guardia di Finanza e video amatoriali pubblicati online.

Oltre a questo, le informazioni contenute all'interno del racconto sono frutto di circa quaranta interviste con sopravvissuti e testimoni.

Altre fonti bibliografiche:

Bossi C., *Titanic. Storia, leggende e superstizioni sul tragico primo e ultimo viaggio del gigante dei mari*, De Vecchi Editore, Firenze 2018.

Parmegiani Alfonsi M., *L'inchino. Storia di un naufragio*, Rotoform Editore, Roma 2012.

Romano R. V., *Plancia in penisola. I primi cent'anni della Associazione Marittima sorrentina tra storia, cronaca e aneddotica*, Edizioni Lubrensi, Meta (Napoli) 1991.

Schettino F. e V. Abate, *Le verità sommerse*, Graus Editore, Napoli 2015.

Questo libro è stampato su carta contenente fibre certificate FSC®
e con fibre provenienti da altre fonti controllate.

FSC
www.fsc.org
MISTO
Carta da fonti gestite
in maniera responsabile
FSC® C115118

Stampato per conto della Casa editrice Einaudi
presso ELCOGRAF S.p.A. - Stabilimento di Cles (Tn)

C.L. 25251

Edizione						Anno			
1	2	3	4	5	6	2022	2023	2024	2025